Vaincre les Ténèbres

Également par Keira Andrews en Français

Vaincre les ténèbres
Combattre la marée
Défier l'avenir

Vaillant en mouvement
À cœur vaillant

Rumspringa interdit
Un nouveau départ
Trouver son chez-soi
Le voeu de Noël

Rivalité sur glace

Kidnappé par un pirate

Passion en arctique

Lune de miel en solitaire

Transfert à Ottawa

Par-delà l'océan

Un pur joyeux Noël
Un daddy pour Noël
Un faux petit ami pour Noël
Huit nuits en Décembre
Quand l'amour brille de mille feux…
Au pied du sapin
Si ce n'est qu'un rêve

Vaincre les Ténèbres

Keira Andrews

Résumé

Pour affronter l'Apocalypse Zombies, ils doivent d'abord survivre.

L'étudiant de première année, Parker Osborne, passe la pire journée de sa vie. Il s'est humilié en essayant de draguer un gars mignon, il ne s'est fait aucun ami à l'université, et son stupide enseignant auxiliaire lui a donné une mauvaise note. Il va laisser tomber le cours de Cinématographie d'Adam Hawkins et il va reprendre demain du bon pied après avoir bien boudé.

Mais Parker est sur le point de découvrir à quoi ressemble une vraie pire journée – s'il peut survivre cette nuit.

Un virus s'est répandu, transformant les personnes infectées en des zombies tueurs. Quand ces monstres impitoyables ravagent rapidement le campus, Parker n'arrive à s'en échapper que grâce à l'aide d'Adam, qui le prend à l'arrière de sa fidèle moto. Maintenant, ils fuient – coincés l'un avec l'autre.

Quand ils ne se disputent pas, ils combattent les infectés dans une bataille sanglante pour survivre. Leur seul espoir est de se diriger vers l'Est pour rejoindre la famille de Parker, mais l'orphelin Adam possède un lourd secret que Parker n'acceptera peut-être pas : c'est un loup-garou. Peuvent-ils avoir assez confiance en l'autre pour trouver une quelconque lumière en ces jours sombres ?

Dédicace

Un grand merci à Amy, Anne-Marie, Becky, Jules et Rachel pour leur critique et amitié. Et merci également aux incroyables ingénieurs et experts en ligne pour leurs dissertations sur ce qui se passerait aux alimentations électriques et autres technologies dans l'hypothèse où il y aurait une invasion de zombies. Si jamais cela arrive, tu me manqueras, Internet !

Chapitre 1

Tout commença a s'écrouler avec *Film Noir* de *Bogart à Mulholland Drive.*

— Un *C-moins ?*

Parker regarda fixement la note, celle-ci était catégorique et entourée d'un cercle rouge sur son devoir. Son estomac se noua. Ce devait être une erreur. Une autre étudiante le poussa du coude, lui adressant un regard noir jusqu'à ce qu'il s'éloigne du bureau du professeur afin que les autres puissent récupérer leurs devoirs dans la pile. Parcourant son téléphone, son institutrice d'âge moyen se tenait près du tableau, qui faisait face à la salle de conférence. Redressant les épaules, Parker s'approcha d'elle.

— Euh, excusez-moi ?

Le professeur Grindle releva les yeux.

— Oui ? Vous avez une question ?

Parker lui tendit sa feuille de devoir, la note cursive paraissant telle une condamnation accablante. Il baissa la voix.

— J'ai eu un C-moins, dit-il.

Elle parcourut les trois pages.

— Avez-vous lu les remarques de l'enseignant auxiliaire ? Je pense qu'il y a quelques points excellents qu'il ne faut pas perdre de vue pour la prochaine fois. Pour commencer, il faut un peu plus d'analyse et moins de résumé de l'intrigue. Il y a un autre devoir, ce mois-ci. Ne vous inquiétez pas… vous y arriverez…

Elle regarda à nouveau la feuille.

— … Parker.

Bien qu'il sache qu'il était impossible qu'elle se rappelle tous les noms de ses nouveaux étudiants, il se sentit humilié. Il avait presque été major de promo à Westley Prep, mais à Stanford, il n'était personne.

Elle poursuivit.

— Je suis sûre qu'Adam serait heureux de vous aider. Avez-vous ses heures de permanence ? Elles se trouvent sur le programme. Il devrait être là-bas, cette après-midi.

— Écoutez, je ne… j'ai d'excellentes notes. Il doit y avoir une erreur.

Le reste de la classe était parti, et elle ramassa les quelques feuilles qui se trouvaient encore sur le bureau.

— Et si vous en parliez à Adam ? Si vous n'êtes toujours pas satisfait, j'y jetterai un coup d'œil moi-même. Je suis désolée. Je dois me rendre à ma prochaine conférence.

Ses talons firent un bruit de *tap-tap* sur le sol alors qu'elle s'éloignait.

Parker fourra la feuille de devoir humiliante dans son sac à bandoulière, mourant d'envie de la brûler. À l'extérieur, il cligna des yeux face au soleil et descendit les marches du bâtiment, sortant son téléphone. Il tapa rapidement un message à Jason, son meilleur ami à Westley.

J'ai eu un C-moins dans un stupide module de film qui était supposé être facile. Ça va foutre en l'air ma moyenne générale ! Je suis en train de flipper !

Balançant son pied, il attendit que Jason réponde, surveillant les trois petits points qui devaient apparaître. Et il attendit.

Et attendit.

Puis il envoya le même message à Jessica, qui avait toujours vécu à trois portes de leur maison, à Cambridge. Il attendit encore. Il était tenté d'appeler Éric à Londres, mais son frère serait bien trop occupé pour lui parler à propos d'une feuille stupide de l'université, et c'était probablement l'heure du dîner de toute façon. Mais Éric serait sans doute au travail, négociant des marchés américains.

Parker fixa son téléphone comme s'il pouvait faire apparaître un message de l'un de ses amis. C'était ridicule. Il était ridicule. Mais la vague de solitude qui l'envahit était indéniable, et sa respiration s'alourdit. Il avait été si excité de venir à Stanford et voler de ses propres ailes, mais ce n'était pas du tout à quoi il s'était attendu.

Il regarda des groupes de jeunes gens riant et discutant, assis sur la pelouse. D'autres étudiants le dépassèrent sur les marches, et Parker se demanda s'ils s'étaient faits des amis. Il se tint immobile avec son C-moins et se sentit complètement et pitoyablement seul. *Bon sang, ne commence pas à pleurer, raté !*

Jason et Jessica étaient occupés en Pennsylvanie et à New York. Avant l'université, ils avaient passé beaucoup de temps à s'envoyer des textos, et cela leur prenait rarement plus d'une minute pour répondre. Mais durant le mois qui avait suivi le début des cours, il avait à peine eu de leurs nouvelles. Jason voulait entrer dans une fraternité, et Jessica semblait très occupée à étudier avec son programme chargé de cours, et à faire la fête.

Après ce qui lui sembla être une éternité, son téléphone vibra, et le cœur de Parker bondit.

Mec, tu dois te détendre. Tout ira bien. Ce n'est pas bien grave. Les cours viennent de commencer.

Parker soupira. Jason ne s'était jamais soucié du milieu universitaire, au grand désarroi de ses parents. Il ne pourrait jamais comprendre à quel point c'était grave qu'il ait un C-moins. Dans un cours de *cinéma* qu'il avait pensé facile.

Jason envoya un autre texto :

Va donc t'envoyer en l'air. Il doit y avoir beaucoup de gars sexy à Stanford. À plus tard, mec.

Il n'y avait aucun mot de la part de Jessica, et Parker répondit à son meilleur ami :

Ouais, tu as raison. Merci. À plus tard.

Jason *avait raison*… il avait besoin de s'envoyer en l'air. En vérité, Parker n'avait pas vraiment essayé, car il était déjà submergé de devoirs. Il ne savait même pas comment ses amis arrivaient à sortir autant quand lui devait passer chaque heure de libre à étudier pour arriver à suivre. Les études avaient toujours été faciles pour lui, mais à l'université, il avait l'impression qu'on l'avait sorti d'une piscine pour le jeter dans les profondeurs de l'océan.

Pourtant, il devait faire un effort pour rencontrer quelqu'un. Peut-être qu'il devait regarder sur Grindr ou l'une de ces applications qui proposaient des coups rapides pour gays et mettre sa photo. Oui, ce serait plus productif que de s'apitoyer sur lui-même. Il appuya sur Camera, tint le téléphone en face de lui et fit courir une main dans ses cheveux.

Ils étaient d'un châtain clair, pas la couleur dorée que son frère avait la chance d'avoir. Parker les avait blanchis une fois sur l'insistance de Jessica, mais il s'était senti incroyablement stupide, comme s'il essayait de faire partie d'un boys band, ou qu'il était un grand fan de Drago Malfoy. Quoi qu'il en soit, cela n'avait pas été une bonne idée. Donc, ses cheveux ne le dérangeaient pas, mais il aurait voulu que ses yeux soient d'une autre couleur qu'un banal marron. Jess avait suggéré des lentilles de contact bleues, cependant, il avait refusé.

Parker prit un selfie, se forçant à sourire. Sa grande bouche était acceptable… ses lèvres auraient pu être un peu plus épaisses, mais elles étaient belles et rouges sans donner l'impression de porter un rouge à lèvres. Une bouche bonne à sucer des queues, s'il devait être franc avec lui-même. Ses dents étaient blanches et droites grâce à une petite fortune dépensée en orthodontie quand il était petit, et son nez était petit et banal. Il prit plus de photos, mais hésita quand il alla télécharger Grindr dans Play Store.

Et si personne ne veut sortir avec moi ? Ou même me baiser ?

Il pensait qu'il était assez mignon, mais, et si personne ne le pensait ? Il y avait beaucoup de mecs sexys à Stanford. Et s'il postait sa photo et qu'il n'y avait que des tordus qui lui répondaient ? Cela ne lui était pas encore arrivé, et la pensée d'une future humiliation lui nouait déjà l'estomac. Il verrouilla son téléphone. Il téléchargerait l'application plus tard.

Parker soupira. Bon sang, il devait régler le problème avec cette maudite note ! Sa gorge était sèche, et il engloutit une bouteille d'eau sur le chemin vers le bâtiment proche où se trouvait le bureau de l'enseignant auxiliaire du cours de cinéma. À chaque pas, l'échec semblait s'infiltrer dans son corps, et avec lui, la mortification et un ressentiment croissant. Ce n'était pas juste. Il avait des examens de Maths et de Statistiques à préparer pour qu'il puisse se spécialiser en économie… ce stupide module n'était pas censé être un vrai travail.

Je crains vraiment. J'aurais dû travailler plus dur. Que va dire Papa quand il le découvrira ?

Il monta les escaliers vers les bureaux du bâtiment qui se trouvaient au quatrième étage et regarda les plaques nominatives devant chaque porte. Ses baskets couinèrent sur le sol et bien entendu, c'était calme. Au bout du couloir, Parker trouva le nom qu'il cherchait, écrit sur un bout de papier et inséré dans la fente réservée à la plaque.

Adam Hawkins : Études Cinématographiques & Médiatiques

Parker ricana. Études Cinématographiques & Médiatiques. Ce n'était pas comme si c'était *réellement* une discipline universitaire. Cet Adam Hawkins était sûrement un connard prétentieux qui portait des cols roulés noirs avec d'énormes lunettes à monture d'écaille. Il buvait probablement du thé et avait un diplôme en philosophie existentielle. Il…

La porte s'ouvrit.

— Oh, bonjour. Puis-je vous aider ?

Sa gorge était devenue complètement sèche, Parker ne put que croasser.

— Euh…

Adam Hawkins ne portait pas de lunettes à monture d'écaille.

Il lui était impossible de dire s'il avait des chemises à cols roulés ou non dans son armoire, mais en ce moment, il portait une veste en cuir noir sur une chemise bleue et un jean. Il était plus grand de quelques centimètres par rapport au mètre quatre-vingt de Parker, et la veste s'étirait sur ses larges épaules. Ses cheveux noirs épais étaient courts et soyeux – ils *brillaient* pratiquement ! – et sa barbe était habilement débraillée, ayant juste la bonne longueur de telle façon que Parker se demanda l'effet qu'elle lui ferait contre sa peau.

Il regarda Parker avec des yeux noisette qui étaient étrangement dorés.

— Aviez-vous besoin d'aide ?

— Je suis…

Parker s'interrompit en essayant d'ignorer l'excitation qui pulsait dans ses veines et de se ressaisir.

— … C-moins.

— Vous êtes C-moins ?

Les joues en feu, Parker prit le devoir dans son sac et le tendit à son interlocuteur, se concentrant sur sa colère.

— C'est la note que vous m'avez donnée pour mon devoir, et ce n'est pas juste.

Seigneur, il pleurnichait, et il devait y aller. Limiter les pertes. Se ressaisir.

Adam Hawkins ouvrit plus largement la porte et fit un pas de côté.

— D'accord, se contenta-t-il de dire.

Il s'assit derrière son bureau et regarda l'horloge ronde accrochée sur le mur.

— Mes heures de bureau sont terminées, mais…

Il y eut un bourdonnement provenant de sa poche, et il leva la main vers Parker alors qu'il répondait à son téléphone.

— Salut, Tina. Ouais. Je serai là bientôt. D'accord.

Il sourit.

— Oui, toi aussi.

Puis il raccrocha.

— Écoutez, si vous devez aller rejoindre votre petite amie ou autre chose, ce n'est pas grave, marmonna Parker.

— Elle est en retard, donc je peux rester pour quelques minutes. Vous êtes manifestement bouleversé et…

— Je ne suis pas bouleversé ! répondit Parker en se perchant sur la chaise en face du bureau, son pied tapant le sol nerveusement. Je pense juste qu'il y a eu une erreur. Je n'ai jamais eu de C-moins. Jamais.

— Vous êtes en première année ? demanda Adam en prenant le papier et le parcourant.

Il hocha la tête.

— Ma matière principale est l'économie, mais j'étudie également le droit.

Adam continua à lire le devoir avant de le lui rendre.

— Beaucoup de gens pensent que les études cinématographiques sont faciles. Vous êtes manifestement intelligent, mais ce papier a l'air d'avoir été écrit en une quinzaine de minutes le matin du devoir et que vous n'avez pas même vu *Laura*.

— Je l'ai vu !

D'accord, alors il avait regardé des clips sur YouTube et avait lu le résumé sur Wikipédia. Cela comptait tout à fait. Il avait saisi l'idée générale. Comme s'il était supposé passer son temps à regarder de vieux films au lieu d'étudier sérieusement ? Il croulait sous les séances de lecture.

— Je suis certain que le professeur verra que je mérite au moins un B.

Adam haussa un sourcil.

— Vraiment ? Vous avez l'air sûr de vous.

— Eh bien, je vous l'ai dit. Je n'ai pas de C-moins. J'étais champion au concours d'Orthographe de l'état quand j'avais neuf ans. J'ai été le modèle des Nations Unies au lycée et j'ai même rencontré le Secrétaire d'État ! Je ne… je vaux mieux que ça.

— J'en suis certain. Pour le prochain devoir, faites votre travail et mettez-y du cœur, et votre note reflétera ça.

Parker savait qu'il avait raison, mais tout ce qu'il pouvait voir était ce

C-moins sur le papier, le narguant. C'était la troisième semaine de cours, et il n'était déjà pas à la hauteur. Il avait l'impression que tous ses échecs étaient représentés par cette seule note. Il pouvait imaginer ce que son père dirait : *C'est ce qui arrive quand tu ne te concentres pas ! Éric n'aurait jamais…*

— Je ne vais pas la changer, déclara Adam, faisant sursauter Parker, et le sortant de ses pensées.

Le pouls battant à tout rompre, Parker essaya d'empêcher sa voix de montrer son désespoir.

— Ma moyenne a toujours été parfaite. Excepté une fois. Mais ça ne peut plus arriver. Je ne peux pas avoir un C-moins. Vous devez me la changer.

— Vraiment ? dit Adam en riant.

Il *riait !*

Parker se sentit rougir de partout, et il savait que tout partait en vrille. Il devait limiter les pertes et partir avec le reste de sa dignité, mais il ne put empêcher l'indignation de le frapper comme un coup de fouet.

— Ne riez pas de moi ! Pour qui vous prenez-vous ? Ce n'est même pas un vrai module académique.

Adam se contenta de le regarder en haussant un sourcil.

— Je pense que je suis l'enseignant auxiliaire qui ne va pas changer votre note, peu importe le nombre de conneries que vous lui lancez. Alors, prenez sur vous et tirez-en quelque chose.

Parker voulait se lever d'un bond et disparaître, mais il était figé sur sa chaise, rouge et honteux dans le silence qui suivit.

Adam soupira, et son ton s'adoucit.

— Je parie que vous étiez premier de la classe, n'est-ce pas ? L'élève le plus brillant de l'école ? Mais Stanford n'est pas le lycée. Cela peut être une dure transition.

Ses joues rougirent à nouveau. Non, il n'était pas premier de la classe. Il était Salutatorien – alias deuxième de la classe, alias raté – grâce au putain de record parfait de Greg Mason à l'examen de Maths final. Comme toujours, Parker s'était planté et maintenant, il avait un C-moins, et il n'avait aucun ami ici, et il se détestait plus que jamais. Il devrait être capable de laisser tomber.

— Vous allez devoir travailler plus dur dans chaque classe. Même si vous pensez que c'est un cours sur Mickey Mouse. Je sais que ça peut être un vrai choc quand les choses ne sont pas faciles pour la première fois de votre vie, déclara Adam.

Parker se fustigea.

— J'ai toujours travaillé dur. Je *travaille* dur ! Tout ce que je fais, c'est étudier. Les choses importantes en tout cas. Je vais devenir un avocat. Qu'allez-vous faire dans la vie ?

Le visage d'Adam était impassible.

— Je vais avoir ma maîtrise en cinéma documentaire.

— Vous allez probablement finir par travailler dans une émission de téléréalité merdique, marmonna Parker.

Il se comportait comme un con, mais pour le moment, il s'en fichait trop pour se taire.

Repoussant sa chaise, Adam se leva.

— Si c'est tout, j'ai d'autres choses à faire que de supporter le mauvais comportement d'un étudiant de première année paresseux qui s'attend à ce que tout lui soit servi sur un plateau d'argent.

Parker bondit sur ses pieds.

— Vous ne me connaissez pas !

— Je connais votre type. J'ai rencontré des milliers de…

Il prit le devoir et lut son nom avant de poursuivre.

— … Parker Osborne dans ma vie.

Lui arrachant la feuille, Parker essaya de penser à quelque chose à dire.

— Je vais laisser tomber ce stupide cours.

Adam le regarda calmement.

— D'accord.

Puis il commença à parcourir son téléphone. Après quelques instants, il releva à nouveau les yeux.

— Y avait-il autre chose ?

Grinçant des dents, Parker tourna les talons. La mortification et la colère faisaient rage en lui alors qu'il déchirait la feuille de devoir en deux et la jetait à la poubelle sur son chemin. Il sortit son téléphone pour vérifier l'heure et commença à courir en marmonnant un juron. Son cours de statistique commençait dans deux minutes et il n'allait jamais arriver à temps. Il n'était même pas midi et il était vraiment prêt à aller au lit et à en finir avec cette journée merdilleuse.[1]

IL AURAIT VRAIMENT dû aller au lit.

À la place, Parker se trouvait dans une classe vide, assis en cercle avec un groupe de gens qui avaient l'air de vouloir fumer et jouer au footbag sur le terrain de jeu. Il se tortilla sur sa chaise en bois, se demandant s'il pouvait juste se lever et sortir au milieu d'une histoire de lesbiennes qui se démenaient pour ajouter le végétalien au menu de la cafétéria. Il n'avait rien contre les lesbiennes ou les végétaliens (ou les lesbiennes végétaliennes), mais il ne cadrait pas bien avec le groupe d'étudiants LGBT. L'activisme n'était pas vraiment son truc.

Il avait aperçu le prospectus pour cette réunion de groupe après son cours, et il avait décidé qu'il était grand temps d'arrêter de s'apitoyer sur lui-même et d'essayer de se faire des amis. Ou de prendre en compte le conseil de Jason et essayer peut-être de draguer un mec sexy.

Bien sûr, le seul mec à qui il pensait était Adam Hawkins. Durant toute la journée, Parker avait rejoué leur discussion dans son esprit, élaborant de bonnes réparties bien blessantes. Non qu'il allait revoir Adam, Dieu merci. Demain, à la première heure, il allait laisser tomber ce cours. Il prendrait un autre module facultatif le prochain semestre, ou en été, s'il le fallait.

---

[1] Faisant référence au mot que le personnage de Bart des Simsons dit dans le 10e épisode de la saison 09 « Un Noël d'enfer ».

— Qu'en penses-tu, Parker ? C'est bien Parker, n'est-ce pas ? demanda la fille blonde qui parlait en souriant d'un air encourageant.

Merde.

— Euh… je pense que c'est génial. C'est une bonne idée.

Un murmure résonna autour du cercle, et un petit gars asiatique avec un sourcil percé prit la parole.

— Tu penses que nous devrions organiser une manifestation jusqu'à ce que l'université interdise toute viande et tout produit laitier ? Ne penses-tu pas que c'est un peu extrême ?

Il sentit le regard intense d'une douzaine de paires d'yeux.

— Euh… ça attirerait leur attention, cependant. Alors, peut-être qu'ils pourraient proposer un compromis ?

— Exactement ! s'exclama la fille blonde.

Alors que tout le monde discutait des mérites d'une manifestation alimentaire, Parker fixa le gars mignon assis à côté de lui. Des cheveux roux, des yeux verts, et un petit corps musclé. Le gars n'avait pas dit grand-chose jusque-là. Peut-être qu'il n'adhérait pas non plus ? C'était difficile à dire. Mais il pourrait être cool. Il était définitivement sexy en tout cas. *Je ne sortirais avec personne si je n'essaie pas.*

Rassemblant son courage, Parker se pencha vers lui et murmura :

— Pour la viande, je comprends, mais pas de produits laitiers ? Et pas de chocolats, non plus ? La vie ne vaut pas la peine d'être vécue sans ça.

Le rouquin le regarda d'un air impassible.

— Le chocolat est surfait, dit-il.

— Euh, ouais, bien sûr.

Parker agita nerveusement la main.

— Je plaisantais.

Le gars sourit. Une seconde, plaisantait-il également ? Tout le monde aimait le chocolat, n'est-ce pas ?

Le cœur battant, Parker murmura :

— Tu veux aller prendre un café avec moi après ça ? Nous pouvons vivre dangereusement et avoir un café avec du vrai lait.

S'il te plaît, dis oui. S'il te plaît, dis oui.

Le rouquin le regarda de haut en bas, comme s'il était un projecteur qui s'était soudainement éteint. Parker voulait vomir quand son interlocuteur plaqua un faux sourire sur son visage.

— C'est trop gentil. Mais j'ai beaucoup de devoirs à faire après la réunion.

Puis il tourna son attention sur le groupe.

— Marjorie ? Peut-on discuter de la farce que la sororité de Kappa Sigma a faite durant le week-end à notre vente de gâteaux pacifique ? Je pense que nous devrions nous adresser à l'administration…

Pendant qu'ils discutaient de quelque chose concernant une alliance contre nature de cookies et de préservatifs, Parker aurait voulu que le sol carrelé s'ouvre sous lui et l'avale tout entier. Tristement, le plancher était apparemment aussi végétalien, parce que Parker resta là où il se trouvait, le visage rouge, certain que tout le monde savait qu'il venait d'être rembarré.

Il se fustigea intérieurement d'avoir pensé que c'était une bonne idée de participer à cette réunion en premier lieu. Pourquoi devait-il nécessairement rencontrer d'autres gens gays ? Peut-être qu'il devait juste prêter serment à une fraternité et mettre à profit ses talents de suceur de queues comme il en avait eu l'habitude au lycée. Il n'avait pas besoin d'un *petit ami* de toute façon.

Mais j'en veux un.

Le souvenir de sa mortification envahit Parker, se rajoutant à l'humiliation d'avoir été rejeté par le rouquin assis près de lui. Il avait seulement essayé d'embrasser Greg Mason une fois, il pouvait toujours sentir le sol dur de la douche, froid et humide alors qu'il atterrissait sur les fesses, Greg baissant le regard sur lui, la lèvre retroussée.

— *Ne fais pas ton petit pédé.*

Le fait qu'il ait dix-huit ans et qu'il n'ait jamais vraiment embrassé quelqu'un était si pathétique qu'il pouvait à peine le supporter. Assis là dans le cercle d'étudiants LGBT qui avaient probablement tous embrassé des douzaines de personnes, il avait l'impression qu'il avait une enseigne lumineuse clignotant au-dessus de sa tête.

Raté ! Raté ! Raté !

Mais quel était le but de trouver un petit ami de toute façon ? Ce n'était pas comme s'il pouvait vraiment amener quelqu'un à la maison. Ses parents avaient essayé de leur mieux – ils l'avaient fait, mais le fait qu'il soit gay les avait rendus très bizarres et mal à l'aise. Sans mentionner qu'il savait que leurs riches potes du country club n'approuveraient sûrement pas. Parker se demanda ce que son père dirait s'il sortait avec un contestataire hippie. La seule pensée le fit éclater de rire.

Des têtes se tournèrent vers lui.

— Y'a-t-il quelque chose que tu voudrais partager avec nous ? demanda la blonde, son sourire devenant un peu tendu.

Avant que Parker ne puisse répondre, un gars avec des tresses les interrompit, regardant son Smartphone en fronçant les sourcils.

— Waouh ! Vous avez vu, les gars ? Il y a des émeutes folles ou quelque chose comme ça à San Francisco !

— Ils protestent contre quoi ?

— Probablement pas contre la viande et les produits laitiers, Abrah.

— Est-ce que c'est « Occupons Wall Street » ? Je l'espère. J'ai entendu dire qu'ils essayent de faire un come-back.

— Sais pas. Oh, attendez, ça se passe aussi à Washington. Sûrement quelque chose concernant la violence policière.

Alors que le groupe continuait leur débat, regardant leurs téléphones, Parker passa son sac à bandoulière par-dessus sa tête et se dirigea vers la porte. Il retourna au campus et prit un sandwich (à la dinde et Havarti, bien entendu !) sur son chemin vers le dortoir. La salle commune était bondée d'étudiants qui regardaient CNN, mais Parker se fichait bien des manifestations ou émeutes, ou peu importe ce qu'il se passait. Il devrait probablement, mais il avait trop de devoirs à faire, surtout après avoir perdu son temps à la réunion.

L'embarras l'embrasa à nouveau alors qu'il pensait à la manière dédaigneuse dont l'avait étudié le rouquin. Puis une voix retentit dans sa tête… Adam Hawkins l'appelant un étudiant de première année paresseux.

— Je travaille dur dans les modules importants. Bon sang, quel connard ! marmonna Parker alors qu'il donnait un coup de pied à la porte fermée derrière lui.

— Qui est un connard ?

— Merde ! s'exclama Parker, le cœur bondissant. Ne fais pas ça !

Souriant, Chris passa son tee-shirt par-dessus sa tête rasée.

— Désolé, mec. Je suis juste revenu pour faire un peu de lessive.

Il renifla son aisselle.

— Febreze est la meilleure invention de tous les temps.

— Je t'ai à peine vu depuis la ONE.

L'Orientation des Nouveaux Étudiants. Il s'agissait d'une semaine d'activités obligatoires destinée à aider les nouveaux à s'installer et à se trouver des amis. Parker en avait appris un rayon, mais avait échoué totalement à rencontrer quelqu'un avec lequel il aurait des affinités. Chris était assez gentil, cependant, Jason et Jessica lui manquaient terriblement. Il s'éclaircit la gorge.

— Comment va Michelle ?

— Super ! Sérieusement, ses seins sont juste…

Chris porta ses doigts à sa bouche pour les embrasser.

— … Bellissimo ! J'ai trouvé la femme de mes rêves ! poursuivit-il puis il haussa les épaules. Du moins, pour l'instant. Hé, sa colocataire est sexy aussi. Tu veux venir avec moi ? J'ai de l'herbe de première qualité. Nous pouvons traîner ensemble et jouer à Call of Duty. Je te parie qu'elle va te sucer avant la fin de la nuit.

Parker se mit à rire. Il pouvait certainement donner à la colocataire de Michelle quelques tuyaux à ce sujet.

— Nan. J'ai beaucoup de lectures à faire. L'examen d'économie est pour demain déjà.

Peut-être qu'il devrait sortir avec eux, mais il n'avait pas eu l'occasion de faire son coming-out auprès de Chris, et il n'avait aucun intérêt pour l'herbe. Parfois, Parker avait l'impression qu'à dix-huit ans, il en faisait cinquante-cinq ans. Faire la fête et se défoncer n'avait jamais été amusants pour lui.

— Cool. Si tu changes d'avis, appelle-moi.

Chris leva sa main alors qu'il se dirigeait vers la porte. Parker claqua sa paume et s'effondra sur son lit.

— À plus tard.

Dans le silence qui suivit, Parker trouva que le constant *thump-thump* de la musique qu'aimait sa voisine lui manquait. Peut-être qu'elle regardait également les informations dans le salon. Les chaînes d'information aimaient toujours exagérer, ces derniers temps, et Parker ne voyait pas le but de se prendre la tête.

Il regarda le lit vide de Chris. Jason avait été son colocataire pendant tout le lycée à Westley, donc il aurait dû trouver agréable d'avoir pratiquement sa propre chambre à l'école pour une fois. Cela aurait dû être fantastique.

Mais ce n'était pas le cas.

Parker sortit son téléphone. Pas de message de Jessica. Il appuya sur son numéro de téléphone et attendit pendant que ça sonnait, soupirant quand il tomba sur sa boîte vocale.

— *C'est Jessica. Vite... laissez un message avant que les téléphones ne deviennent complètement obsolètes !*

Pendant un moment, Parker se figea, indécis. Puis il tapa à nouveau sur l'écran de son téléphone et raccrocha. Que pourrait-il dire qui ne sonnerait pas à quatre-vingt-dix-neuf pour cent pathétique ?

— OK, ça suffit.

Sa voix retentit bruyamment dans la chambre.

— Il est temps de commencer à travailler.

Après avoir avalé son sandwich, il ouvrit ses manuels scolaires. Le dortoir était plus calme que d'habitude, il laissa son téléphone en mode Avion et se perdit dans la théorie du commerce libre. À huit heures, ses yeux s'alourdirent. Il régla son alarme pour neuf heures et s'étendit pour une petite sieste. Il sombrait dans le sommeil quand la voix perçante d'une fille retentit dans le hall.

— Ça se passe à San Francisco !

En levant les yeux au ciel, Parker mit ses bouchons d'oreilles et se recroquevilla vers le mur. Il verrait les informations plus tard quand il y aurait une information réelle à signaler au lieu de spéculations alarmistes. Que les entreprises américaines ou la police ou, peu importe, les gens qui manifestaient continuent. Quant à lui, il ne devait se soucier que de sa moyenne générale.

IL ETAIT VINGT-DEUX heures trente quand Parker sortit du lit. Il portait toujours son jean et son tee-shirt et ferma sa veste d'un vert sombre avant d'enfiler ses baskets. La marche de quinze minutes vers la cafétéria du campus le réveillerait un peu, et sa douce caféine le garderait éveillé pendant toute la nuit. Il devait travailler plus. Il devait réussir ce devoir. Il *réussirait* ce devoir.

Il mit ses écouteurs et contourna les étudiants qui s'étaient entassés dans la salle commune des dortoirs.

— Yo, Parker ! T'as vu ce truc ? lança Mike de deux chambres plus bas – un gars très gentil, mais obsédé par le sport – quand Parker passa devant lui rapidement.

— Plus tard, mec. J'ai besoin de café, répondit Parker en agitant la main et en mettant la musique.

Ils regardaient probablement le match de baseball puisque l'équipe d'Oakland A. n'était qu'à une victoire pour remporter les éliminatoires, mais il ne pouvait se laisser distraire.

Il avait trouvé ce raccourci la première semaine de l'école après que le résident adjoint lui ait confisqué sa machine à café italienne. L'air de la nuit était frais, et Parker enfouit ses mains dans les poches de sa veste alors qu'il empruntait des coins et recoins entre les bâtiments. Il aperçut la cour principale, où un large nombre de personnes se trouvaient. Quelque chose ayant probablement un rapport avec une fraternité ;

mieux valait les éviter pour qu'il puisse retourner à ses livres dès que possible.

Mais il se demanda quel était l'objet de ces manifestations, et il désactiva le mode Avion dans son téléphone afin de chercher sur Google. Alors que tout se reconnectait, il vibra dans sa paume et l'écran se remplit de notifications. Rien de Jessica ou de Jason, et Parker aurait voulu ne pas ressentir la déception et la douleur qui le poignardèrent. Ce n'était pas de leur faute s'ils s'intégraient bien et se faisaient des amis à l'université. Il ne s'attendait pas à ce qu'ils aient du temps pour lui comme auparavant. Mais cela faisait quand même mal.

Il repoussa ce sentiment et se concentra sur l'écran.

— Sept appels manqués de maman ? marmonna-t-il avec un sourire. Classique.

Quand elle avait quelque chose en tête, elle était comme un chien avec un os. Alors qu'il marchait, il écouta les messages vocaux qu'elle avait laissés.

« *Chéri.* »

L'enregistrement était parasité et brouillé, avec un bruit de fond. Parker s'arrêta et écouta plus attentivement. Il ne put comprendre les quelques mots dits. Puis :

« *Maison du Cape. Nous t'aimons.* »

Le message se termina.

Euh. C'était bizarre.

Pourquoi l'appellerait-elle à propos de leur maison du Cape ? Ses parents allaient à Chatham la plupart des week-ends en septembre, mais c'était mardi. Parker effaça le message et commença de nouveau à marcher. Il l'appellerait quand il retournerait au dortoir, ou peut-être qu'il attendrait jusqu'au matin. Il était minuit passé sur la Côte Est.

Alors qu'il traversait l'un des bâtiments de science, il s'arrêta net. Devant un palmier se tenait Adam Hawkins et ses pommettes absurdes. Bien entendu… il n'avait jamais vu le gars avant aujourd'hui, et à présent, il était probablement condamné à le croiser tous les jours.

Adam avait son casque de moto dans une main, et avait changé ses chaussures contre des bottes noires. Portant des écouteurs, il regardait l'écran lumineux de son téléphone avec un froncement de sourcils qui creusa un sillon sur son front.

Pfff.

Le regard d'Adam se releva brusquement, ses yeux revêtant une expression dure tandis qu'il enlevait ses écouteurs.

— Pardon ?

Parker réalisa qu'il avait peut-être dit ça à haute voix. Il fit pause sur sa Playlist et s'éclaircit la gorge, essayant de se rappeler l'une des réparties pleines d'esprit auxquelles il avait pensé pendant tout l'après-midi.

— Euh, rien.

À la minute où il laissa Adam derrière lui, il pensa à un millier de réparties. Ce qui était rapide. Dans sa veste en cuir noire et sa barbe, il avait l'air ridicule. Ridiculement sexy, ce qui n'était pas vraiment juste puisqu'il était un geek du cinéma. Un documentariste en plus ! Sans oublier un monsieur-je-sais-tout condescendant. Parker continua à avancer.

— Vous n'aviez pas besoin de vous plaindre auprès du doyen, lança Adam après lui.

Parker s'arrêta et lui fit face.

— Hein ?

— Allez-vous vraiment prétendre que ce n'était pas vous ? J'ai rendez-vous avec le professeur Grindle et le Chef du département à la fin de la semaine parce qu'un étudiant avec des parents riches a piqué sa crise. Elle ne m'a pas dit qui, mais elle n'en avait pas besoin.

— Ce n'était pas moi.

Quand Adam renifla, ne le croyant visiblement pas et commença à s'éloigner, Parker ne put s'empêcher de le suivre et de lancer :

— Hé ! Ce n'était pas moi, connard !

— *Je suis* le connard ? rétorqua Adam en se tournant, agrippant son casque, les narines frémissantes. Chaque année, j'ai des étudiants comme toi qui suivent mes cours. Des gamins qui se fichent des arts et veulent juste une note facile. Et maintenant, tu joues avec mon avenir. Ce travail est tout pour moi. Mon diplôme représente tout.

— Premièrement, qui t'a dit que je n'aimais pas les arts ? rétorqua Parker en passant au tutoiement à son tour. Ça me plaît bien, merci de demander. Pour ta gouverne, j'ai joué de l'Alto dans l'orchestre de mon lycée. Et comme je l'ai dit, ce n'était pas moi. Peu importe, mec. Tu n'en vaux pas la peine. J'ai des choses plus importantes à faire, comme étudier pour mon examen d'économie.

— Mmm.

— Quoi ? Qu'est-ce que ça veut dire ?

— Que vous, les gamins de dix-huit ans, croyez tout savoir, dit Adam en haussant les épaules, l'éclair de passion dans ses yeux remplacé par une expression impassible. Si tu dis que ce n'était pas toi, je suppose que c'est vrai.

Seigneur, ce gars était énervant !

— Et quel âge as-tu, vingt-deux ans ? Si sage.

— Vingt-trois ans, en fait.

— Oh, cela change vraiment tout. Peu importe, je ne suis pas obligé de te parler.

— D'accord, dit Adam en haussant les épaules à nouveau, l'air complètement calme à présent.

— L'économie est bien plus importante que parler de films.

Adam le regarda d'un air insondable. Tout comme le rouquin mignon, il avait l'impression qu'il était évalué et qu'on le trouvait désespérément pitoyable.

— D'accord.

— Arrête de dire ça ! Oh mon Dieu, pourquoi j'ai cette discussion avec toi ?

Parker le dépassa et appuya sur le bouton Lecture, même si maintenant, il prenait le mauvais chemin de la cafétéria. Il ferait un détour puisqu'il ne pouvait pas y retourner.

— Bonne chance dans la vie, lui lança-t-il alors qu'il s'éloignait.

Si Adam répondit, Parker ne l'entendit pas avec la musique dans ses oreilles.

Il avait hâte de laisser tomber ce cours. Il aurait dû savoir que…

Un hurlement perça le silence de la nuit, si fort qu'il l'entendit, malgré la chanson de Macklemore. Parker arracha ses écouteurs et jeta un coup d'œil autour de lui. Adam et lui se regardèrent.

— As-tu entendu…

— Oui, répondit Adam, le corps tendu.

Au loin, le cri devint plus fort alors que d'autres voix se joignaient à lui. Le cœur de Parker battit la chamade.

— Eh bien, c'est un sacré bizutage, dit-il.

Le vacarme augmenta, et plus de cris firent hérisser les poils de Parker. Une fille et un garçon coururent au tournant du bâtiment.

— Qu'est-ce qui se passe ? cria Parker.

— Ils sont en train de tuer tout le monde ! cria à son tour la fille, le regard affolé en le dépassant.

Plus d'étudiants apparurent de l'arrière des bâtiments, et Parker les regarda tandis que son esprit essayait de comprendre ce qu'il se passait. Il fut tiré si fort qu'il crut pendant un instant que son épaule allait être arrachée. Adam le propulsa en avant, et oui, il fallait courir. *Cours !*

Parker n'avait entendu aucun coup de feu, cependant, les cris emplissaient la nuit. Il n'avait aucune idée de vers où ils courraient, mais il suivit la foule… et Adam Hawkins. Devant eux, plus de gens affluaient sur la voie de service derrière la librairie, et dans la lueur du lampadaire du chemin, il vit une peinture rouge pulvérisée dans l'air, et au-dessus des étudiants qui trébuchaient à cet endroit. D'autres personnes étaient empilées sur eux, leurs yeux anormalement écarquillés et inquiétants.

Ils assaillaient les autres avec un désespoir frénétique, et alors que l'un d'eux mordait le visage d'un gars portant un tee-shirt Sigma Nu, Parker comprit enfin que c'était du sang qui jaillissait dans l'air.

— Par là ! lança Adam en le poussant dans une allée étroite.

Parker voulait crier, l'envie de le faire battait des ailes dans sa poitrine, mais au lieu de ça, il inspira et le suivit, ses pieds martelant le bitume. Adam était en avance sur lui de six mètres, et il jeta un coup d'œil derrière lui.

— Plus vite !

Les poumons de Parker le brûlaient, et il battit des bras. *Plus vite, plus vite, plus vite.* Mais il n'arrivait pas à suivre.

Adam se retourna vers lui deux fois.

— Continue de courir ! cria-t-il.

Puis il sprinta plus vite encore qu'il ne lui sembla possible et disparut par-delà le bout de l'allée.

Oh merde. Oh bon sang ! Parker voulait hurler à Adam de l'attendre, mais il était parti depuis longtemps déjà. Il serrait toujours son téléphone dans sa main, les écouteurs pendants. Il les arracha de l'appareil et illumina l'écran alors qu'il ralentissait. Il devait appeler le 911. Il était seul, excepté – Oh bordel de merde ! – il n'était pas seul, parce que maintenant, les personnes cinglées se dirigeaient vers l'allée, leurs membres bougeant dans un rythme saccadé et bizarre, et… *Qu'est-ce qui se passait, bon sang ?*

Parker haleta, cherchant son souffle tandis qu'il continuait à courir, l'allée semblant plus interminable qu'auparavant. Il était seul et il allait mourir, et il était piégé, et *merde !* Ce devait être un cauchemar parce que ça ne pouvait pas être réel, mais ils le rattrapaient et…

Un phare l'aveugla. Au-dessus du bruit bizarre lui parvenant des gens qui s'approchaient – comme un étrange grondement avec leurs dents claquant – un moteur vrombit. Parker s'arrêta brusquement et leva un bras pour protéger ses yeux alors qu'une moto descendait rapidement l'allée. Des pneus crissèrent tandis que le conducteur faisait tourner l'engin sur le côté.

— Grimpe ! lui lança Adam, l'attrapant d'une main.

Il tenait toujours son casque avec l'autre, et il le lança violemment contre la tête d'un homme qui essayait de saisir Parker.

La moto vrombissait entre les jambes de celui-ci, et il entoura la taille d'Adam de ses bras.

— Vas-y, vas-y !

Le claquement de dents devint plus bruyant, et des mains sanglantes tentèrent de les attraper, l'une d'elles s'accrochant à sa veste. Le tissu se resserra sur sa gorge, l'étranglant pendant une terrible minute jusqu'à ce que la moto démarre et fasse une embardée au coin de la rue.

Il s'accrocha à Adam difficilement, ses doigts s'enfonçant dans sa veste en cuir. Les ruelles principales du campus étaient obstruées de voitures, les phares illuminant des tas de gens qui s'agitaient et étaient devenus presque des animaux, mordant des étudiants tandis que des hurlements retentissaient à travers l'université. Adam manœuvra habilement la moto, traversant le campus et zigzagant sur des amas de corps disloqués.

Les hélicoptères encerclaient inutilement le chaos de Palo Alto. Comment ne les avait-il pas entendus auparavant ? Il ne pouvait que s'accrocher alors qu'Adam traversait la pelouse et les trottoirs.

— Où allons-nous ?

La voix de Parker paraissait petite et rauque. Seigneur, il avait tellement soif.

— La réserve ! cria Adam.

Ce devait être un putain de cauchemar. Ça ne pouvait pas être réel. C'était impossible. La tête lui tourna tandis qu'ils accéléraient autour du lac de Lagunita, humide et marécageux après les orages de fin d'été, un peu plus tôt cette semaine.

— Et ensuite ?

Adam traversa le terrain d'entraînement et ils plongèrent dans l'obscurité du parcours de golf. Il ne répondit pas.

Chapitre 2

LE CHEMIN ETAIT bordé d'arbres, et la forêt dense autour d'eux, Adam arrêta le véhicule et éteignit le moteur. Des halètements laborieux emplirent les oreilles de Parker, et il sursauta en regardant autour de lui avant de comprendre que c'était les siens. Il s'accrochait toujours à Adam et à sa chaleur. À contrecœur, il se rassit sur son siège et laissa tomber ses bras sur le côté. Le silence de la réserve était perturbant. Des branches étaient secouées par un vent léger, et des feuilles craquaient. Le cœur de Parker était très probablement sur le point d'exploser.

— Ça va aller. Il n'y a personne ici.

— Comment le sais-tu ? demanda Parker en tendant le cou à droite puis à gauche. Ils pourraient être là aussi.

— Je n'entends personne à part toi.

— Et s'ils se cachaient ?

Adam bascula sa jambe par-dessus la moto et se tourna vers lui.

— Avaient-ils l'air discret ?

— Eh bien, non. OK, bien vu. En parlant de ces gens, *c'est quoi ce délire ?* Je veux dire, est-ce que ça se passe vraiment ? Ils étaient comme… comme…

Adams serra les lèvres.

— Des zombies ?

— Oui ! Comment ça a pu arriver ? demanda Parker en faisant de grands gestes avec ses mains.

Il bondit de la moto en poursuivant.

— Ce n'est pas… ça ne *peut* pas arriver. Les zombies ne sont pas réels !

— Eh bien, je ne pense pas que ces personnes soient mortes, mais elles sont clairement… infectées par quelque chose.

— Comment ? Et par quoi ? demanda Parker en faisant les cent pas. Un peu plus tôt dans la soirée, j'ai entendu quelqu'un dire que cela se passait à San Francisco. J'aurais dû voir les informations comme tout le monde. Je ne pensais pas… Seigneur. As-tu entendu quelque chose ?

— Non, répondit Adam en faisant courir sa main dans ses cheveux épais. J'étais occupé à utiliser le matériel de montage dans le laboratoire audiovisuel au sous-sol. Il n'y a pas de réseau en bas.

Il glissa les mains dans les poches de sa veste.

— Merde ! J'ai dû laisser tomber mon téléphone sur le campus.

Soudain, Adam se tendit, la main levée. Parker se figea, écoutant aussi fort qu'il le pouvait.

— Ce n'est qu'un chevreuil, dit Adam après quelques secondes, et se détendant visiblement.

Parker plissa les yeux dans l'obscurité.

— Où ? murmura-t-il.

— Tu ne l'as pas vu ? Il est parti maintenant.

— Oh, d'accord.

Parker fut silencieux pendant quelques instants, l'envie de crier le dévorant de l'intérieur alors que son cerveau essayait de comprendre ce qu'il se passait. Il arracha presque son téléphone de sa poche. La lumière de l'écran fut impitoyable, et il cligna des yeux face à l'image d'un océan d'un bleu éclatant durant un été à Cape Cod avec des voiles blanches apparaissant à l'horizon, qu'il avait mise en fond d'écran. Il glissa son doigt sur le bas de l'écran et entra son code.

— Mes parents. Ma mère m'a appelé un million de fois !

Il appuya sur le numéro de sa mère sur la liste de contacts.

— Allez, allez…

Il retint son souffle tandis qu'il attendait la sonnerie. Rien ne se passa.

— *Allez*, sonne !

— Le réseau doit être surchargé, Parker.

— Ouais, mais je vais encore essayer.

— Je ne t'ai pas dit de ne pas le faire.

Parker ignora l'éclair d'irritation qui le traversa et essaya encore, en faisant les cent pas. Sa gorge devenait de plus en plus douloureuse, et sa tête lui semblait lourde. Il avait besoin d'eau. Il se déconnecta et essaya encore. Et encore.

Tandis qu'une petite sonnerie retentissait finalement sur la ligne, il agita sa main libre dans l'air.

— Ça sonne !

Ça sonna. Et sonna encore.

« Bonjour. Vous êtes bien sur la messagerie de Pamela Osborne. Je suis indisponible pour le moment, mais je vous rappellerai dès que possible. Bonne journée ! »

Le son familier de la voix de sa mère donnait envie à Parker de se lover dans ses bras et de pleurer. Il prit une profonde inspiration.

— Maman ? C'est moi. Est-ce que vous allez bien ? C'est la folie par ici. Je me cache dans les bois, mais je vais bien. Rappelez-moi quand vous arriverez à la maison du Cape. Je vous aime.

Il essaya le numéro de leur maison à Cambridge, puis leur maison du Cape, le téléphone de son père et le numéro d'Éric à Londres. Il laissa des messages similaires après chaque bip. Adam était assis sur le sol, adossé à un arbre avec les yeux fermés et les jambes croisées. *Est-ce qu'il est en tain de méditer ou quoi ?*

Parker le fixa.

— Euh, tu veux appeler tes proches ?

— Je n'ai aucune famille.

Parker cilla.

— Oh. Mais tu as une petite amie, n'est-ce pas ? demanda-t-il en lui tendant l'appareil.

Adam le prit et composa un numéro.

— Tina, c'est moi. Tu vas bien ? J'espère… j'espère te voir bientôt. Je t'aime.

Il raccrocha et lui rendit le téléphone.

— Merci, dit-il.

Faisant à nouveau les cent pas, Parker ouvrit son moteur de recherche et essaya de se connecter sur un site d'informations.

— Allez, allez…

La page se chargea et il regarda le mur rempli de messages rouges, ses yeux regardant attentivement tandis que son esprit essayait de comprendre.

— État d'Alerte Nationale. Il y a une sorte de virus. Mettez-vous à l'abri. Washington, New York, Los Angeles, et d'autres villes sont toutes dans une situation précaire.

— Je ne pense pas qu'un virus puisse se propager seul aussi rapidement, déclara Adam calmement.

Parker ravala un cri quand son téléphone sonna et vibra dans sa main, la sonnerie rétro ressemblant presque à celle de leur téléphone à leur maison du Cap. La photo de son frère apparut sur l'écran, celle que Parker avait prise sur le pont de leur voilier familial, il y a de cela quelques années avant que son frère ne déménage pour Londres. Ses cheveux blonds étaient plus lumineux, et son visage était un peu rougie par le soleil et la mer. Le cœur de Parker battit à tout rompre quand il répondit.

— Éric ?

— Oh merci, Seigneur ! Parkster, tu vas bien ? Es-tu sauf ?

— Ouais. Je me cache dans les bois. C'est quoi cette histoire ? Est-ce que tu vas bien de ton côté ?

— Non. C'est fou ici aussi. Ils disent que c'est du terrorisme biologique, mais je ne sais pas qui diable pourrait propager ça. Je vais me cacher dans un abri au sous-sol. Je suppose que c'est une bonne chose que le directeur de l'entreprise est un taré paranoïaque avec beaucoup trop d'argent… apparemment, il a un abri antiatomique ou quelque chose comme ça.

— C'est bien, répondit Parker en expirant un long souffle.

Éric allait bien.

— Sois prudent jusqu'à ce que tout rentre dans l'ordre. Ça va rentrer dans l'ordre, n'est-ce pas ? demanda Parker, puis il s'interrompit. Es-tu toujours là ?

— Ouais, répondit Éric. Je ne vais plus avoir de réseau, cependant. Tu as pu avoir maman ?

— Elle m'a laissé un message. Ils vont se réfugier à la maison du Cape.

— C'est vrai. Je lui ai dit que tu allais bien. Reste à couvert. Es-tu seul ?

— Non, je suis avec… un autre gars de l'école. Nous nous sommes réfugiés dans la réserve près du campus.

— Très bien. Reste là-bas. Parker, je descends sous terre, maintenant.

Sa voix devint distante.

— Je viens !

Puis sa voix devint à nouveau plus claire.

— Si je ne… si nous… je t'aime, petit frère.

La gorge douloureuse de Parker était incroyablement serrée, et ses yeux piquaient.

— Moi aussi. Éric…

Puis il y eut le silence, et l'appel se déconnecta. Il agrippa son téléphone violemment, voulant qu'il sonne à nouveau. Il réessaya de joindre ses parents, faisant les cent pas et clignant des yeux pour s'empêcher de pleurer. Éric allait bien. Ses parents certainement aussi.

— Je suis content que ton frère aille bien, dit Adam.

— Ouais, fit Parker d'une voix rauque et il toussota. Merci.

Une demi-lune brillait à travers les arbres et Parker croisa le regard d'Adam.

— Qu'allons-nous faire maintenant ?

Adam regarda autour de lui.

— Je suppose que nous pouvons passer la nuit ici. En espérant qu'ils auront maîtrisé ça au matin. Peu importe ce que ce *ça* est.

— C'est le plan ?

— Tu en as un meilleur ?

— Nous devons… nous pouvons…

Parker s'interrompit et ses épaules s'affaissèrent.

— Ouais, je n'ai pas d'autres plans.

Il regarda Adam assis contre l'arbre.

— Bon sang, comment peux-tu être si calme ? Il ne reste plus qu'à étendre un tissu à carreaux rouge et on dirait que tu vas pique-niquer !

— Je réfléchis. C'est comme ça que je réfléchis. Je ne dirais pas exactement que je suis calme, mais à quoi ça sert de paniquer ?

— Ça ne sert à rien, mais *oh, mon Dieu, nous venons juste d'échapper à des zombies !* s'exclama Parker. Au risque de me répéter, c'est quoi ce bordel ?

Il fit à nouveau les cent pas.

— Qui pourrait faire une chose pareille ?

Il tapota sur Google et fit une autre recherche, parcourant les gros titres, qui disaient tous la même chose : Mettez-vous à l'abri. Restez chez vous.

— À moins que tu ne trouves quelque chose en ligne, nous ne le savons pas, Parker. Pas maintenant, du moins.

Il serra les dents.

— Je le sais, mais je me sens mieux en parlant de ça au lieu de rester assis là comme un… un… Bouddha avec des abdos musclés !

Adam haussa un sourcil, mais ne dit rien.

Parker essaya d'appeler le 911, mais il ne reçut que la bonne vieille tonalité occupée.

— D'accord, donc Éric dit qu'il a entendu dire que c'était du bioterrorisme, ce qui a du sens si ça se passe en Angleterre aussi. Ça ne m'étonnerait pas que ça vienne des Russes à ce stade. Peut-être que ce cinglé pense que nous sommes tous gays et qu'il veut nous éliminer tous. Ou ça pourrait être n'importe quels terroristes. Ou alors, peut-être que c'est juste une souche dingue de la rage. Peut-être que nous avons tous besoin de quelques injections et tout ira mieux. Tout ira bien. Il le faut, pas vrai ?

— Pourquoi ne pas t'asseoir ? Tout ira bien.

Parker tapa chaque doigt contre ses pouces plusieurs fois.

— Tu le penses vraiment ?

Le regard d'Adam se détourna, et il n'y eut que le bruit des feuilles qui se faisait entendre. Finalement, il se contenta de dire :

— Nous devons nous reposer.

Le sol de la forêt était un peu humide, et ses jambes étaient tremblantes, mais c'était bon de s'asseoir finalement. Parker s'adossa à son tour contre le tronc épais, son épaule proche de celle d'Adam.

— La police et l'armée vont régler la situation, n'est-ce pas ?

— Je l'espère, dit Adam, semblant prendre de grandes respirations, inspirant et expirant régulièrement.

— Ils doivent le faire. Je veux dire, c'est complètement fou. Je suis certain que je vais me réveiller sur mon matelas grumeleux dans ma chambre avec l'énervante house musique qui vibre à travers le mur. Et tout ça ne sera qu'un rêve.

Adam ne répondit pas, se contentant d'expirer longuement.

L'énergie frénétique s'évapora, et Parker se sentit soudain complètement épuisé.

— Je ne peux pas croire que cela arrive. J'ai pensé que j'allais mourir. Quand tu es parti, j'ai juste… j'ai pensé que c'était la fin pour moi.

— Je savais que je pourrais arriver jusqu'à ma moto. Je n'allais pas te laisser.

— Es-tu un athlète ou quelque chose comme ça ? Parce que tu as carrément disparu. Et ce n'est pas comme si tu me devais quelque chose. Alors, tu sais… merci. D'être revenu et de m'avoir sauvé la vie.

— Je ne pouvais pas non plus te laisser là-bas. Je ne suis pas un sociopathe.

Un éclair d'irritation traversa Parker.

— Ai-je dit que tu l'étais ? Bon sang, peu importe. Oublie ça.

Il vérifia à nouveau son téléphone et s'assura que la sonnerie était activée avant de le glisser fermement dans la poche de sa veste. Il allait vider la batterie s'il continuait à l'allumer.

Maintenant que la montée d'adrénaline était descendue, il commençait à frissonner. Il était minuit passé, et la température avait baissé désagréablement. Le ciel se chargeait de nuages lourds, et il espéra qu'il n'allait pas pleuvoir. Il attira ses genoux contre sa poitrine.

— Tiens, dit Adam en se tortillant à côté de lui.

Puis une veste chaude fut posée sur ses épaules.

— Oh ! Non, ça va aller. Mec, je ne peux pas te prendre ta veste.

Parker essaya de la lui rendre.

Adam posa une main sur l'épaule de Parker.

— Garde-la. Je n'ai pas froid.

Parker aurait pu jurer qu'il pouvait sentir la chaleur venant de la paume d'Adam, même à travers la veste en cuir.

— Tu es sûr ?

Il hocha la tête, ses yeux noisette reflétant cette étrange couleur dorée, même dans l'obscurité.

— Euh… d'accord. Merci. Encore.

— Je t'en prie, répondit Adam après un silence.

La veste était bien trop grande pour lui, et quand il pressa ses genoux contre son torse, il pouvait presque l'envelopper autour de lui. Il était en assez bonne forme, mais n'avait pas la corpulence d'Adam. Le blouson avait une légère odeur de sapin et un soupçon de quelque chose de riche qu'il ne put identifier. Mais ça sentait bon, et il en était reconnaissant.

— Va dormir. Je vais surveiller.

Il ricana.

— Impossible que je dorme. Mais merci. Si tu veux dormir, vas-y.

— Je ne le pense pas, non.

Parker vérifia son téléphone encore. Il envoya des messages à ses parents, Jason et Jessica, puis il serra l'appareil dans ses mains, le sommant presque de vibrer alors que la nuit avançait. Adam ferma à nouveau les yeux, mais il ne dormait pas. Parker voulait lui demander s'il était en train de méditer, mais il ne voulut pas non plus l'interrompre.

Ils attendirent dans l'obscurité.

— TU VOIS quelqu'un ?

Adam secoua la tête.

Parker n'arrivait pas à décider si ce sinistre calme était une bonne ou une mauvaise chose. Il se pencha pour voir de l'arbre derrière lequel ils étaient agenouillés. Il faisait brumeux dans la lumière froide de l'aube, mais les nuages s'étaient dissipés et la journée allait être ensoleillée. Il essaya de respirer régulièrement, toutefois, ses poumons et ses sinus devenaient de plus en plus congestionnés. Il avait l'impression que sa tête pesait une tonne, et sa gorge était officiellement douloureuse. Parce qu'en plus, il fallait que la grippe s'ajoute au-dessus de toute cette montagne de catastrophes.

— Je n'entends pas le bruit qu'ils font non plus. Ça sonnait plus comme un… cliquetis flippant ou quelque chose comme ça. Tu sais ce que je veux dire ?

— Ouais.

— Tu penses qu'ils sont partis ? Peut-être que nous devrions aider ces gens. Ils doivent être juste inconscients.

Des corps couvraient la pelouse, au loin.

— Ils sont morts.

— Mais nous n'en sommes pas certains, n'est-ce pas ? Bien que… c'est bizarre. Je m'attendais à plus. De gens morts, je veux dire. Est-ce qu'ils sont tous devenus des zombies ? Ou infectés ou peu importe ce que ces gens sont.

— Je ne sais pas. Peut-être que si une personne se blesse assez gravement, elle meure quand même. Nous ne savons pas comment c'est transmis ou ce que c'est.

— Je les ai vus les mordre. Les manger, pratiquement, dit Parker en tremblant. Nous avons besoin de trouver quelqu'un qui sait ce qui se passe. Il doit y avoir des patrouilles partout. Ou l'armée ou un responsable.

Il regarda son téléphone à nouveau, espérant voir une notification de ses amis ou de ses parents. Il avait encore quatre barres, mais il n'avait pas pu se connecter. Le petit cercle au-dessus du navigateur ne faisait que tourner sans cesse.

— Je vais vérifier la zone. Reste ici.

— Pas question ! s'exclama Parker en attrapant Adam par la manche.

Il lui avait rendu sa veste, et ses doigts s'y accrochèrent.

— Tu ne peux pas me laisser !

Adam se dégagea impatiemment.

— Je reviens. Ne t'inquiète pas.

— Ne t'inquiète pas ? Ouais, bien sûr, je vais juste rester planté là et me couper les ongles ou quelque chose. Ce n'est rien, vraiment.

— Tu seras plus en sécurité ici.

— Et si tu trouves une sorte d'équipe de secours, et qu'elle te récupère, et qu'on me laisse ici à me ronger les ongles ? Non, non, je ne crois pas.

— Parker, je ne te laisserai pas, affirma Adam, la voix calme et le regard direct.

— Pourquoi pas ? Nous ne nous apprécions même pas. Pourquoi reviendrais-tu ?

— Je suis revenu, la nuit dernière. Je ne te laisserai pas. Que nous nous appréciions ou pas est sans importance. Pour l'instant, nous devons rester soudés.

— Ouais, exactement ! Rester soudés. Ce qui veut dire, tu sais, *rester soudés l'un à l'autre* ! dit Parker en jouant avec la fermeture éclair de sa veste à capuche. Je ne peux pas rester là, à attendre. Nous avons attendu toute la nuit. Nous devons trouver la police. Nous avons besoin d'aide. En plus, et si jamais tu es blessé ? Et si jamais on te bouffe le visage ? Je viens avec toi.

Après un moment, Adam hocha la tête et prit les devants, se dirigeant vers sa moto garée prés des arbres. Dans la lumière du jour, Parker pouvait voir que l'engin était d'une couleur rouge foncé et que c'était une Harley. Et il remerciait le ciel pour ça, parce qu'elle leur avait sauvé la vie. Parker s'y installa derrière Adam, respirant l'odeur de pins et de terre, et enveloppa ses bras autour de lui. Le gars n'était peut-être pas sa personne préférée, mais la pensée d'être seul lui nouait l'estomac et faisait battre son pouls. Il resserra son emprise.

— Qu'est-ce qu'il y a ?

— En dehors de l'apocalypse zombies ?

Adam laissa échapper un bruit qui pourrait presque ressembler à un rire, puis ils furent partis.

Le moteur de la moto semblait atrocement bruyant alors qu'ils dépassaient des corps éviscérés. Parker essaya de ne pas regarder, mais ils étaient partout… pratiquement en morceau. Il ne vit aucun signe de vie. Sur les morts-vivants non plus, ou peu importe ce qu'ils étaient.

Les bâtiments universitaires semblaient déserts. Parker allait demander inutilement où tout le monde était parti quand il aperçut une lumière rouge tournoyante de l'autre côté du bâtiment des sciences humaines.

— Là, là ! Tu l'as vu ? Va en direction du stade. La police est là-bas.

Le soulagement explosa à travers lui. *Nous allons nous en sortir.*

Adam fit rugir le moteur et accéléra le long des trottoirs. La respiration de Parker se bloqua dans sa gorge alors que l'immensité herbeuse du stade apparaissait.

La police était bien là.

Des lumières éclairaient les voitures de police qui avaient été arrêtées pêle-mêle tout autour du stade. Et regroupées autour de leurs véhicules se trouvaient une douzaine de zombies grognant.

Une centaine d'entre eux. Peut-être un millier.

Il n'avait pas besoin de dire à Adam de faire demi-tour. Il se contenta de s'accrocher à lui tandis qu'ils revenaient sur leur chemin en vitesse. Parker jeta un coup d'œil par-dessus son épaule, le pouls battant, mais aucun des infectés ne les suivit.

Quand ils arrivèrent aux dortoirs, Adam ralentit.

— Nous devons trouver une télévision.

Les portes de l'un des dortoirs étaient ouvertes, l'une d'entre elles était presque détachée. Adam fonça vers les quelques marches et entra dans le bâtiment avant d'éteindre le moteur. Le silence les accueillit, accompagné de quelques corps sanglants. Parker détourna le regard du sang et ouvrit la bouche pour dire quelque chose, mais Adam leva la main. Ses yeux étaient fermés, et il resta immobile. Parker pouvait seulement voir le côté de sa tête, et le mouvement de ses cils noirs contre sa peau.

Puis Adam ouvrit les yeux.

— Nous sommes seuls.

— Comment peux-tu en être sûr ? siffla Parker.

— Je n'entends personne.

— Moi non plus, mais c'est un grand bâtiment, murmura-t-il.

Adam se leva et posa la béquille.

— Nous ferons attention. Viens, nous devons trouver une télé.

Parker n'eut pas vraiment le choix et il suivit. Adam semblait avoir raison… l'endroit était désert. Des chaises étaient renversées sur le sol, et du sang tapissait les dalles. Au moins, il n'y avait pas autant de corps, et c'était absolument terrifiant à quel point « seulement » deux étudiants pulvérisés en petits morceaux sur le couloir étaient en quelque sorte un soulagement.

Il resta près d'Adam tandis qu'ils avançaient dans le hall. Dans la salle commune, il y avait plus de sang.

Bien plus.

Les canapés étaient humides de sang, mais il n'y avait aucun corps là. La pensée qu'ils puissent être complètement dévorés traversa l'esprit de Parker, et il frissonna.

La télévision était allumée, le volume apparemment baissé. Un bruit blanc emplissait l'écran. La télécommande ne se trouvait nulle part, alors Parker se dirigea vers l'unité pendant qu'Adam se tenait près de la porte, surveillant le couloir toutes les secondes.

Parker fit parcourir ses doigts sur le boîtier noir en plastique.

— Allez, allez. Quand j'étais petit, on avait des télévisions avec de fichus boutons ! *Merde !*

Il éloigna la table basse renversée du meuble-télé. Sur les étagères sous ce dernier se trouvaient un lecteur DVD et le décodeur.

— Je ne peux pas changer les chaînes sur la télé de toute manière, marmonna-t-il.

Il regarda l'endroit où se tenait Adam, sa tête tournant d'un côté à l'autre toutes les secondes, vérifiant chaque direction puisque la salle commune se trouvait au milieu du bâtiment.

— Tout va bien ?

— Oui.

— Tu me rappelles le Terminator ou quelque chose comme ça. Mais c'est cool. Je ne m'en plains pas.

Les lèvres d'Adam tressaillirent.

— Content de l'apprendre.

Parker trouva le bouton de la chaîne sur le décodeur et il appuya dessus, gardant un œil sur l'écran.

— OK, voyons voir. Bruit blanc. Bruit blanc. Bruit blanc. Écran noir. Écran noir. Brui… oh ! Nous y voilà.

Il cafouilla encore avec la télévision, trouvant finalement les commandes sur le panneau latéral.

— On augmente le volume…, marmonna-t-il.

Un sifflement haut perché emplit la pièce, et Adam grimaça.

— Diminue le volume !

Parker baissa le son pendant qu'il lisait le message qui défilait sur l'écran dans un logo. Il se força à prendre de profondes respirations.

— Qu'est-ce que ça dit ?

Parker lut le message à voix haute.

— *Ici, le Système de Diffusion d'Urgence. Ceci n'est pas un test. Restez chez vous, et gardez vos portes et fenêtres fermées. Si vous n'êtes pas chez vous, trouvez un lieu sûr. L'état d'urgence a été déclaré dans le territoire continental des États-Unis. Restez à l'intérieur et attendez les instructions. Le Centre de Contrôle des Maladies a…*

Il s'interrompit alors que ses paumes devenaient moites.

— Quoi ? demanda fermement Adam.

Parker déglutit difficilement, sa gorge à vif, et son nez coulant.

— Le Centre de Contrôle des Maladies a publié une alerte d'épidémie. Évitez tout contact. Ceci n'est pas un test.

Il enleva le son complètement et regarda le message défiler à nouveau.

— C'est tout ? demanda Adam calmement.

— Ouais. Ça ne fait que se répéter.

Parker parcourut les autres chaînes, sa poitrine se serrant alors qu'il ne voyait que du bruit blanc, des écrans noirs, et quelques autres diffusions avec le même message.

— Attendez les instructions. De qui ? La police est là dehors, morte. Mais l'armée va faire quelque chose, n'est-ce pas ?

Adam fut silencieux pendant un long moment avant de répondre.

— Je l'espère.

— Ils doivent faire quelque chose ! Je veux dire, je... je ne peux pas...

La pression devint plus forte dans sa poitrine, et il toussa, ses poumons sifflants.

— Je suis supposé passer mon devoir d'économie ce matin. Je ne suis pas supposé être... cela ne peut pas être réel. Ce n'est pas possible. Ils doivent régler ça. Ils ne peuvent pas laisser faire ça.

Du sang afflua dans ses oreilles et il trembla.

— Chuut. Ça va aller. Respire.

Adam fut là, une main posée sur l'épaule de Parker et l'autre contre son torse.

— Inspire, poursuivit-il.

Les poumons en feu, Parker essaya d'obéir. Il haleta et la pièce tourna soudain autour de lui.

— Maintenant, expire. Regarde-moi.

Clignant des yeux, Parker s'efforça de se concentrer sur ceux d'Adam. Ils étaient tachetés de tellement de points dorés qu'ils brillaient pratiquement, et il réussit à s'agripper à cette couleur étrange tandis que ses poumons se dilataient et se contractaient.

— C'est ça. Inspire et expire. Ça va aller. Tout va bien.

La pièce se redressa et son pouls ralentit. De la sueur humidifia son front, et il se frotta le nez. Adam le stabilisa, ses grandes mains étaient chaudes, fermes et fortes. Pendant un moment d'égarement, Parker voulut plus que tout se jeter dans les bras d'Adam et que ce dernier l'étreigne. *Merde, mon vieux. Ressaisis-toi.*

— Est-ce que tu as la nausée ? demanda Adam en le regardant attentivement.

Le Centre de Contrôle des Maladies a publié une alerte d'épidémie. Se rejetant en arrière, Parker secoua la tête.

— Ça va. J'ai juste paniqué. Merci.

Il allait bien. C'était juste un stupide rhume. Ou du stress. Ce n'était rien d'autre. *Ça ne l'était pas.*

Se donnant l'air de faire quelque chose, il retourna à la télévision et parcourut plus de chaînes. Il allait abandonner quand il en trouva une nouvelle.

— Waouh, fit-il en reculant.

Adam se tenait derrière lui, et ils regardèrent. C'était l'une de ces salles de rédaction dotées d'un réseau. La caméra fonctionnait, et des gouttes de sang parsemaient l'objectif. Au-dessus de l'écran, les lumières du studio étaient presque aveuglantes. En bas se trouvaient les nouveaux bureaux vides, et dans le coin du fond, quelque chose bougea.

— Volume, dit Adam d'une voix rauque.

Parker remit le son sur la télévision. Ils sursautèrent tous les deux alors que le grondement emplissait la pièce, ponctué par le bruit incontestable d'une chair qu'on déchirait.

Adam parla calmement.

— Allons prendre un peu de nourriture, de l'eau, et trouver un lieu sûr. Et aussi trouver des armes.

— Ouais. Faisons ça. Maintenant ?

Parker éteignit la télévision et cet horrible bruit.

— Je pense que maintenant, c'est mieux, dit-il encore.

Il avait le sentiment que s'enfermer derrière des portes et des fenêtres verrouillées ne suffirait pas.

Chapitre 3

L E P R O B L E M E A V E C le fait de trouver des armes était… eh bien… trouver des armes.

— Est-ce que le magasin de bricolage a des épées ? demanda Parker alors qu'Adam conduisait à travers le campus, restant bien éloigné du stade. Les héros dans les films de zombies ont habituellement de grandes épées. Je ne peux pas croire que j'en parle pour de vrai. C'est complètement fou. Comment saurons-nous quelles armes utiliser contre eux ?

— La plupart des créatures ne peuvent pas survivre à une décapitation.

— C'est vrai. Donc des épées seraient parfaites. Où pourrons-nous en trouver ? Qui vend des épées au vingtième siècle ? Ça se vend probablement en ligne. Est-ce qu'Amazon peut livrer pendant l'apocalypse ? Mais peut-être…

Il s'agrippa soudain à Adam.

— Là-bas ! Sont-ils…

Adam ralentit la moto tandis qu'ils s'approchaient de la bibliothèque. Il y avait un groupe de personnes devant eux. Parker plissa les yeux, levant la main pour bloquer la lumière du soleil. Son cœur se serra. À la clarté du jour, il pouvait voir plus clairement ce qui apparaissait être comme les effets du virus, ou peu importe ce que c'était : des yeux écarquillés et fous, des mouvements saccadés agitant leurs corps, et des mains tendues avec les doigts recourbés, comme s'il s'agissait de griffes. Du sang recouvrait leurs visages et leurs mains.

Mais le pire était le bruit de claquement. Leurs dents claquaient constamment, et par-dessus le vrombissement de la moto, Parker put entendre le bruit bas du grondement, comme s'il provenait de leur gorge. Ces infectés étaient des étudiants, et alors que l'engin approchait, ils se retournèrent, leurs corps anormalement rigides.

Ils commencèrent ensuite à avancer vers la moto, bougeant de plus en plus vite qu'il n'était humainement possible. La respiration de Parker devint un halètement tandis qu'Adam s'éloignait, semblant complètement calme. Cela prit à Parker une minute pour parler à nouveau, et lorsqu'il le fit, sa voix fut aiguë.

— Je pense que Walmart vend des armes à feu, pas vrai ? Dommage que nous ne soyons pas à Boston. Mon père a un foutu arsenal. Non qu'il en ait besoin, mais tu sais. De ses mains froides et mortes, deuxième amendement, bla, bla, bla.

À la pensée de son père, Parker étouffa l'inquiétude qui couvait constamment et résista à l'envie de relâcher Adam afin de vérifier son téléphone. Ils devaient aller bien. Ils le *devaient*.

— Ou peut-être… merde !

Au coin de la rue devant eux, près d'une des entrées du campus, se trouvait une ambulance renversée sur le côté, ses lumières rouges clignotant toujours et le moteur vrombissant. Le soleil brillait sur le métal et une centaine de personnes infectées étaient agglutinées autour d'elle, leur claquement de dents emplissant l'air comme des cigales droguées.

— Que font-ils ? Il ne reste plus personne à manger là-dedans.

— Je ne pense pas qu'ils sachent ce qu'ils font. Je ne pense pas qu'ils réfléchissent à présent.

— Ça n'en a pas l'air. Ça pourrait être nous. Ce *sera* probablement nous.

— Il y a un magasin de sport à quelques rues du campus. Allons y jeter un œil.

— D'accord, c'est une bonne idée.

Parker ne pouvait pas détourner les yeux de la horde d'infectés qui se précipitaient vers eux avec des doigts recourbés et des bras tendus alors qu'ils passaient devant eux à toute vitesse.

— As-tu assez d'essence ?

— Oui, pour l'instant. Nous ferons le plein dès que nous le pourrons.

L'enchevêtrement des ruelles en dehors de l'école fut en vue, encombrées de voitures abandonnées.

— Comment va être la situation en dehors du campus, à ton avis ?

— Je suppose que nous allons le découvrir.

Pour atteindre la route principale, ils devaient s'approcher désagréablement du carnage. Il y avait plus de corps… et plus d'infectés. Parker aperçut des personnes semblant non atteintes alors qu'elles se traçaient un chemin dans ce parcours d'obstacles qu'était devenue la route. Il y eut un éclair de cheveux blonds derrière une voiture ; un fusil pointé sur la rue d'une fenêtre ; deux personnes se tenant la main et se cachant derrière un van.

— Je pense que le magasin est de l'autre côté. Près du fast-food.

Adam ne ralentit pas.

— Non, c'est par là. À deux rues seulement.

— Tu es sûr ? J'aurais juré que c'était de l'autre côté.

— Je suis sûr.

— As-tu été là-bas ? Comment le sais-tu ?

Adam expira fortement.

— J'ai vécu ici pendant cinq ans, Parker. J'en suis certain.

— T'as intérêt.

— Je le suis.

Parker pointa le doigt.

— Là, là ! Équipements de Sport. Hum. Tu avais raison.

— Je le *sais*.

Quelques voitures seulement étaient garées sur le parking, et le magasin était sombre. Adam coupa le moteur et ils restèrent assis là pendant un moment, regardant autour d'eux. C'était perturbant de voir à quel point les rues étaient désertes en seulement vingt-quatre heures. Parker n'avait pas pensé que ce serait possible.

— Qu'en penses-tu ? demanda Adam calmement.

Au loin, une femme hurla.

Sans un mot, ils descendirent tous les deux de la moto et se précipitèrent vers les doubles portes. Parker essaya celle de droite, mais elle était verrouillée. Il tira sur celle de la gauche. Pas de chance.

— Je suppose que nous pouvons briser une fenêtre, hein ? Ce n'est pas comme si quelqu'un va nous arrêter. Au fait, ce serait génial s'ils le faisaient. Ils nous enfermeraient. Et nous nous retrouverions sains et saufs. D'accord, donc comment brise-t-on une fenêtre ?

Il chercha quelque chose qu'il pourrait lancer.

— Attends.

Adam faisait cette chose où il levait la main et écoutait attentivement. Il renifla bruyamment.

— Il y a des gens à l'intérieur.

— Hein ? fit Parker en plissant les yeux à travers la vitre.

Il pouvait juste apercevoir des rayons, mais avec le soleil qui brillait au-dessus d'eux, il ne voyait que son propre reflet. Et bon sang, il avait une sale tête… le visage pâle avec des taches sombres sous les yeux, et la congestion et la gorge douloureuse n'arrangeaient pas les choses. Il donnerait tout pour un Mocha latte.

— Je ne vois personne.

Adam renifla encore, écoutant avec la tête inclinée.

— J'en suis certain.

C'est quoi ce bordel ?

— OK, tu as apparemment une ouïe supersonique, mais c'est quoi le truc avec ces reniflements ? Y a-t-il un épisode d'odeurs super corporelles qui joue là-dedans ?

Adam fit quelque chose d'étrange : il rougit.

— Bien sûr que non. Je pense qu'il doit y avoir des gens là-dedans parce que les portes sont verrouillées et que j'ai entendu des voix. Tu ne les as pas entendus ? Et je renifle parce que j'ai attrapé un rhume.

— Oh, d'accord.

Cela avait du sens… peut-être qu'ils l'avaient attrapé tous les deux. Puis l'estomac de Parker se tordit, et il pria pour que ce ne soit pas le *virus* qui avait infecté les autres. Si cela avait été le cas, ils seraient sûrement en train de manger quelqu'un en ce moment, n'est-ce pas ?

— Nous devrions…

Parker secoua la porte.

— Hé ho ? Y a-t-il quelqu'un ici ? Ouvrez. Nous venons en paix. Hé ho ?

Il frappa sur la vitre.

— Nous allons briser cette vitre dans une minute, alors ouvrez-nous juste la porte. S'il vous plaît ?

Dans le silence qui suivit, Adam soupira.

— Je suppose que c'est un moyen d'aborder les choses.

— Tu as une meilleure idée ? demanda Parker en regardant autour de lui pour s'assurer que son cri n'avait pas attiré les infectés.

Au bas de la rue, il pouvait voir des mouvements, et s'attendait à entendre le claquement distinctif à n'importe quel moment.

— Merde.

Il retourna son attention vers la baie vitrée.

— Sérieusement, vous devez nous ouvrir la porte. *Maintenant !*
Silence.

— Il est temps de briser la fenêtre, dit Parker, mais Adam revenait déjà d'une voiture où il avait trouvé un cric.

Il le leva par-dessus son épaule, et Parker s'éloigna rapidement de son chemin.

— Attendez !

Une voix de femme cria des ténèbres du magasin. Un instant plus tard, trois visages apparurent à travers la vitre en dépit du reflet du parking.

Parker retourna près de la porte.

— Salut. Nous cherchons juste des armes. Nous n'allons pas vous faire du mal. Nous ne sommes pas infectés. Regardez ? dit Parker en faisant un signe entre lui et Adam. Nous allons bien. Pouvez-vous s'il vous plaît nous ouvrir la porte ?

Les jeunes femmes avaient l'âge de Parker. Elles se regardèrent entre elles, puis fixèrent Parker et Adam. L'une d'entre elles inclina la tête et murmura quelque chose aux autres.

— Nous n'allons pas vous faire du mal, dit Adam.

Elles redressèrent brusquement la tête, et les regardèrent silencieusement.

— OK, cette ouïe bionique est un peu flippante, mec, murmura Parker à Adam.

Adam ne répondit pas. À la place, il se colla à lui et entoura les épaules de Parker d'un bras.

— Mon petit ami et moi ne vous voulons aucun mal. Je le jure. Déverrouillez la porte, s'il vous plaît.

Petit ami ? Parker ouvrit la bouche, mais la question mourut sur sa langue quand Adam enfonça ses doigts dans son bras.

— Pour qu'elles ne pensent pas que nous allons les violer, siffla-t-il.

Oh, c'était vrai. Parker s'éclaircit la gorge et sourit aux filles. Il était conscient du bruit peu naturel des infectés qui devenait de plus en plus fort.

— Écoutez, je comprends que vous soyez effrayées. Nous avons peur aussi. J'aurais pu mourir hier, mais il m'a sauvé.

Le cœur bondissant, il passa un bras autour de la taille d'Adam.

— Mon petit ami et moi avons vraiment besoin d'armes. S'il vous plaît ? Nous n'allons pas vous faire du mal.

Adam regarda par la gauche et se tendit.

— Ouvrez la porte ! Nous pouvons nous entraider.

Alors que les filles échangeaient un autre regard, le claquement devint plus fort. Parker allait dire à Adam de briser la foutue baie vitrée et celui-ci resserrait son emprise sur le cric quand une des filles déverrouilla la porte. Avec un long soupir, Parker l'ouvrit et la tint pour qu'Adam puisse faire entrer la moto à l'intérieur. Ils verrouillèrent la porte rapidement et s'en éloignèrent. La paroi avant du magasin était heureusement faite de briques avec des fenêtres près du toit et qui étaient trop hautes à atteindre. Les doubles portes étaient le seul point faible.

Silencieusement, ils regardèrent les infectés se tracer un chemin dans la rue. Quelques-uns s'aventurèrent dans le parking, mais étaient plus intéressés par les voitures, tendant la main vers le métal brillant avec des doigts sanglants. Ils ignorèrent le magasin et après quelques minutes insoutenables, Parker, Adam et les jeunes femmes furent seuls à nouveau.

Parker fixa les rayons sombres. Le soleil à travers les portes, les fenêtres hautes, et une lampe d'urgence au fond du magasin illuminait suffisamment l'endroit pour voir.

— Êtes-vous venus ici pour des armes à feu ? demanda Parker.

Une blonde avec une mèche rose dans ses longs cheveux secoua la tête.

— Je suis la caissière de nuit. Il n'y avait pas beaucoup de monde, donc le directeur m'a laissé la charge de fermer.

Elle indiqua ses amies, une petite asiatique dont les cheveux étaient coiffés en tresses, et une grande brunette avec une coupe courte comme celle que Jessica avait essayée au collège et l'avait toute de suite regrettée.

— Lauren et Daniela sont venues me chercher. Nous allions à la fête des Stigma. Puis tout le monde est devenu fou. Nous avons éteint les lumières et nous sommes cachées. Nous avons pensé qu'il s'agissait d'une émeute. Puis nous avons regardé en ligne et ça semblait arriver partout. Nous avons vu quelques vidéos sur YouTube qui étaient... affreuses. Terribles. San Francisco et Oakland semblaient être la scène d'un film d'horreur. Les ponts étaient bloqués par les voitures, et il y avait... des corps. Et tous les sites nous indiquaient de rester chez soi et de ne pas en sortir. Ils disent que c'est une sorte d'épidémie ou quelque chose comme ça ?

— Ouais. Apparemment.

— Mais comment c'est arrivé ? intervint Daniela. Quelle sorte de virus peut-il rendre ces personnes folles ? C'est dingue, pas vrai ? Ils doivent faire quelque chose. Quelqu'un va venir nous aider, n'est-ce pas ?

— Je l'espère, répondit Parker.

Il voulait le croire, mais à chaque heure qui passait, il perdait espoir.

— Eh bien, merci de nous avoir laissés entrer. Je suis Parker, et lui, c'est Adam. Mon petit ami.

Il essaya de sourire, et échoua complètement.

— Je suis Carey, répondit la blonde. Comme dans Mariah, et non Underwood.

— Que s'est-il passé ? demanda Lauren d'une voix tremblante en tirant sur une de ses tresses. Nous avons essayé d'appeler le 911 un million de fois et il n'y avait qu'un bip fort qui nous répondait, et maintenant, ça ne veut même pas se connecter.

De la sueur couvrait le front de Parker.

— Qu'en est-il de vos téléphones ? demanda celui-ci en sortant le sien et en glissant un doigt sur l'écran.

— Ils ont des barres, mais personne ne répond plus nulle part.

Parker fit les cent pas dans le rayon des équipements de football et essaya tous ses numéros à nouveau. Puis il tenta d'appeler son camarade de chambre Chris. Il connaissait à peine le gars, mais voulait savoir qu'il était vivant. Directement sur boîte vocale. Il laissa un message juste au cas où. *Chris est probablement mort. Ils sont tous probablement morts. S'il vous plaît, faites qu'ils ne soient pas morts.*

Nous sommes morts aussi. Ce n'est juste pas encore arrivé.

Il prit une profonde inspiration et expira. Il ne pouvait pas paniquer. Cela n'aiderait personne. Éric était dans une sorte d'abri antiatomique. Il allait bien. Leurs parents seraient saufs à la maison du Cape. Ils devaient l'être. Son père devrait avoir été au travail, alors ils avaient dû probablement partir tôt. Peut-être que sa mère l'avait récupéré sur son chemin pour sortir de la ville. *Peut-être, peut-être, peut-être, peut-être.*

Il passa une main sur son visage et contourna le rayon chasse, lançant à Adam :

— Tu veux rappeler Tina ?

Carey montrait à Adam les fusils pendant que ses amies regardaient. Ce dernier prit le téléphone et tapa un numéro. Après une minute, il lui rendit son téléphone sans un mot, une résignation manifeste sur son visage. Parker voulait dire quelque chose, parce que ça devait craindre d'être séparé de sa petite amie en voyant tout ce qui se passait dehors, mais ils étaient supposés être en couple. De plus, que pouvait-il dire ? Ça craignait pour tout le monde d'être séparé des gens qu'ils aimaient.

— Avez-vous les clés pour les cartouches ? demanda Adam à Carey.

Elle hésita.

— Je les ai, mais… êtes-vous sûr que c'est une bonne idée ? Savez-vous ce que vous faites, les gars ?

Parker se retrouva à rire.

— Bien sûr que nous ne le savons pas. Mais il y a des *Zombies* là dehors, à défaut d'un autre terme. Ils sont en train de tuer tout le monde, ou de les infecter, et je pense que nous pouvons éviter de vérifier nos antécédents.

Son rire était grinçant.

Les filles s'éloignèrent doucement, l'observant, mal à l'aise, et Parker reconnut qu'il y avait une trace d'hystérie dans son rire. Et pourtant, il ne put s'arrêter. Puis Adam fut là, se tenant juste contre son corps, sa paume prenant en coupe la joue de Parker.

— Inspire et expire.

Son souffle était chaud sur le visage de Parker, et ce dernier ferma les yeux, se penchant contre lui pendant un moment. Il ouvrit les yeux et plongea son regard dans celui d'Adam.

— OK, je vais bien. Désolé. Je ne vais pas paniquer. Comment se fait-il que tu sois si calme ?

Adam eut un petit sourire.

— Je te l'ai dit… je ne le suis pas. Mais nous ne pouvons pas craquer maintenant, dit-il en laissant tomber sa main du visage de Parker.

— D'accord.

Parker jeta un œil aux filles. Carey et Daniela le fixaient prudemment, toutes les deux enlaçant Lauren, qui pleurait.

— Je suis désolé. Ça va aller. Nous avons tous peur. Je me conduis en imbécile.

Lauren renifla et s'essuya le nez.

— Est-ce que ce sont vraiment des zombies ?

Parker secoua la tête.

— Ils sont… quelque chose. Nous ne le savons pas.

— Je n'arrive pas à contacter mes parents, hoqueta-t-elle, de nouveaux sanglots la secouant. Je n'arrive à contacter personne. Aucun d'entre nous ne le peut.

— Moi non plus. J'ai parlé à mon frère pendant une minute, mais c'est tout.

Daniela regarda Adam, qui se tenait maladroitement près des fusils.

— Qu'en est-il de toi ?

Adam secoua la tête.

Carey soupira bruyamment et noua ses cheveux en chignon avec ses doigts agiles, la mèche rose retombant sur sa joue.

— OK, c'est parti. Armes à feu, balles, couteaux. Quoi d'autre ?

— De l'eau et de la nourriture, suggéra Daniela.

Parker réalisa qu'il n'avait pas très faim, ce qui était un mauvais signe. Il avait toujours faim. Il passa furtivement sa main sur son front. Était-il chaud ? Il se sentait fatigué et tout tremblant, mais c'était à prévoir.

Carey commença à distribuer des ordres.

— Il y a des paquets de granolas et des chips près de la caisse, du soda et de l'eau. Allez manger tout le monde, et je vais prendre les clés pour les munitions.

— Oh ! fit Parker, puis il lança après elle. Vous n'avez pas d'épées, n'est-ce pas ?

Carey eut un sourire sans humour.

— C'est ton jour de chance.

— CE N'EST pas comme ça qu'on fait.

Adam lui adressa un regard noir.

— Si, c'est comme ça.

— Non, ça ne *l'est* pas, insista Parker. Je sais que tu es un gars dur, avec ta veste en cuir et tout. Je veux dire, aussi dur qu'un étudiant des beaux arts peut l'être. Mais ce n'est pas comme ça qu'on fait.

— Très bien, déclara Adam en lui tendant le fusil semi-automatique à calibre douze et la lunette qu'il essayait de monter depuis cinq minutes. Montre-moi, s'il te plaît, comment on fait.

D'un geste théâtral, Parker aligna la lunette, fit coulisser la jointure, et la plaça par une simple pression.

—Voilà ! S'il vous plaît, pas d'applaudissement avant la fin de la performance.

Daniela gloussa, et pour sa défense, Adam eut un petit sourire.

— As-tu manipulé beaucoup de fusils ? demanda Lauren.

— Aucun, répondit Parker en agitant le manuel. J'ai juste lu les instructions. C'est un choix audacieux, je sais.

Il le tendit ensuite à Adam avec un petit sourire satisfait, et celui-ci commença à le feuilleter.

Carey fut de retour de la réserve avec une boîte de barres protéinées, qu'elle lança au milieu de leur cercle.

— Il y en a encore à l'arrière. Je suppose que ça dépend de combien nous pouvons en emporter.

Ils avaient barricadé les portes avant et arrière, et avaient créé un nid de sacs de couchage dans le coin arrière du magasin près de la lampe de secours. Dans l'après-midi, ils avaient entendu le bruit distant d'un hélicoptère, mais n'avaient pas pu l'apercevoir du parking ou de l'allée de service derrière le magasin.

Alors que la nuit tombait, ce fut étrangement silencieux. Ils ne savaient pas où les infectés se trouvaient. Parker espérait que cette folie qui les avait saisis s'était révélée fatale. Un éclair de culpabilité suivit aussitôt cette pensée. Il ne souhaitait du mal à personne, mais ces gens-là… ne ressemblaient plus à des personnes. Il voulait juste que sa vie redevienne normale. Les choses seraient-elles normales à nouveau ?

Daniela enfila son sac à dos.

— Je ne sais pas. Si je devais croiser un de ces trucs, je ne pense pas que je m'en sortirais.

Elle l'enleva et commença à fouiller dedans.

Une partie de l'après-midi et de la soirée avait été consacrée à stocker des réserves. Des aliments secs, des comprimés pour purifier l'eau, des tee-shirts légers, des vestes et des sacs de couchage et bien entendu, des armes. Parker avait une machette « une vraie *machette* » avec une sangle arrière prête. Ce n'était pas une épée, mais presque. Il avait essayé de voir s'il pouvait gérer la lame, et espérait qu'il n'aurait jamais l'occasion de l'utiliser sur n'importe quel être vivant. Ou un mort ou peu importe.

À présent, ils examinaient les armes à feu. Parker testa leur poids et prit le plus léger. Il avait vu son père tirer sur un pigeon avec des fusils depuis des années, mais n'avait jamais essayé lui-même puisqu'Éric était un tireur exceptionnel et que Parker n'avait pas voulu qu'on lui trouve encore un domaine où il n'excellait pas.

C'était surréel de tenir une arme. Il avait lu le manuel et pratiqué avec la sécurité mise avant de le charger et de l'enfouir dans l'une des poches de son sac avec des boîtes de balles, s'assurant qu'ils soient faciles à atteindre.

Sérieusement, comment était-il possible que ce soit *sa vie*, à présent ?

— C'est une moto très cool, dit Daniela. Harley, n'est-ce pas ?

— Ouais, répondit Adam. Une Softail.

— Cool. Mon père aurait…

Elle s'interrompit en clignant des yeux et en essayant de sourire.

— Il l'aurait complètement adoré, poursuivit-elle.

Dans le silence qui suivit, Parker arriva à ravaler une toux. La congestion empirait et son nez coulait.

— C'est complètement cool. Très classique. Hum, tout le monde a assez de balles ? Non que je sache ce que veut dire « assez ».

— Ce n'est pas comme si nous allons utiliser ces trucs, dit Lauren en déchirant l'emballage argenté d'un granola. Ce n'est pas comme si… quelqu'un allait en avoir après nous. Ce n'est pas un film. L'armée va reprendre le dessus et nous secourir. Ils doivent le faire. C'est leur travail.

Ils se regardèrent tous les uns les autres dans le cercle, leurs visages exprimant la lassitude et la fatigue.

— Oui, je suis certain qu'ils viendront demain, répondit Adam. Nous devons tenir bon et être préparés. Juste au cas où.

Après un silence gênant, Daniela frissonna.

— Il commence à faire froid ici.

— Désolée, dit Carey. Il n'y a plus d'électricité. La lampe d'urgence est alimentée par le générateur de secours, mais il n'y a aucun chauffage. Nous avons eu un septembre chaud, mais vous savez comment est la température la nuit, ici.

— Quelle en serait la cause ? demanda Lauren.

— Ça peut être n'importe quoi, dit Adam. Un poteau électrique qui est heurté par une voiture, et les lignes coupées. Et si les personnes qui travaillent à la centrale électrique sont infectées aussi…

— Mais et si les lignes sont en bon état, le courant marcherait, pas vrai ? demanda Parker.

Il n'avait jamais réfléchi à la manière dont l'électricité fonctionnait. Parfois, le courant était coupé, mais ça revenait toujours rapidement.

Adam haussa les épaules.

— Pendant un moment, je suppose. Cependant, ces centrales électriques ne fonctionnent pas de manière autonome. Je n'en sais pas beaucoup sur elles, mais je me rappelle avoir visité l'une d'entre elles quand j'étais petit. Elles semblaient très complexes. Ils nous ont fait une démonstration sur la manière dont un petit dysfonctionnement peut endommager tout le système. Et les réseaux sont connectés. Ils nous ont dit qu'ils étaient aussi l'élément le plus faible. C'est pour ça qu'il y a des coupures de courant sur une grande zone.

Il secoua la tête.

— Je ne sais pas pourquoi je me rappelle de ça.

— Et je suppose que l'Internet ne marchera pas sans courant, dit Carey. Je veux dire, si tu as de l'électricité, tu peux poster quelque chose, mais notre fournisseur de services Internet aura besoin de courant pour le lire.

Elle prit son téléphone, et tapota dessus.

— J'ai du réseau, mais je ne peux pas me connecter.

Elle sourit d'un air ironique.

— Apparemment, nous devons découvrir comment vivre sans smartphones. Ma mère dit toujours que je suis obsédée.

Son sourire se fissura et elle eut un soupir tremblant.

— Daniela, allons chercher ces bonnets.

Ils disparurent dans l'un des rayons. Lauren déchira un autre emballage et Parker joua avec les lacets de ses baskets, les nouant et dénouant.

Carey et Daniela revinrent avec une sélection de bonnets et de gants pour tout le monde. Carey mit un bonnet de ski sur ses cheveux blonds.

— Qu'en pensez-vous ?

Lauren fronça les sourcils.

— Je ne sais pas. Essaye le vert.

Daniela leva les yeux au ciel.

— Est-ce que ça réchauffe ? Parce que je ne pense pas que les zombies vont apprécier notre sens de la mode.

Carey enleva le bonnet et arrangea ses cheveux, glissant ses mèches derrière ses oreilles.

— Je suppose que non.

Ses yeux brillèrent.

— Est-ce que c'est réel tout ça ?

La lèvre de Lauren trembla, et Parker dut prendre une profonde inspiration et ravaler la panique qui le submergeait. Ils étaient tous au bord de la dépression nerveuse, et ce n'était bon pour personne. Il prit un des bonnets, qui avait des rabats et un petit pompon rose au-dessus. Il s'agenouilla et le posa sur la tête d'Adam.

— Oui ou non ? Je pense que ça fait vraiment ressortir tes yeux.

Adam lui adressa un regard noir, mais ne l'enleva pas. Alors que les filles riaient, il fixa Parker intensément, et le cœur de ce dernier bondit. Merde. Était-il vraiment en colère ?

Mais ensuite, Adam releva le menton et répondit finalement :

— Seulement s'il y a une écharpe qui va avec. J'ai des principes.

Parker se joignit aux filles qui éclatèrent de rire, et Carey ouvrit des sachets de chips tortilla et Cheetos et les fit circuler entre eux. Le magasin ne vendait que de petits sachets, donc ils en consommèrent un bon nombre. Parker mangea une poignée, les mâchant et grimaçant alors qu'il avalait. Il frissonnait, et espérait que c'était à cause de la température et non de ses symptômes qui empiraient. Les chips n'aidaient pas sa gorge douloureuse, mais il n'avait jamais été capable de résister à des délices salés, même quand il n'avait pas particulièrement faim. *Sois juste normal. Tout va bien se passer.*

Il releva les yeux, et trouva celui d'Adam posé sur lui. Ce dernier avait enlevé le bonnet rose, et ses cheveux étaient dressés à l'arrière de sa tête. Parker se pencha vers lui et les lissa, se demandant quelle sorte de Shampoing il utilisait pour rendre ses cheveux si épais et brillants. Quand il se rassit, il se tortilla mal à l'aise sous le regard d'Adam.

— Quoi ? dit-il en essuyant sa bouche. Est-ce que j'ai des restes de chips sur mon visage ?

Clignant des yeux, Adam secoua la tête et détourna les yeux.

— Ohhhh ! Vous êtes trop mignons, les gars ! dit Carey avec un sourire.

Bien que la tête d'Adam soit baissée, Parker aurait juré l'avoir vu rougir, et se tendre. Avant que les choses ne deviennent bizarres ou gênantes, il lui donna un coup de coude avant de demander.

— Ne vas-tu pas me donner ta veste, mon Petit Ours ?

Adam ravala un rire et hocha la tête vers le manteau vert en nylon posé négligemment sur le nouveau sac à dos de Parker.

— Tu as le tien, maintenant.

— C'est vrai, répondit Parker en haussant les épaules, le laissant tomber sur son chandail à manches longues. Mais ce n'est pas aussi chaud qu'une veste en cuir. Allez.

— Oublie ça.

— Très bien. Je vais chercher un autre petit ami une fois que tout ceci sera fini, déclara Parker en croisant les bras avec un reniflement exagéré.

— Alors, vous devriez vous câliner, dit Daniela avec un clin d'œil.

— Tu sais quoi ? Tu as tout à fait raison.

Parker l'obligea à ouvrir ses jambes et essaya de s'asseoir entre elles.

— Il n'est pas très câlin, murmura-t-il aux filles, qui gloussaient.

C'était amusant de taquiner Adam, et ils avaient certainement besoin d'une distraction.

— C'est parce que tu es si chatouilleux, *mon chéri.*

Les doigts habiles d'Adam glissèrent sous la chemise de Parker, rugueux sur sa peau, mais le touchant doucement.

Parker émit un cri choqué. Il était vraiment chatouilleux, et il ne s'était pas attendu à ce qu'Adam l'attire contre lui. Il se tortilla dans son emprise, à présent enfermé entre ses cuisses puissantes. Quand il fut en mesure d'éloigner la main d'Adam et de s'asseoir entre ses jambes, ils étaient tous en train de rire.

Il s'appuya contre la poitrine d'Adam.

— Là. Ce n'est pas si terrible, hein ? Mon chouchou ?

Il sentit le rire d'Adam au-dessus de sa tête.

— Je suppose que non.

Se câliner était en fait doux et chaud. Parker expira et se mit à l'aise, et Adam ne se plaignit pas. Parker se demanda comment il réagirait s'il devenait intime avec son faux petit ami, et s'il savait que Parker était vraiment gay. Il pensa à nouveau à la vraie petite amie d'Adam et si Tina était encore en vie ou non. Si les parents de Parker étaient vivants ou non. Jessica et Jason allaient-ils bien ? Combien de temps encore Éric pourrait-il rester sous terre ? Combien de temps…

— Arrête de réfléchir pendant quelques minutes, murmura Adam, frottant brièvement le bras de Parker.

— Comment vous êtes-vous rencontrés ? demanda Daniela.

Parker écarta ses autres pensées, puisque celles-ci ne les aidaient pas vraiment.

— Il m'a donné un C-moins sur un devoir, même si tout le monde sait que son module est un cours de vannerie où on pourrait facilement avoir un A. Il n'a pas reçu le mémo, apparemment.

Adam laissa échapper un rire.

— Alors, il s'est plaint au doyen et il m'a attiré des ennuis.

Parker se redressa et le regarda par-dessus son épaule.

— Mec, je ne t'ai vraiment pas balancé au doyen.

Les sourcils d'Adam se froncèrent.

— Vraiment ?

— Vraiment. En plus, je suis certain que ça va bien se passer.

Adam et lui se regardèrent pendant un long moment, puis Parker s'appuya à nouveau contre lui. Cela aurait-il de l'importance à l'avenir ? S'était-il passé seulement vingt-quatre heures depuis que toute cette histoire avait semblé si importante ?

— Attends, c'est ton enseignant auxiliaire ? demanda Carey en haussant les sourcils.

Puis elle se pencha vers eux, la voix baissée.

— C'est *excitant*.

Daniela ouvrit un autre sachet de chips.

— Dîtes-nous tout. Ne laissez aucun détail.

Prétendant être le petit ami d'Adam, Parker pouvait presque se laisser croire que tout cela n'était pas qu'un jeu. Il raconta une histoire farfelue pendant qu'Adam secouait juste la tête et riait de temps en temps. C'était bon de rire et d'oublier toute la pagaille qui se passait dans le monde réel. Peut-être que tout se passait bien. Peut-être qu'ils devraient juste attendre que les choses se calment, et que la cavalerie arrive.

Après minuit, les yeux de Parker s'alourdirent, et il eut l'impression que du mucus s'accumulait dans sa tête à chaque minute qui passait. Les filles s'étaient déjà pelotonnées ensemble, et quand Parker se retourna à nouveau vers Adam, ses yeux s'étaient fermés également.

— Je suppose que nous devons nous reposer, murmura Parker.

Il se redressa pour aller s'allonger seul.

Mais Adam l'attira entre ses jambes et enveloppa ses bras autour du torse de Parker. Son souffle était chaud sur l'oreille de celui-ci.

— Dors.

En dépit de tout, Parker se sentit en sécurité. Il sortit son téléphone.

L'écran était toujours noir. Pas de messages. Ni d'appels. Il vérifia sa batterie. Dix pour cent. Elle allait s'épuiser au matin. Il eut un souffle tremblant et enfouit l'appareil dans sa poche, essayant de garder l'esprit vide. Fermant les yeux, il se rapprocha. Il ne *connaissait* même pas Adam, et ne l'appréciait pas plus que ça, et à présent, ils se *câlinaient*. Mais il laissa la fatigue le tirer vers…

Parker sursauta. Il ne savait pas quelle heure il était, mais sa jambe était ankylosée. Il regarda Adam qui était figé et alerte, ses yeux dorés brillant pratiquement.

— C'était quoi ça ? murmura une des filles, sa voix se cassant.

Puis un bruit reconnaissable emplit le silence : une vitre qui se brisait.

Chapitre 4

DANS LA LUEUR de la lampe de secours, ils restèrent figés… Parker toujours allongé contre Adam, Daniela relevée sur une main et les autres filles pelotonnées sur le sol. Puis Adam bondit sur ses pieds et s'avança à mi-chemin du couloir avec le fusil dans ses mains.

— Préparez-vous à courir, leur murmura-t-il.

Parker sentit l'adrénaline monter en flèche alors qu'il attrapait la machette et attachait son sac à dos. Les filles rassemblèrent leurs propres armes et provisions. Des cris colériques venant de l'avant du magasin emplirent l'air.

Daniela et Parker se regardèrent. Ce dernier humidifia ses lèvres.

— Reste là.

Je peux le faire. Je peux le faire.

Il rampa jusqu'au bout du rayon et jeta un coup d'œil à l'angle, trouvant Adam confronté à un groupe d'hommes dans l'entrée fracassée. Le grand étalage d'équipements de baseball que Parker et Carey avaient posé dans le seuil bloquait leur chemin. Un des hommes leva un révolver et le pointa vers Adam, pendant que les autres tenaient des lampes torches.

— Laisse-nous entrer, connard ! cria l'un d'eux.

Adam parla calmement, sa main qui tenait le fusil ne tremblant pas.

— Nous devons d'abord établir quelques règles.

— Va te faire foutre ! cracha un autre. C'est chacun pour soi. Nous avons autant le droit que vous de prendre les armes qui se trouvent là-dedans !

Il y avait six ou sept hommes, les lampes torches comme des rayons traversant l'obscurité et cela alors qu'ils se mettaient en position. Parker ne pouvait dire quel âge ils avaient et ne pouvait que distinguer clairement l'homme d'âge moyen avec le révolver, qui parlait.

— Je suis certain que nous pouvons tous coopérer et parvenir à un accord.

— Tire-lui dessus ! J'ai besoin d'armes ! Laissez-nous entrer, bon sang ! cria une autre voix.

Les hommes commencèrent à se battre entre eux d'un air désespéré, et essayant d'entrer par la porte, les lumières de leurs lampes tournant frénétiquement. Leur meneur essaya de faire régner le calme parmi les cris et jurons, mais ensuite, Adam s'éloigna de la porte et se dirigea vers Parker.

— Tu vas les laisser entrer ? s'exclama Parker.

— Cours ! Par-derrière !

Adam agrippa son bras et le fit bouger avant même que Parker ne puisse comprendre ce qu'il se passait. Dans leur sillage, les cris des intrus se transformèrent en hurlements, et quand Parker regarda en arrière, il vit du sang gicler dans l'air à travers une des lampes. Les infectés envahirent le magasin, leurs mouvements saccadés devenant affreusement rapides.

Les filles attendaient devant la pile de sacs de couchage, les yeux écarquillés et leurs sacs à dos en place.

— Sortez, sortez ! leur cria Parker.

Carey et Daniela bondirent, puis s'arrêtèrent, jetant un œil à Lauren qui s'était figée.

— Lauren ! cria Carey.

— Allez ! lança Daniela en se tournant pour attraper son amie.

La porte de secours se trouvait dans la réserve à l'extrémité de l'allée arrière, et Adam dirigea Parker dans cette direction, les filles sur leurs talons. Ils passèrent tous la porte et Adam commença à tirer, les coups de feu résonnant dans l'air.

Mais ce n'était pas assez.

Parker tendit la main derrière lui pour attraper son arme juste au moment où Daniela et Lauren furent attaquées, leurs cris perçants résonnant alors que les infectés s'acharnaient sur elles avec leurs mains et leurs dents. Tout ce qu'il put faire fut d'attraper le poignet de Carey et fuir dans la réserve pendant qu'Adam continuait de tirer, les claquements de dents emplissant l'air.

— Adam ! Viens ! lança-t-il.

Puis ce dernier fut à leur côté, et tandis qu'ils couraient à travers la réserve, Carey hurla et trébucha, tombant presque sur Parker. L'un des infectés avait agrippé sa jambe, et celui-ci attrapa sa main avec les siennes et haleta quand Adam tira sur la tête de l'attaquant, la faisant éclater en un jet de sang. Ils coururent vers l'arrière de la réserve qui était séparée par une porte. Adam la ferma et ils furent plongés dans l'obscurité.

— Oh mon Dieu ! s'écria Carey en pleurant. Nous devons y retourner et les récupérer. Elles sont… Oh mon Dieu !

Parker ne pouvait rien voir, et ne pouvait que tenir la main de Carey. Elle pressa ses doigts si fort qu'elle aurait pu les briser.

— Adam ?

Le cœur de Parker battit la chamade.

— Par là.

Quand la main d'Adam trouva la sienne, Parker ravala un cri. Ils étaient complètement aveugles, mais Adam les avait en quelque sorte conduits vers la porte de secours du magasin. Ils les avaient barricadés, bien entendu, mais il sembla dégager les étagères de stockage facilement. Tenant la main de Carey, Parker essaya de ne pas penser à Daniela et Lauren. Son estomac se tordit. Elles avaient été juste là, ensuite…

Alors qu'ils sortaient dans l'allée, il inspira l'air frais de la nuit. Adam fit le tour de la ruelle, le fusil toujours en main et prêt. Le bruit de claquement de dents à l'intérieur du magasin était faible, et il lui sembla qu'ils étaient seuls dans l'allée. Adam retourna dans la réserve pour récupérer sa moto, et Parker remercia le ciel qu'ils aient pensé à la mettre là.

Carey tremblait à côté de lui, ses doigts agrippant toujours les siens. Un sanglot secoua son corps mince, et Parker l'attira dans une étreinte.

— Ça va aller. Tout va s'arranger.

— Ne me laissez pas ici !

— Nous n'allons pas le faire. Bien sûr que non, dit-il en lui frottant le dos.

— Parker.

Il regarda par-dessus l'épaule de Carey vers l'endroit où se trouvait Adam, à quelques pas de là avec la moto. Ce dernier fixait la jambe de Carey.

— Ne me laissez pas ! cria-t-elle à nouveau.

— Elle a été mordue, dit calmement Adam.

Parker s'écarta d'elle.

— Oh Seigneur.

Il la contourna et alla se tenir près d'Adam.

Ses cheveux s'étaient relâchés et emmêlés, et des larmes coulaient sur ses joues. Sous son pantalon court, Parker pouvait voir la peau arrachée de son mollet gauche. Du sang se déversait sur ses baskets.

— Ne me laissez pas, s'il vous plaît ! dit-elle en tendant les mains vers eux. Je vais bien. Je vais bien !

Avant que Parker ne puisse formuler une pensée, Adam chevauchait déjà la moto.

— Il y en a d'autres qui arrivent. Nous devons y aller.

Il passa la main derrière lui et glissa le fusil dans l'étui attaché à son dos.

— Nous ne pouvons pas la laisser ! Et si elle n'est pas infectée ? Nous ne savons pas comment ce virus se propage.

— Monte, ordonna Adam, les narines dilatées, en jetant un autre coup d'œil derrière lui. Tous les deux. *Maintenant !*

Parker grimpa et Carey monta sur ses genoux, lui faisant face, ses jambes s'enroulant autour de lui. Ils vacillèrent tandis que la moto prenait de la vitesse et sortait de l'allée avec bien assez de poids sur elle, mais Adam garda le contrôle, contournant le magasin et roulant sur le trottoir. Avec Carey enveloppée autour de lui, Parker ne pouvait pas regarder derrière lui, mais il pria celui qui l'écoutait dans le ciel pour que les infectés ne les suivent pas. Ils semblaient bien plus rapides, mais cela aurait pu être parce qu'ils étaient nombreux.

Dans ses bras, Carey sanglota, son visage enfoui contre son cou.

— Ça va aller, répéta-t-il, encore et encore. Ça va aller.

Il fallut beaucoup de force à Parker pour se pencher en avant et attraper la taille d'Adam afin que Carey et lui ne tombent pas de la moto. La poignée de la machette s'enfonça dans la base de sa nuque, et le sac à dos mit ses épaules à rude épreuve. Il n'avait aucune idée de l'endroit vers où ils se dirigeaient, mais bientôt, ils roulèrent dans l'herbe, et il y eut des arbres tout autour d'eux. Quand ils s'arrêtèrent finalement et qu'Adam eut coupé le moteur et les phares, Parker trébucha sur le sol, étendu sur le dos avec Carey au-dessus de lui.

Un moment plus tard, le poids de Carey fut soulevé alors qu'Adam la hissait et la déposait près d'un arbre à quelques pas de là. Il recula, gardant Parker derrière lui pendant que la jeune fille gémissait.

— Elles sont mortes ! Oh, mon Dieu, que se passe-t-il ?

Elle sanglota de plus belle.

— Je veux ma mère. *Je veux maman !*

Sur ses genoux, Parker tira sur son sac à dos et chercha la petite lampe qu'il avait gardée à l'intérieur, dans une pochette sur le côté. Quand il rampa vers elle, Adam bloqua son chemin en posant une main ferme sur sa tête. Contournant son soi-disant petit ami, Parker éclaira le mollet blessé de Carey. Ses mains furent humides de sang quand elle essaya d'arrêter le saignement.

— Nous devons la bander ! dit Parker en essayant de s'éloigner d'Adam.

— C'est trop tard.

— Elle pourrait ne pas…

Parker s'interrompit quand il vit les yeux de Carey s'écarquiller. Ses membres tremblèrent spasmodiquement, puis elle commença à avoir des mouvements saccadés tandis que le claquement de dents devenait plus bruyant dans sa bouche, ses dents s'entrechoquant. Elle essaya de parler, mais ne put que crier quand l'infection prit le dessus sur elle.

Devant leurs yeux, Carey devint l'une d'entre eux.

Ses poignets pivotèrent et ses doigts se tordirent, l'étrange rictus se mettant en place. Ses yeux ressemblaient à ceux d'un dessin animé, trop larges, comme s'ils essayaient de sortir de leur orbite. Parker pouvait encore sentir l'humidité de ses larmes sur son cou.

La lampe était toujours dans sa main, et la lumière s'agita dans tous les sens pendant qu'il se mettait debout.

— C'est quoi ce bordel ? s'exclama-t-il en faisant un geste des mains. Seigneur, nous…

Avec une soudaine force, Carey bondit vers lui, les bras écartés et les doigts tordus.

Adam l'écarta brusquement du chemin, et Parker tomba au sol avec un *Whoomp*. La lampe s'envola de sa main et roula dans l'herbe alors qu'Adam détachait le fusil et tirait. Il manqua son but, et l'écorce de l'arbre éclata tandis que Carey cherchait à tâtons le sol. Le grincement de dents devint plus bruyant quand elle attrapa la lampe et commença à la dévorer.

Pendant un battement de cœur, ils se contentèrent de la regarder.

— Je dois la tuer, dit Adam dans un souffle. Pas vrai ?

— Et s'il y a un remède ? Et si elle pouvait aller mieux ?

Parker avait chaud et se sentait tout tremblant. Ils l'avaient connu seulement quelques heures, mais la pensée de lui tirer dessus était insupportable.

Carey rongea la lampe, ses dents faisant grincer le métal. Quelques heures plus tôt, ses amies et elles avaient ri avec eux ; s'étaient pelotonnées et endormies à leur côté. Des larmes firent briller les yeux de Parker et son estomac se tordit. Il attacha son sac.

— Allons-y. Nous devrions juste… il y a peut-être un remède.

Du moment qu'ils ne la tuent pas, il pouvait garder cette petite lueur d'espoir.

— Ouais, d'accord, répondit Adam.

Celui-ci regardait Carey, stupéfait. Puis il cligna des yeux et se dirigea vers la moto.

Quand il alluma le moteur et mit en route les phares, la tête de Carey se releva brusquement et elle s'élança vers eux. Parker grimpa sur l'engin derrière Adam, le cœur bondissant soudain lorsqu'elle attrapa sa cheville à travers son jean, enfonçant ses doigts si violemment qu'il pensa qu'elle allait arracher sa jambe. Il donna des coups de pieds frénétiques, et la moto vacilla quand Adam appuya sur l'accélérateur.

Pendant un terrible moment, Parker eut l'impression qu'il allait être coupé en deux, la force anormale de l'emprise de Carey ne faiblissant pas. Puis ils se libérèrent, et son jean se déchira tandis qu'ils prenaient de la vitesse. Parker se retourna pour regarder ce qui restait de Carey les pourchasser dans la lumière rouge des feux arrière, ses yeux écarquillés tellement fort qu'ils auraient pu exploser, une expression féroce et déterminée tordant son visage.

Des images traversèrent l'esprit de Parker. Les lumières rouges de la police dans le stade… les lumières vacillantes des lampes des intrus… les infectés le pourchassant vers la lumière de secours dans le magasin. Les paroles écorchèrent sa gorge sèche.

— C'est la lumière. Ils sont attirés par la lumière.

Adam éteignit immédiatement les phares.

Parker cligna des yeux. Les arbres ressemblaient à des ombres, et ils pourraient se tuer en roulant dans la forêt avant même que les infectés les rattrapent.

— Peux-tu voir ? lança-t-il. Peut-être que nous devrions nous arrêter.

— Je peux voir.

Parker ne protesta pas. Il s'accrocha à Adam, le fusil attaché dans le dos de ce dernier coincé entre eux. Il ne savait pas combien de temps s'était écoulé quand la moto ralentit enfin et s'arrêta, et Adam éteignit le moteur. Le silence était lourd et anormal. L'engin fit un bruit, et ensuite il n'y eut plus que de l'obscurité.

— Où allons-nous ? demanda Adam calmement.

Parker donna la seule réponse qu'il avait.

— Je ne sais pas.

Après un long moment, Adam parla à nouveau… à peine un murmure.

— J'aurais dû les entendre. Ces hommes. Je n'aurais pas dû dormir.

— Ce n'est pas ta faute.

— Ils ont attiré les infectés vers nous. Les filles…

Parker réalisa que ses bras étaient toujours enveloppés autour de la taille d'Adam, même si la moto ne bougeait plus. Il resserra son étreinte.

— Nous avons fait de notre mieux. Nous assurerons la prochaine fois.

Après une seconde, Adam hocha la tête et tourna la clé.

Ils s'engouffrèrent dans la forêt, se traçant un chemin dans les bois alors que le ciel à l'Est se dégageait. Le bruit du moteur fut le bienvenu, et Parker se permit de fermer les yeux, le vrombissement constant emplissant son esprit, étouffant l'écho persistant des cris agonisants des filles, et Carey sanglotant après sa mère.

DU ROSE ET de l'orange aspergeaient le ciel tandis qu'ils traversaient les rues de banlieue de Palo Alto. Les routes ici étaient aussi obstruées que celles du campus avec des véhicules abandonnés et des restes de corps éparpillés un peu partout. Adam les conduisit vers les trottoirs et à travers la pelouse. Les infectés s'élançaient vers eux de temps en temps, mais pour le moment, il était assez facile de leur échapper.

Parker posa sa tête contre le dos d'Adam, le cuir doux contre sa joue. Il ne s'était jamais senti aussi fatigué. Le mot n'était pas assez fort pour décrire la lassitude qui l'avait envahi. Le sac à dos s'accrochait lourdement à ses épaules, la machette pressant contre sa colonne vertébrale. Il toussa faiblement, totalement congestionné à présent, et sa gorge brûlant à chaque déglutition. *C'est la grippe. Si c'est ce qu'ils ont, je devrais… être transformé maintenant.*

Il était crasseux de boue et de sang, mais au moins, c'était quelque chose qu'il pouvait régler.

— Seigneur, j'ai besoin d'une douche, marmonna-t-il. Et de quelque chose à boire.

Adam l'avait entendu, bien sûr.

— Allons trouver une maison.

Il prit un tournant, conduisant à travers quelques banlieues jusqu'à ce qu'ils arrivent dans une ruelle qui semblait normale mis à part une voiture arrêtée au beau milieu de la route, ce qui restait du conducteur visible à travers la vitre brisée. Adam regarda autour de lui et stoppa le moteur. Pendant un long moment, il se tint juste immobile, écoutant.

Parker laissa Adam faire son truc. Si celui-ci pensait qu'il pouvait entendre ce qu'il se passait *dans les maisons*, alors il le laisserait faire. Pour l'instant, la ruelle était vide, et les seuls bruits que Parker pouvait entendre étaient le chant des oiseaux. Pas de claquement de dents, Dieu merci. Il ferma les yeux et s'appuya contre Adam.

— Des adversaires ?

— Celle avec les volets rouges, répondit Adam en hochant la tête vers une maison au bas de la route.

Il descendit de la moto.

Parker continua à pied pendant qu'Adam poussait l'engin à travers la pelouse et derrière la maison. Le voisinage semblait étrangement calme. Il pouvait presque croire que les machines à café étaient allumées, et que les familles de Ramblewood Lane se prépareraient bientôt pour un autre jour à l'école, ou au bureau, ou peut-être au cours de yoga pour la maman.

Adam gara la moto devant la porte de derrière et se tint immobile. Il tourna la poignée, mais elle était verrouillée.

— Tu es sûr que personne n'est à l'intérieur ?

— J'en suis sûr.

Parker observa la vitre de la fenêtre sur la partie supérieure de la porte.

— Je suppose que nous pouvons briser…

Avec un cliquetis, la porte s'ouvrit. La poignée suspendue dangereusement de son support.

Adam haussa les épaules.

— Fabrication pourrie.

À l'intérieur, la maison de deux étages était silencieuse. La porte arrière s'ouvrait sur une cuisine blanche, où des bananes et des oranges étaient posées dans un bol sur un meuble et des carreaux verts brillaient derrière le lavabo. Sur le comptoir en marbre blanc se trouvait un pot rempli de café frais, l'odeur amère emplissant l'air. C'était probablement la meilleure chose qu'il n'avait jamais sentie.

Un arbre peint ornait le réfrigérateur avec des aimants en forme de nombres et de lettres qui formaient la phrase :

Ashley a 4 ans maintenant.

— Je vais revérifier le reste de la maison.

Armé du fusil, Adam disparut dans le salon.

Après une minute à fixer l'arbre d'Ashley, Parker se rendit utile. Il fit entrer la moto et la gara près de la table à dîner, posant son sac à dos et l'étui de sa machette sur le bois poli. La maison avait encore de l'électricité et il but avidement une bouteille d'eau fraîche sortie du réfrigérateur, puis se moucha le nez avec une serviette en papier. Il toussa, et ses poumons se contractèrent. Peut-être qu'il y avait des médicaments dans la maison. L'eau froide piqua sa gorge, mais il en avala plus, puis il remplit un mug de café. Il le sirota, fermant les yeux en savourant le goût familier.

Il y avait plusieurs boîtes contenant des restes de nourriture dans le réfrigérateur, et Parker les ouvrit pour trouver du rôti de porc, une purée de pommes de terre et un plat de potiron. C'était bizarre de manger la nourriture de quelqu'un d'autre et il n'avait pas vraiment faim, mais il ouvrit chaque placard jusqu'à ce qu'il trouve les assiettes. Ce qu'il voulait plus qu'autre chose était la soupe de poulet de sa mère. Il repoussa son sentiment d'inquiétude et de regret. Ils iraient à la maison du Cape. Ils le devaient. Parker sortit son téléphone, mais il n'avait plus de batterie.

Le plancher craqua au-dessus de lui alors qu'Adam se déplaçait à travers la maison. Une pile de prospectus locaux était posée sur le meuble de la cuisine, l'un d'eux plié avec un cercle tracé autour d'une réduction de bœuf haché supplémentaire pour 3.99 dollars le kilo. Parker jeta un œil à travers la baie vitrée à l'arrière de la cuisine qui donnait sur une agréable table de petit-déjeuner. Des miettes parsemaient cette dernière. Le soleil se levait au-dessus de la balançoire du jardin et il ne se passait rien.

Cela aurait pu être une autre matinée normale.

Dans l'évier de la cuisine, il se lava les mains avec un savon de lavande et à la menthe. Une éponge à récurer était posée dans la bouche ouverte d'une grenouille, et Parker le prit et y enfonça ses ongles. Du sang… celui de *Carey*, oh Seigneur… tacha le rebord d'une tasse qui se trouvait dans le lavabo. Quand ses mains devinrent rêches, il la prit et la lava, lisant les mots qui étaient imprimés sur le côté :

Tu n'es pas ma patronne, c'est le travail de ma femme !

— Tu vas bien ?

Clignant des yeux, Parker laissa tomber le mug avec fracas.

— Ouais. J'allais… il y a à manger.

Il prit une cuillère en bois d'une jarre d'ustensiles et commença à remplir les deux assiettes avec des restes de nourriture.

— Il y a une salle de bain avec une douche ici. Et si nous restions au rez-de-chaussée ? Au cas où on devrait partir en vitesse. J'ai pris des serviettes d'en haut. Vas-y en premier… je vais préparer le repas.

Il prit doucement la cuillère en bois de la main de Parker.

— Tu devrais te reposer. Tu as l'air vraiment malade.

Parker réalisa qu'il tremblait.

— Ouais. D'accord. Une douche me paraît bien.

Il aperçut un fil blanc enroulé sur le comptoir derrière un support à courriers métallique rempli de factures adressées à un *W. Henderson*. Son cœur fit un bond dans sa poitrine.

— S'il vous plaît, faites que ce soit un 5W. Faites que ce soit un 5W.

Il prit le fil et vit le petit connecteur.

— Oui !

L'extrémité du câble USB était branchée à un adaptateur mural dans une prise. Parker sortit son téléphone et le connecta au chargeur. Après un long moment, une petite pomme apparut au milieu de l'écran.

Les minutes s'écoulèrent comme des heures alors que Parker regardait l'indicateur de batterie rouge monter. Il fit les cent pas sur le carrelage, faisant courir ses doigts sur le comptoir en marbre de temps à autre. Adam ne fit aucun commentaire, et s'affaira à ouvrir et à fermer les placards. Il sortit quelques objets, mais Parker ne regarda pas pour voir ce que c'était. La barre rouge augmenta à nouveau.

Enfin, il eut assez de batterie pour vérifier ses messages. Parker glissa son doigt sur l'écran et tapa son code. Il n'y avait aucun nombre rouge à côté de son icône de messages et d'appels. Il cliqua sur les numéros récents et essaya d'appeler sa mère, mais ça ne voulait pas se connecter. Pas d'Internet non plus. Il alla à ses réglages.

— Ils doivent bien avoir du Wi-Fi ici, marmonna-t-il.

Un réseau sécurisé apparut, mais il n'y avait aucune barre d'indiquée, et il ne connaissait pas le mot de passe.

— Merde.

— Parker.

Il se sentait tendu, comme s'il allait exploser. Il fit le tour de la cuisine du regard et réalisa qu'il y avait un téléphone sans fil dans son socle posé sur le comptoir. Comment n'avait-il pas remarqué ça ? Il pressa sur le bouton « ON » avec des doigts tremblants et crut qu'il allait pleurer quand il entendit le doux son de la tonalité. Parker réalisa qu'il ne connaissait pas les numéros de ses proches par cœur, et chercha rapidement dans ses contacts.

Un par un, il essaya sa famille et ses amis. Chaque fois, le téléphone sonnait ou bien il tombait sur la boîte vocale, ou l'appel ne se connectait même pas.

— Bon sang !

Il résista à peine à l'envie d'écraser le téléphone sans fil sur le sol.

— Parker…

— Merde, as-tu vérifié la télévision ? Nous devons vérifier la télé.

Il passa devant une table de dîner rustique et des chaises, et se dirigea vers le salon, où un écran plat était monté sur une cheminée vitrée. Trois télécommandes se trouvaient sur la table basse. Parker prit la plus proche et pressa le bouton Marche. Rien. Il essaya la seconde. Rien. Son pouls battit plus vite alors qu'il prenait la troisième et la pointait vers la télévision. Avec un bruit réjouissant, l'écran s'alluma.

Bruit blanc.

Parker pressa le bouton fléché avec son pouce, passant l'écran statique, et faisant défiler chaîne après chaîne.

— Parker, ça ne sert à rien.

Il ne regarda pas Adam, gardant ses yeux rivés sur l'écran.

— Il doit y avoir quelque chose. Il le faut.

Il pressait son doigt en cadence toujours plus haut à travers les nombres. Enfin, une image apparut.

— Là ! s'exclama-t-il, le souffle tremblant alors qu'il lisait le message qui défilait.

Ici, le Système de Diffusion d'Urgence. Ceci n'est pas un test. Restez chez vous, et gardez vos portes et fenêtres fermées…

— C'est la même chose, dit Parker en secouant la tête. Non, il doit y avoir quelque chose.

Adam était près de lui, son contact était doux alors qu'il prenait la télécommande des mains de Parker.

— Ça va aller.

— Non !

Parker s'éloigna de lui et frappa le bouton fléché. Encore plus de bruits blancs et plus de statiques apparurent, ainsi que des écrans noirs.

— Ils doivent nous dire *quelque chose* !

Il recula le bras et lança brutalement la télécommande à travers la pièce, où elle heurta le mur de la cheminée.

— Nous trouverons un moyen de nous en sortir.

Parker pivota sur lui-même pour faire face à Adam, qui restait désespérément calme.

— Comment ? Que sommes-nous supposés faire ?

— Je ne sais pas.

— Alors à quoi tu sers ? Tu ne sais rien. Nous allons mourir et tu restes juste debout là comme si cela n'a pas d'importance ! Comme si tu t'en fous !

— Bien sûr que ça a de l'importance. Paniquer ne va pas aider, dit-il, n'élevant pas la voix.

Cela rendit juste la rage qui pulsait au travers de Parker encore plus brûlante.

— Eh bien, excuse-moi de ne pas être aussi parfait que toi ! Il y a des putain de *zombies* qui envahissent l'Amérique et l'Angleterre, et le monde entier si ça se trouve ! *Je suis en train de paniquer !* Je ne sais pas où est ma famille. Je ne sais rien. Je ne peux pas être zen ! Qu'est-ce qui ne va pas avec toi ? Au moins, j'essaye de comprendre ce qu'il se passe ! Que fais-tu, toi ? Je pourrais aussi bien être seul. Tu ne m'aides pas.

Ce n'était pas vrai, et dès que les mots sortirent de sa bouche, Parker voulut les retirer aussitôt.

Adam le regarda pendant un long moment. Puis il tourna les talons, la voix toujours calme.

— Je vais prendre une douche.

La porte de la salle de bain se ferma, et Parker fut laissé seul dans le salon, le torse se soulevant et s'abaissant rapidement et la sueur humidi-fiant son front. Ses mains se fermèrent en poings et il serra la mâchoire si durement qu'il eut l'impression qu'elle allait se briser. Il prit un oreiller à pompons et l'approcha de son visage.

Il hurla.

Chapitre 5

ALORS QUE LES minutes passaient, il écouta l'eau s'écouler faiblement, l'oreiller toujours pressé sur son visage. La colère commençait à refluer et à disparaître, et il avait mal partout. Il voulait se pelotonner dans le lit et dormir pendant des jours, mais la crainte le secouait à chaque souffle tremblant qu'il prenait. Et s'il se réveillait et qu'Adam était parti ? Parker ne le lui reprocherait pas, mais cette seule pensée le rendait malade.

Ses jambes n'étaient pas très stables tandis qu'il s'avançait vers la salle de bain. Il posa son front contre la porte et allait s'effondrer sur le tapis pour attendre.

— Parker ?

Il avait dû faire plus de bruit qu'il l'avait pensé.

— Je suis désolé, dit-il, la voix rauque.

La douche coulait toujours, mais un moment plus tard, la porte s'ouvrit. De l'eau s'égouttait des cheveux d'Adam, et sa peau brillait. Il tenait une serviette autour de sa taille.

— Ce n'est rien.

Parker déglutit difficilement. Il avait l'impression que sa gorge avait gonflée encore plus.

— Ne me laisse pas, s'il te plaît.

Sans un mot, Adam prit sa main et l'attira dans la petite salle de bain. Il fixa la serviette autour de ses hanches et releva le tee-shirt de Parker.

— Entre dans la douche. Tu vas te sentir mieux et la chaleur va aider.

Hochant la tête, Parker délaça ses baskets et se déshabilla. Adam le poussa vers l'eau chaude et montra du menton une serviette pliée posée sur le siège des toilettes.

— Voilà. Je vais réchauffer la nourriture et m'assurer que c'est toujours sans danger dehors.

— Non ! s'exclama Parker en agrippant le bras humide d'Adam.

La panique lui serra l'estomac et il vacilla sur ses jambes.

— Reste. S'il te plaît ? En plus, tu as toujours du shampoing dans tes cheveux.

Parker s'avança sous le pommeau de douche, et après quelques instants, Adam laissa tomber sa serviette et le suivit. Il n'y avait pas beaucoup de place pour bouger, mais après qu'Adam eut fini de laver ses cheveux, il recula et laissa Parker se savonner et se rincer. L'eau chaude et la vapeur l'aidèrent, et ce dernier respira plus facilement. Sa toux l'ébranlait toujours cependant, et Seigneur, il était si épuisé. Il voulait s'asseoir sur la partie inférieure de la cabine de douche et laisser l'eau tomber sur lui durant des heures.

Alors que ses genoux lâchaient, Adam le releva de ses mains fortes. Il secoua la tête.

— Tu es vraiment malade.

Parker ne put que tousser en réponse, et son cœur bondit. Il était malade, il n'y avait aucun doute. Cela ressemblait à la grippe, mais, et si ce n'était pas le cas ? Et si c'était comme ça que ça commençait ? Et si…

— Tu vas aller mieux, Parker. Tu dois te reposer, et nous allons te trouver des médicaments.

Il guida la tête de Parker sous l'eau chaude et rinça doucement le shampoing de ses cheveux.

Parker ferma les yeux, savourant le contact des doigts d'Adam sur son crâne. Il avait l'habitude d'être en présence d'hommes nus – dans les pensionnats de garçons, il n'y avait pas de place pour l'embarras – toutefois, logiquement, cela aurait dû être gênant de se doucher près d'un homme qui avait été un inconnu deux jours plus tôt. Surtout un homme qui ressemblait à un Dieu grec, mais avec un torse velu.

Cela faisait-il seulement deux jours ? Il avait l'impression que c'était une autre vie. À présent, c'était la seule chose qui le poussait à avancer, avoir Adam avec lui. S'il avait été seul… la pensée fit battre son pouls. Il péterait un plomb.

Comme s'il lisait ses pensées, Adam parla :

— Je ne vais pas te laisser.

Parker secoua la tête.

— Mais pourquoi resterais-tu ? Je suis un raté. Je ne fais jamais les choses bien, et je vais te ralentir. Tu es si rapide. Comment peux-tu être si rapide ?

— Tu n'es pas un raté. Tu es énervant parfois, mais tu es courageux et tu te soucies des gens. Je voulais laisser Carey derrière nous. Réduire les pertes.

— Cela n'a plus d'importance de toute façon. Elle est toujours…

Il frissonna quand il pensait à ses yeux écarquillés et à ce bruit terrible qui était sorti de sa bouche.

— Ça en a.

Parker voulait s'effondrer contre la poitrine large d'Adam et pleurer, mais il devait se ressaisir.

— Je ne pensais pas ce que j'ai dit un peu plus tôt. Je suis content que tu sois calme. Si nous paniquions tous les deux, nous aurions de sérieux problèmes. Pas que nous n'en ayons pas déjà.

Adam pressa l'épaule de Parker.

— Nous allons trouver une solution, déclara-t-il en le scrutant attentivement. Je ne veux pas être seul non plus.

Puis un petit sourire releva ses lèvres.

— Nous sommes coincés ensemble.

DANS LA CUISINE, Parker se tenait près des fenêtres, regardant des feuilles rampant sur la pelouse pendant que le micro-onde ronronnait discrètement. Il s'était assis sur le sol de la douche jusqu'à ce que l'eau devienne froide, et puis il s'était mouché le nez pendant ce qu'il lui avait semblé durer cinq minutes. À présent, il était habillé d'un nouveau sous-vêtement, d'un nouveau jean et d'un pull-over à capuche. Adam, qui n'avait pas été en mesure de prendre son sac à dos au magasin, était allé chercher des vêtements dans la maison ainsi que tout ce qu'il pourrait trouver d'utile.

Le *ding* du micro-onde quand celui-ci s'arrêta fut trop bruyant. Parker prépara le deuxième plat et amena les couverts, les serviettes et des canettes de coca froides au coin-repas.

Son téléphone continuait de charger sur le comptoir, et il le vérifia encore une fois avant de s'asseoir. Ses cheveux noirs séchés maintenant, Adam entra dans la cuisine, il portait un Brown Henley et un sac de vêtements. Il rejoignit Parker à table et ouvrit sa canette de coca. Après avoir pris une gorgée, il soupira.

— Bon sang, c'est bon. Nous ferions mieux de boire pendant que nous le pouvons.

Parker avala une gorgée sucrée.

— Ouais. Je suppose.

C'était douloureux pour sa gorge, mais Adam avait raison quand il avait dit qu'il fallait en profiter. L'idée qu'une longue période passe avant qu'il puisse avoir à nouveau du coca le mena vers d'autres pensées qu'il essayait de bloquer.

Ils mangèrent en silence, mais ce n'était pas inconfortable. La nourriture chaude avait meilleur goût que ce que Parker avait imaginé, puisqu'il n'avait pas faim. Son estomac gargouilla tandis qu'il avalait désespérément les premières bouchées. Puis il ralentit, prenant les restes avec sa fourchette. Son regard se perdit au loin, fixant les nuages qui passaient, obscurcissant le bleu brillant du ciel d'automne. Ça semblait, en quelque sorte, injuste que la nature ne reflète pas le chaos qui se déroulait ici.

— Pourquoi as-tu dit que t'étais un raté ? demanda Adam.

Les balançoires vacillaient au rythme du vent grandissant. Parker se tortilla sur sa chaise, mal à l'aise, sentant le regard intense d'Adam sur son visage.

— J'ai fait pas mal de gaffes, répondit-il en prenant une autre bouchée. Ces patates sont bonnes. Celles de ma mère étaient toujours dures. Pas mauvaises, mais pas crémeuse comme celles-ci.

Il ne savait pas pourquoi il disait ça.

— Et toi ?

Adam mâcha et déglutit.

— Moi ?

— Ta mère a-t-elle…

Parker se rappela trop tard qu'Adam avait dit qu'il n'avait aucune famille.

— Euh…, non, rien.

Cependant, Adam ne sembla pas bouleversé.

— Elle était bonne cuisinière. Je n'ai jamais goûté une sauce tomate aussi bonne que la sienne. Elle cultivait ses propres tomates, et elle les laissait mijoter sur le feu pendant deux jours. Quand je suis venu pour la première fois à San Francisco, j'ai essayé beaucoup de restaurants italiens. Des restaurants de luxe. Je pensais qu'ils pourraient avoir une marinara qui avait la moitié de son goût.

Il prit la dernière bouchée de courge.

— Mais après un moment, j'ai arrêté d'essayer, continua-t-il.

— Où as-tu grandi ?

— Au nouveau Mexique. Près d'Albuquerque.

Parker voulait l'interroger à propos de sa famille, mais à la place, il demanda :

— Comment as-tu atterri ici ?

— J'ai toujours voulu vivre près de la mer, et Stanford a un bon programme de maîtrise des beaux arts.

Il passa une main sur son visage et posa sa fourchette, son assiette vide.

— Alors… qu'allons-nous faire maintenant ?

— Que veux-tu faire ?

Parker essaya de penser à une idée, mais son esprit était vide.

— Barricader les portes et les fenêtres et dormir.

— Ça m'a l'air d'être une bonne idée. Tu devrais prendre des médicaments contre le rhume. J'ai trouvé du sirop contre la toux et d'autres choses là-haut. Et avant que tu ne le dises, ne t'inquiète pas. Tu as un rhume. Si tu avais ce truc qui cause tout ce chaos, tu serais l'un d'entre eux maintenant.

Parker hocha la tête. Il devait croire que c'était vrai, parce que… eh bien, si ça ne l'était pas, bientôt, cela n'aurait plus d'importance. Donc, il pouvait tout aussi bien le croire.

Ils finirent par se retrouver dans le salon avec la bibliothèque placée devant la baie vitrée et les rideaux tirés. Parker se pelotonna dans la causeuse avec un oreiller moelleux et une couverture, quant à Adam, il était allongé dans un divan rembourré. Ils avaient empilé leurs matériels et armes sur le sol entre eux.

— Où est tout le monde ? demanda Parker calmement. Pourquoi n'avons-nous vu aucun survivant ? Penses-tu qu'ils se cachent comme nous ?

— Probablement. Ou bien ils sont morts. Ou…

Dans la pénombre, Parker aperçut une photo sur la table basse. Un homme souriant, une femme et une petite fille avec des cheveux bouclés noirs étaient assis ensemble devant un fond bleu tacheté.

Alors qu'il écoutait la respiration d'Adam devenir plus profonde, Parker regarda Ashley Henderson et ses parents, et il se demanda s'ils allaient revenir à la maison, un jour.

PARKER CLIGNA DES yeux, des formes noires d'une pièce inconnue apparaissaient clairement, illuminées à peine par les lueurs des lampes de la rue à travers les fins rideaux. *Où était…* Il se redressa brusquement alors que tout lui revenait.

— Ça va aller, dit Adam calmement.

Il était accroupi près d'un placard devant la cheminée.

— Quelle heure est-il ?

— Deux heures.

— Du matin ? demanda Parker en frottant ses yeux. Pourquoi ne m'as-tu pas réveillé ?

— Nous avions tous les deux besoin de nous reposer.

Parker hocha la tête avec un regard troublé et se moucha le nez. Comment était-il possible d'avoir autant de morve dans son nez ? Cela faisait mal de déglutir, et sa bouche était sèche. Il déballa une pastille goût cerise du sachet qu'Adam avait trouvé.

— As-tu vu quelque chose ? Entendu quelque chose ?

— Quelques infectés étaient dans la rue un peu plus tôt. Je pense qu'il y'en a beaucoup plus maintenant. Tu avais absolument raison à propos des lumières… ils sont attirés par elles. Ils ont envahi une maison au bout de la rue. Je pense qu'elle a des capteurs de mouvements et les lumières n'arrêtaient pas de clignoter. Cela semblait les attirer, le clignotement. Mais je pense que même s'ils te croisaient dans l'obscurité, ils t'attaqueraient quand même. Une fois que tu es dans leur ligne de mire, si quelque chose ne les distrait pas, ils te pourchasseront. Mais je n'ai pas entendu… Je ne crois pas qu'il ait eu des personnes à l'intérieur. Enfin, cela ne m'a pas semblé être le cas.

— C'est quoi ce truc avec ton ouïe ? C'est flippant.

Toujours accroupi, Adam ne le regarda pas.

— Je ne sais pas. C'était génétique.

— Mais… comment ?

— *Je ne sais pas.*

— Je posais juste la question, mec, dit-il en se mouchant à nouveau le nez. Que fais-tu ?

— Je regarde s'il y a des films.

— Quelque chose d'intéressant ? Peut-être que nous devrions voir quelque chose avant que le courant ne se coupe, plaisanta-t-il. Nous n'aurons plus l'occasion de voir des films à l'avenir.

Alors qu'il disait les mots, l'estomac de Parker se serra. Ils allaient sûrement rétablir l'ordre. Ils devaient juste attendre.

— Mais je suppose que c'est une mauvaise idée puisqu'il y a un risque qu'ils aperçoivent la lumière.

Adam prit une boîte de Blu-ray.

— Tu ne croiras jamais ce qu'ils ont.

— Comment suis-je supposé le savoir ? Attends… ne me dis qu'ils ont *Laura*.

Adam se mit à rire.

— Non, mais ils ont *Quand la ville dort*. C'était le suivant sur le programme de cette année.

— Hé, ça me donnera une longueur d'avance sur le devoir. Tu pourras me dire ce qu'il y a de génial à propos de ce film.

— Je pensais que tu allais laisser tomber ce cours, dit Adam en se redressant et en retournant près du canapé, où il s'assit avec les coudes sur les genoux.

— Peut-être que je vais y réfléchir. Je ne voudrais pas que tu n'aies que des prétentieux dans ta classe.

Il tendit le cou d'un côté puis de l'autre. Il avait dormi, mais avait eu des rêves étranges dont il ne se rappelait que des bribes d'images. C'était surréel de se réveiller dans le salon d'une personne étrangère au milieu de la nuit. Le monde semblait complètement calme.

— J'ai l'impression de dormir. Comme si tout ça n'était qu'un horrible cauchemar, dit Parker. J'étais en train d'étudier et je suis sorti juste pour avoir un peu de café et ensuite… ça.

— Je rentrais chez moi pour enregistrer quelques épisodes de *L'incroyable Course* sur TiVo.

— Je crois que nous faisons notre propre course maintenant. Sauf que si nous perdons une jambe, nous allons vraiment perdre une jambe.

Adam se mit à rire, puis regarda Parker silencieusement.

— Quoi ?

— Rien. Tu es juste…

— Un idiot ? Je sais, crois-moi.

— Drôle. J'allais dire que tu étais drôle.

— Oh. Euh… Merci.

— Tu me fais rire. Je ne… il n'y a pas beaucoup de personnes qui me fassent rire.

— Qu'en est-il de Tina ? demanda Parker.

La question sortit de sa bouche avant qu'il ne puisse s'arrêter.

— Je suis désolé. Je ne voulais pas…

Adam sourit tendrement.

— Ce n'est rien. Et non, elle n'est pas très drôle. Elle est gentille et très généreuse, et elle aime rire. Mais elle n'est pas drôle. À moins que les blagues de Toc-Toc soient ton genre d'humour.

L'expression douce sur le visage d'Adam envoya un éclair de jalousie à travers Parker.

Bon sang, ressaisis-toi. Il n'est même pas gay, et elle est probablement morte. Je suis un tel connard.

Il s'éclaircit la gorge et prit une autre pastille de son médicament contre la douleur.

— Comment vous êtes-vous rencontrés ?

— En License. J'ai pris un cours d'étude sur les femmes et j'étais le seul gars. C'était intimidant, mais elle s'est assise à côté de moi et m'a parlé. J'ai pensé sur le moment que c'était parce que je lui faisais pitié ; mais plus tard, elle m'a dit que c'était parce que j'étais sexy, dit-il en souriant faiblement.

Elle n'avait pas tort.

— Um… tu vis dans les environs ? Penses-tu qu'elle serait là ?

— Non.

— Mais peut-être ?

Avec un soupir, Adam ferma les yeux.

— Elle est partie à San Francisco cette nuit-là pour un concert. Je lui ai envoyé un message pour lui dire de s'amuser et j'ai vu sa réponse juste avant que je ne te croise. Il avait été envoyé une heure plus tôt et il n'y a plus rien eu après ça. Elle m'a dit qu'il y avait quelque chose de bizarre qui se passait dans la foule et qu'elle allait voir ce qu'il se passait.

— Oh, fit Parker.

Il ne sut pas quoi dire donc il commença à babiller.

— Cela a dû être assez grave dans le centre-ville. Il y a tellement de gens, et c'est arrivé très vite. Et si elle se trouvait dans une foule, et que l'infection s'est propagée…

Arrête de parler immédiatement.

— Ouais, dit Adam, sa douleur palpable alors qu'un faible sourire apparaissait sur ses lèvres. C'était Tina. Elle aurait foncé dans la foule avec les mains sur les hanches et aurait demandé des réponses.

Il ouvrit les yeux, repoussant les larmes en clignant des paupières.

— C'est *elle*. Je peux toujours espérer, je suppose.

— Je suis désolé, murmura Parker.

Ce n'était pas assez, mais c'était tout ce qu'il avait.

— Et tu n'as pas d'autres amis ni de famille ?

Il secoua la tête.

— Pas d'amis proches ici. Et ma famille est morte quand j'avais neuf ans. Mes parents et mes deux sœurs.

Seigneur. Parker ne pouvait même pas l'imaginer. Bien qu'à présent, *il* était peut-être le dernier survivant. Il repoussa cette pensée de son esprit. Il ne le savait pas. Éric se trouvait dans un abri antiatomique, et la maison du Cape serait peut-être plus sécurisée. Et il y avait toujours le bateau, s'ils pouvaient rejoindre la marina.

— Cela a dû être terrible.

Il se demanda comment c'était arrivé, mais il ne voulait pas être indiscret.

— Ouais, dit Adam en se réadossant contre les coussins fleuris. J'imagine que j'ai appris que c'est ainsi que fonctionne notre monde. Rien n'est éternel. Nous pensons que ça le sera. Ça ne l'est jamais.

Il jeta un coup d'œil à la pièce sombre.

— J'aurais voulu filmer cet endroit.

— As-tu toujours fait des films ?

Le regard d'Adam était vague, comme perdu dans ses pensées.

— Après l'accident, mon psy m'a donné une caméra. Il m'a dit d'enregistrer tout ce qui m'intéressait.

— Et qu'est-ce qui t'intéressait ? demanda Parker en se pelotonnant à nouveau, enfouissant ses pieds sous lui.

Il se tamponna le nez. Sa tête était si lourde.

— Les gens. Je les filmais quand ils ne regardaient pas. Mais parfois, quand ils me regardaient aussi et quand ils parlaient.

— Il y a une caméra dans mon téléphone. Tu pourrais l'utiliser et...

Il bondit sur ses pieds, vacillant et agrippant le canapé.

— Mon téléphone. Je dois vérifier.

Il se dirigea vers la cuisine, trouvant son chemin dans le couloir sombre.

Le téléphone se trouvait où il l'avait laissé sur le comptoir, branché dans le chargeur. Il tira sur le fil et alla dans la salle de bain au cas où la lumière de l'écran serait vue de l'extérieur. Il n'y avait aucun message sur son écran de verrouillage et les barres sur le dessus avaient disparu. Il tapa son code et essaya d'appeler le numéro de sa mère. Pas de connexion. Parker ferma les yeux et inspira profondément. Tout allait bien. Tout ira bien.

Adam était appuyé contre le mur dans le couloir quand il sortit.

— Rien ?

— Non. Pas de connexion. Je suppose que nous sommes chanceux qu'il y ait de l'électricité. Mais elle ne va probablement pas durer.

— Probablement pas.

Comme sur un signal, un cri transperça le silence.

Sans un mot, ils se précipitèrent vers le salon et prirent leurs équipements et armes. La tête de Parker tournait et la toux le secoua.

Plus de hurlements retentirent. Ils écartèrent la bibliothèque de la baie vitrée, et Parker plissa les yeux dans la nuit. La fenêtre donnait sur l'extérieur de la maison, et il s'agenouilla sur le rebord afin de pouvoir regarder à droite et à gauche. Les lampes de la rue étaient toujours allumées et des groupes d'infectés les encerclaient. Mais deux portes plus bas, une lumière brillait d'une maison et les zombies s'y précipitèrent, brisant des fenêtres dans leur désespoir et se frayant un chemin.

Adam et Parker se regardèrent. Ce dernier connaissait les options : se cacher, courir ou aider.

— Nous pouvons essayer de faire le tour par-derrière. Voir s'ils sont toujours…

Adam hocha la tête.

— Mais si ce n'est pas le cas, nous sortons de là rapidement.

Il fit rouler la moto par la porte de derrière et ils jetèrent un œil par-dessus la barrière. À côté, c'était silencieux et sombre, mais la maison envahie plus bas semblait pulser du grondement des infectés. Il devait être trop tard, mais alors que Parker ouvrait la bouche pour le dire, le cri d'un enfant perça le terrible vacarme.

Sans hésiter, Parker escalada la barrière. Mais quand il arriva au-dessus, Adam était en quelque sorte arrivé devant lui, déjà sur le sol. Il lui cria tandis qu'il courait.

— Prends la moto et fais en sorte qu'elle soit prête !

Parker se mit à plat ventre et se laissa tomber sur la pelouse des Henderson. Son sac à dos le contrebalança pendant un moment, et il agita les bras pour rester sur ses pieds. Quand il fut stable, il grimpa sur la moto et chercha une sortie. Il ne pouvait pas prendre le chemin par lequel ils étaient venus, par l'entrée de la maison. Trop d'infectés se trouvaient dans la rue. Heureusement, il y avait un portail à l'arrière du jardin, où le sol descendait vers un petit ravin. À présent, il devait juste comprendre comment démarrer la moto.

Il tordit les boutons désespérément, essayant tout ce qui pourrait marcher.

— Clé, clé, clé. Il doit y avoir une clé, pas vrai ? Merde !

Il descendit de la moto et essaya de la pousser.

— Bon sang !

Il avait l'impression qu'elle pesait une tonne. Avec un grognement, il enfonça fermement ses baskets dans le sol et poussa la moto vers le petit ravin, ses muscles se tendant et son souffle sifflant alors qu'il haletait. Il ne pouvait voir aucune clé et aucun endroit où la mettre. Peut-être qu'Adam avait toujours la clé et ne l'avait pas réalisé ?

Il y eut un nouveau et terrible bruit qui provint de la maison assiégée… un grondement qui déchira la nuit.

Parker laissa la moto et essaya de passer à travers le portail dans le jardin sombre de la maison d'à côté.

Adam, Adam, Adam. Parker était presque au-dessus de la barrière quand un projecteur l'aveugla. Il tâtonna parmi les lattes en bois, mais perdit son emprise et dégringola dans le jardin. L'air s'échappa de ses poumons brûlants. L'étui de la machette s'enfonça dans sa nuque, et son dos s'arqua là où il était affalé comme une tortue sur son sac à dos.

Le projecteur s'éteignit, mais une ombre surgit au-dessus de la barrière. La lumière revint, illuminant les yeux exorbités et les doigts sanglants d'un homme infecté. Parker se rejeta en arrière, mais c'était trop tard. Plus de visages contorsionnés apparurent, et ensuite, les infectés trébuchèrent par-dessus la barrière. Bondissant sur ses pieds à nouveau, Parker arriva à bouger ses jambes tremblotantes et il se précipita vers le devant de la maison sombre.

Bien trop tard, il réalisa que le chemin pour retourner à la moto était bloqué… non qu'il puisse démarrer ce satané engin. Tout ce qu'il lui restait à faire était de continuer.

Parker prit la machette de son étui sur son sac à dos, espérant qu'il puisse leur échapper. Dans la rue, les infectés tournaient autour des lampadaires et il se dirigea vers une autre maison, cherchant l'obscurité. Il se mit à courir à travers des jardins et passa par-dessus des barrières, avec les zombies qui le rattrapaient. Une douzaine de zombies au moins le pourchassait, leurs membres tressautant bien trop rapidement.

Des pensées traversèrent son esprit, des images et des souvenirs, des fragments expulsés par la frénésie de la panique et le besoin de survivre. *Vite, vite, vite.*

Haletant, il trébucha sur une chaise de jardin et percuta la pelouse, la machette toujours dans sa main. Le sol vibra avec l'approche des infectés, il força ses jambes sous lui et courut. Quand il regarda par-dessus son épaule, ils se trouvaient seulement à trois mètres de lui, et la panique l'étrangla. *Non, non, non !*

Puis le sol disparut.

Chapitre 6

ALORS QU'IL PLONGEAIT dans l'eau, le souffle s'échappa des poumons de Parker et il sombra dans le froid inattendu. Il se noya sous la surface en un clin d'œil, agitant les bras et les pieds, le poids de plomb du sac à dos l'entraînant vers le bas. *Je meurs, je meurs, je meurs !*

Ses poumons brûlèrent, et il vit des étoiles. Parker agita les jambes désespérément, et quand sa tête refit surface, il aspira autant d'air que possible, la toux le secouant. Pendant un moment, tout ce qu'il put faire était de flotter et d'essayer de respirer. Alors que les points lumineux derrière ses yeux disparaissaient, il arriva à se concentrer à nouveau. Il était au milieu du côté profond d'une piscine de jardin, et merde, où étaient ces maudits infectés ?

Il cligna des yeux en les apercevant. Ils marchaient autour du tablier en béton, aucun d'eux ne regardant dans sa direction. Ils semblaient éviter l'eau avec une sorte d'instinct, contournant la piscine et laissant Parker derrière eux. Il flotta dans l'eau aussi silencieusement que possible, veillant à ne pas faire d'éclaboussures. Peut-être qu'ils ne pouvaient pas le voir dans la piscine sombre ? C'était apparemment le cas. Il garda seulement sa tête au-dessus de la surface, essayant de disparaître autant qu'il le pouvait dans les profondeurs et respirant par sa bouche.

Après une minute, il fut seul.

Veillant toujours à ne pas faire de bruit, il nagea calmement vers le côté de la piscine, et agrippa le rebord. Il réalisa qu'il avait laissé tomber sa machette quand il était tombé. Dans la nuit, l'eau était complètement noire. Jurant, il détacha son sac à dos et le posa sur le tablier. Les infectés avaient pris le chemin par lequel il était venu, mais il avait besoin d'y retourner. Il devait trouver Adam.

La panique revint en force, et il essaya de la dominer. Cela ne faisait que quelques minutes qu'ils s'étaient tenus Adam et lui l'un à côté de l'autre, et à présent, il avait l'impression qu'il était à des millions-lumière de là. *Adam pourrait être mort.* Cette seule pensée fut un coup de poing dans l'estomac, et il reprit un souffle, tremblant. Non. Adam devait aller bien. Il devait juste le trouver.

Il y avait une centaine d'infectés dans cette maison.

Il secoua la tête comme s'il pouvait physiquement bannir l'idée qu'Adam soit mort. *Il s'en était sorti.*

Frissonnant, Parker essaya de se ressaisir. Sa tête était tellement congestionnée qu'il pouvait à peine respirer, et alors qu'une autre toux le secouait, il tenta d'étouffer le bruit dans le creux trempé de son bras.

Finalement, cela passa, et il but une gorgée d'eau de la piscine pour soulager sa gorge. Il avait besoin d'une arme. Jetant un coup d'œil en bas, il ne put rien voir, mais la machette devait se trouver là.

C'est juste comme plonger du bateau en été. Éric est là, et nous sommes en train de jouer comme nous en avons l'habitude.

Ce mensonge lui donna en quelque sorte l'assurance dont il avait besoin, et il plongea aveuglément, les bras tendus. Ses doigts touchèrent le sol en béton de la piscine, et il balança ses mains d'un côté à l'autre, priant pour qu'il trouve la machette et rien – personne – d'autre. Il avait l'impression que ses oreilles allaient exploser tandis que la pression de l'eau l'entourait.

Les poumons brûlants, il retourna à la surface, les mains vides. Il fallut quatre essais avant que ses doigts ne se referment sur la poignée de la machette au fond de la piscine. Il la posa sur le tablier en béton et se tint au rebord, haletant et toussant. Normalement, il aurait pu se sortir de l'eau facilement, mais il tremblait de tout son corps et il dut se soulever à l'aide de l'échelle.

C'était silencieux à présent, les claquements de dents s'atténuaient dans la nuit. Il attacha le sac à dos humide, et prit le chemin par lequel il était venu, la machette en main. Il étouffa sa toux à nouveau dans le creux de son coude, incapable de l'arrêter. Tandis que les minutes passaient et qu'il déambulait dans des maisons sombres, il réalisa qu'il ne savait pas comment retrouver la maison des Henderson.

Il s'était déplacé en zigzag à travers de nombreux jardins, et pendant qu'il se précipitait vers les ombres, toutes les maisons et rues lui semblèrent semblables. Il voulait crier le nom d'Adam, mais resta silencieux. Et s'il n'y avait pas que la lumière qui attirait les infectés ? Et s'il ne faisait que les conduire vers lui en criant ?

Il se traîna en avant, se demandant si d'autres survivants le regardaient des fenêtres sombres, ne voulant pas donner refuge à un inconnu tenant une machette. Pendant un moment, il faillit presque prendre le téléphone pour voir Ramblewood Lane sur la carte. Il se mit à rire, un cri perçant qui lui sembla lointain.

Quand il trébucha sur les restes éviscérés de ce qu'il lui sembla être un chien, son collier rongé abandonné à quelques mètres de là, son estomac se souleva et il vomit ce qui restait en lui.

Le ciel s'éclaircit quand il atteignit l'extrémité de ce qui avait été une réserve, mais qui aurait pu aussi être un parc, de ce qu'il en savait. Il avait fouillé tellement de ruelles, et à présent, il était désespérément perdu. Il avait été à Palo Alto pendant un mois uniquement, et ne savait pas où se trouvait l'Est que grâce au lever du soleil. Il continua à marcher, la machette en main, ses yeux parcourant les arbres et les bosquets. La réserve et les contreforts se trouvaient au sud, pensa-t-il.

L'idée qu'il puisse ne jamais revoir Adam était comme avoir une balle de plomb dans l'estomac, et qui devenait de plus en plus lourde à chaque pas. Ils auraient dû parler d'un plan au cas où ils seraient séparés, mais il était trop tard maintenant. Pour une quelconque raison, Parker pensait qu'Adam retournerait à la réserve. Il semblait se sentir plus à l'aise parmi les arbres que sur le canapé des Henderson.

Les yeux de Parker brûlèrent, et il frissonna de manière incontrôlable. Il était vraiment seul. Il aurait été heureux de voir un autre humain qui ne serait pas infecté, mais il voulait voir Adam, et sa barbe de trois jours, son sourire ironique et son calme énervant.

Il n'avait suffi que d'un clin d'œil pour qu'ils soient séparés. Adam pouvait être l'un d'eux maintenant. Parker ferma les yeux quand il imagina Adam transformé.

Il ravala un sanglot.

— Merde, merde, merde.

Ses genoux lui firent mal et il réalisa que ses jambes avaient lâché et qu'il se trouvait sur le sol. Les doigts enfoncés dans la boue, il lutta contre une vague de nausée. Il y avait un bosquet épais tout près, et il rampa vers lui, la machette gênante dans sa main droite. Il s'enfonça parmi les ronces, trouvant une petite cavité dans le centre du buisson où il pourrait se mettre en boule.

Derrière la couverture d'un arbuste, il trembla et toussa, son nez coulant. *Je dois me ressaisir. Je dois survivre.* Pourtant, quand il essaya de bouger, son corps ne sembla pas vouloir coopérer. Mouillé et gelé, mais brûlant de partout, il resta caché dans le bosquet, sa joue pressée contre la terre. Il avait besoin d'un plan s'il voulait s'en sortir. Il devait s'en sortir.

Pourquoi ?

Il essaya d'ignorer l'autre voix dans sa tête, mais elle persista.

Ils sont tous morts. Maman, Papa, Éric. Tout le monde. Adam. Le monde est foutu. C'est sans espoir. Tu pourrais tout aussi bien abandonner. Cela ne sert à rien.

— Non.

Sa voix était rauque et étrangère.

— Non, répéta-t-il.

Il ne pouvait pas abandonner. Il ne le ferait pas. Il avait besoin de comprendre ce qu'il devait faire ensuite. Il ne savait pas quelle heure il était. Il tendit instinctivement la main vers sa poche pour prendre son téléphone, mais il était dans son sac à dos, et mouillé maintenant. La douleur revint et il ferma les yeux. Sa dernière connexion avec le monde était partie. Intellectuellement, il savait qu'elle était partie avant de plonger dans la piscine, mais l'irrévocabilité le vida. Il aurait dû écouter le message de sa mère à nouveau pendant qu'il en avait l'occasion. La dernière partie d'elle.

— Comment est-ce possible ?

À présent, il se parlait à lui-même, bien que sa voix lui semble rauque et étrangère. Il se demanda quelle note il aurait eue à son examen d'économie si le monde n'était pas devenu fou. À l'heure actuelle, il aurait laissé tomber le cours de filmographie. Il ne reverrait probablement jamais Adam. C'était un grand campus, et leurs chemins ne se seraient jamais croisés. Des larmes piquèrent ses yeux, et il se pelotonna encore plus sur lui-même. N'avait-il connu Adam qu'il n'y a quelques jours seulement ? C'était inimaginable.

— Stop, stop, stop, marmonna-t-il.

Son esprit était un mélange de pensées et de scénarios, et les images d'Adam étaient insupportables. Parker avait dû tout laisser derrière lui. Il était seul à présent. Il se força à bouger et à se mettre debout, mais il frissonna et resta immobile.

Encore quelques minutes. Ensuite, il…

La journée grise fut plus lumineuse quand Parker réalisa que le grondement grandissant dans sa conscience était réel. Prenant la machette, il leva la tête et s'emmêla dans le buisson. Ce bruit ne ressemblait pas à celui des infectés, mais ses oreilles auraient pu lui jouer des tours. Il ferma les yeux alors que le son bas devenait de plus en plus fort.

Cela ressemblait au bruit d'une… moto.

Son cœur bondit. Cela ne pouvait être Adam. C'était impossible. Même si Adam avait survécu, comment aurait-il pu trouver Parker ? Mais peut-être… non. Il ne pouvait prendre ses désirs pour des réalités. Celui qui était là, il y avait des chances qu'il soit humain, à moins que les infectés aient appris à conduire des motos. *Seigneur, espérons que non.*

La moto approcha. Dans quelques instants, elle serait partie. Il devait agir maintenant. Maintenant ! Son sac à dos mouillé s'accrocha aux branches du bosquet alors qu'il essayait d'en sortir, ouvrant sa bouche pour attirer l'attention du conducteur. Les mots moururent sur ses lèvres quand l'engin s'arrêta brusquement à quelques mètres de là.

Du sang tachait les mains d'Adam et son visage. Pendant un moment, ils ne purent que se fixer des yeux. Le cœur de Parker bondit, et il n'avait jamais été aussi heureux de voir une autre personne dans sa vie entière. Il émit un bruit, un mélange entre un rire et un sanglot.

— Adam !

Ce dernier descendit de la moto, réduisant la distance entre eux en quelques secondes. Il souleva Parker sur ses pieds et prit son visage dans ses mains.

— Parker, dit-il, la voix rauque.

Puis il examina le corps de celui-ci, ses yeux le parcourant et ses mains étonnamment douces.

— Tu n'es pas blessé ? Bon sang, tu es gelé !

Il posa sa main sur le front de Parker.

— Mais brûlant. Merde.

Parker ne pouvait s'arrêter de trembler, mais il essaya de sourire. Il n'était pas sûr de pouvoir se tenir debout sans Adam qui le soutenait.

— Je vais bien maintenant. Comment ? Es-tu réel ? Est-ce que je deviens fou ?

Un petit sourire souleva les lèvres d'Adam.

— Je suis réel, dit-il en expirant lourdement, son souffle chaud sur le visage de Parker. Je ne savais pas si je pouvais te retrouver.

Parker vacilla sur ses pieds, et Adam agrippa ses bras.

— Je pensais que tu étais mort. Tout est arrivé si vite. Je ne voulais pas te laisser. As-tu… y avait-il quelqu'un… ? Cet enfant ?

Le regard d'Adam se baissa et il secoua la tête.

— Au moins, tu as essayé.

Il regarda attentivement Parker.

— La prochaine fois, nous devons rester ensemble. Si nous pouvons aider quelqu'un, nous le ferons, mais nous devons nous assurer d'avoir un plan. Je ne veux pas te perdre à nouveau, dit Adam en lissant les cheveux de Parker en arrière. T'es-tu mouillé ? J'ai perdu ta trace pendant un moment. J'ai pensé… j'ai pensé que tu étais infecté.

— Ma trace ? répéta Parker, la tête lourde.

Adam prit la machette du sol et la glissa dans le dos de Parker avant de le conduire vers la moto.

— Viens. Nous avons besoin d'essence. Et tu dois te reposer.

Parker grimpa derrière lui, impatient de s'envelopper dans la chaleur d'Adam.

— Comment m'as-tu retrouvé ? C'est impossible. Tu t'es dirigé directement vers moi.

Adam tourna la clé, et le moteur démarra. Il fut silencieux pendant un long moment.

— Mes parents m'ont appris à pister. Tu as laissé une trace évidente.

— C'est vrai ? Oh. Est-ce qu'ils étaient chasseurs ?

— En quelque sorte. Ouais.

Il appuya sur l'accélérateur et ils partirent.

Quand ils arrivèrent sur la route principale, elle était remplie de voitures abandonnées – et de morts – comme presque toutes les rues qu'ils avaient vues. Adam resta sur le trottoir et Parker regarda à gauche et à droite avec prudence. Alors qu'ils passaient devant un centre commercial avec une enseigne lumineuse et clignotante, il vit un groupe d'infectés qui envahissaient le bâtiment, leurs vêtements en lambeaux et ensanglantés

Un peu plus loin sur la route, près d'un fast-food, il cligna des yeux en regardant des corps dévorés empilés les uns sur les autres quand Adam se tendit.

— Des gens.

Parker plissa les yeux par-dessus l'épaule d'Adam. Au bas de la route, un 4x4 rebondit sur le trottoir à travers la rue.

— Devons-nous leur parler ?

— Je suppose. Avec prudence.

Adam s'avança sur la route, contournant des voitures pour se diriger vers l'autre côté, et le 4x4 s'arrêta à quelques mètres d'eux. Parker pouvait voir un homme et une femme à travers le pare-brise, et ils se fixèrent tous, mal à l'aise. L'homme baissa sa vitre et sortit la tête. Il portait une casquette de baseball d'Oakland et était d'âge moyen.

— Des nouvelles ? demanda-t-il.

— Rien des autorités. Et vous ?

L'homme mâcha du chewing-gum.

— Rien. Mais j'ai entendu dire que cela arrivait au Canada aussi, et au Mexique. Nous ne savons pas pour ce qui est des pays d'outre-mer.

Parker prit la parole.

— Ça arrive à Londres aussi. Je ne sais pas pour le reste.

L'homme soupira.

— Eh bien, merde. Ce n'est pas bon tout ça.

Il passa la main sur son visage.

— J'ai entendu dire d'un gars que l'armée s'organise à la base près de Big Sur. Nous nous dirigeons là-bas pour voir ce qu'il en est.

— Bon à savoir, répondit Adam. Rien du côté de l'aéroport Moffett ?

— Envahi par ces monstres.

Monstres. C'était bien le mot.

— Savez-vous ce que sont ces choses ? demanda Parker, la voix rauque et faible.

La femme brune se pencha par sa fenêtre.

— Nous aurions aimé le savoir, petit. Je n'aurais jamais pensé que je verrais un jour ces stupides films de zombies que Dave adore devenir réels.

L'homme – Dave, apparemment – éclata de rire.

— Et tu devrais être contente que je les ai regardés ! Nous sommes toujours vivants, ce qui n'est pas le cas de tout le monde. La population semble avoir été décimée pratiquement du jour au lendemain. Peu importe ce que ce truc est, c'est foutrement efficace. Vous gardez les lumières éteintes, les garçons ?

Adam hocha la tête.

— Ça les attire.

— Je ne pense pas qu'ils aiment l'eau, non plus, ajouta Parker. Ils me pourchassaient et quand je suis tombé dans la piscine, ils ont continué leur chemin et m'ont oublié.

— C'est bon à savoir, répondit Dave.

Il inclina le bout de sa casquette.

— Bon courage à tous les deux.

— Et à vous aussi, dit Adam en hochant la tête.

Ils partirent chacun de leur côté et Parker réfléchit.

— Tu penses que c'est vrai à propos de l'armée ?

— Peut-être, répondit Adam puis il indiqua quelque chose devant lui. Une station-service.

— Tu penses que nous devrions les suivre ? dit Parker avant de tousser violemment, frissonnant.

Adam s'engagea dans la station, qui était remplie de véhicules abandonnés. Il les contourna et s'arrêta près de l'une des pompes.

— Je ne sais pas. Tu dois te reposer et nous ne savons pas si nous pouvons leur faire confiance.

De grosses gouttes de pluie froides commencèrent à tomber.

— Penses-tu que la pluie va les affecter ? Les infectés, je veux dire.

— Peut-être ? répondit Adam. Ne restons pas ici pour le découvrir. Nous devons prendre quelques provisions pendant que nous sommes là.

Parker descendit de la moto en titubant, et Adam posa l'embout dans le réservoir. Il pressa quelques boutons, mais rien ne se passa. Puis il éclata de rire et prit son portefeuille. Il y glissa sa carte de crédit, et l'essence commença à affluer.

— Nous devons toujours payer l'essence, apparemment.

Parker sourit, mais il disparut rapidement.

— Que se passera-t-il quand il n'y aura plus d'électricité ? Est-ce que les pompes marcheront toujours ?

Adam fronça les sourcils.

— Je ne pense pas. Allons vérifier le garage et voir s'il y a un tuyau. Nous devrons siphonner au cas où il y aurait une panne d'électricité.

— Parce que ce sera le cas. C'est juste une question de temps, n'est-ce pas ?

Le monde qu'ils avaient connu disparaissait. Était déjà parti.

Adam ne répondit pas. Ils connaissaient tous les deux la réponse.

LA-HAUT, SUR UN monticule escarpé, dans les collines, cette nuit-là, ils trouvèrent une petite grotte avec assez de roches en saillie pour s'abriter de la pluie. Adam gara la moto pendant que Parker se pelotonnait sur le sol.

— Je vais aller mieux bientôt, dit-il, en ayant l'impression d'avoir avalé des lames. Devrons-nous aller à Big Sur ?

— Nous verrons.

Adam détacha le sac à dos des épaules de Parker et le couvrit ensuite d'une couverture thermique qu'ils avaient prise dans le magasin de sport. Il posa la main sur le front de Parker, et puis releva sa tête.

— Il faut un peu plus de sirop contre la toux. Je pense que des antibiotiques auraient été mieux, mais c'est tout ce que nous avons.

Il remplit le verre doseur en plastique et l'inclina vers les lèvres de Parker.

Ce dernier grimaça en buvant le liquide au goût de cerise, mais l'avala complètement avant de se rallonger.

— Dans quelques heures, je me sentirais mieux, marmonna-t-il.

Sa langue était épaisse, et sa tête martelait.

Adam plia un tee-shirt et le mit sous la tête de Parker avant de resserrer la couverture autour de lui.

— D'accord. Dors maintenant.

— Mmm.

Parker voulut en dire plus, mais il avait si froid, et il se mit en boule. Il le dirait à Adam plus tard.

IL FAISAIT FROID et humide, mais si chaud. Parker repoussa sa couverture. Pourquoi sa hanche était-elle si douloureuse ? Il essaya de se tourner vers l'autre côté. Le matelas était dur et il ne pouvait pas s'arrêter de frissonner. Tout lui faisait mal. *Maman.* Pourquoi n'était-elle pas là ? Était-il à l'école ? Jason allait l'appeler. Elle viendrait.

QUELQU'UN LE TIRAIT, et il voulait que cette personne arrête. Une voix basse lui dit de rester immobile, mais il se débattit. Ses pieds étaient froids, mais le reste de son corps était chaud. Où était-il ? Il essaya d'ouvrir les yeux et vit un éclair doré avant qu'il ne sombre à nouveau.

OH SEIGNEUR, ILS étaient après lui. Il essaya de courir, mais ses jambes n'arrêtaient pas de le lâcher. Il se releva à nouveau, titubant et s'affala de tout son long. Ils l'entourèrent, avec des dents et des yeux globuleux et des griffes et ils l'éventrèrent.

Puis il fut l'un d'entre eux, et il s'étouffait avec le sang et les intestins de quelqu'un.

IL ETAIT DANS la piscine à nouveau, et il se noyait. Les infectés se laissaient tomber au-dessus de lui et il se débattait, luttant pour retrouver la surface, un cri coincé dans sa gorge. Pourquoi cela faisait-il si mal ? Il pouvait à peine déglutir.

Puis il était au Cape, et c'était l'été, et le soleil rayonnait au-dessus de lui, et tout était bien. Tout était *parfait*. Éric et lui plongeaient du bateau, la dernière semaine de vacances avant que son frère n'aille à l'université et que Parker commence à l'école de Westley.

— Tu penses qu'il y a un trésor en bas ? demanda Parker, qui était assis sur le voilier, ses jambes se balançant sur le rebord.

— Bien sûr, morveux. N'as-tu pas entendu parler de la Manta Maudite ?

Éric s'écroula près de lui et secoua ses cheveux, de l'eau s'envolant de ses mèches blondes.

Des gouttes atterrirent sur le torse nu et bronzé de Parker. Son maillot de bain était encore humide puisqu'il n'avait pas passé beaucoup de temps hors de l'eau pour qu'il sèche.

— Non. Dis-moi !

Éric le regarda pensivement et baissa la voix.

— Je suppose que tu es assez vieux pour l'entendre maintenant.

— Bien sûr que je le suis !

Éric était âgé de quatre ans de plus que lui et pensait qu'il savait tout. Parker n'était plus un bébé.

— Très bien, je vais te la raconter. Mais tu dois me promettre de n'en parler à personne.

— Je promets, je promets !

— Deux siècles plus tôt, La Maudite Manta était le bateau pirate le plus féroce qui ait traversé l'Atlantique. Chaque navire qui eut le malheur de croiser son chemin était sauvagement pillé. Le Capitaine et son équipage ne démontraient aucune pitié. Des navires de la marine essayèrent de pourchasser La Manta, parcourant les flots, mois après mois, année après année, sans jamais avoir eu la chance d'apercevoir son mât à l'horizon. Il aurait tout aussi bien pu être un fantôme.

— Les ont-ils attrapés ?

Éric se pencha vers lui.

— À la fin, ce ne fut pas une flottille de navires de guerre qui mit fin au

règne de terreur de la Manta Maudite. Ce fut une femme.

— Une femme ? répéta Parker, les yeux écarquillés. Comment l'a-t-elle fait ?

— Eh bien, ce n'était pas une femme ordinaire.

Il s'interrompit.

— C'était Mère Nature.

— Oh, fit Parker d'un air désemparé. Alors, c'était une tempête ?

— Pas une tempête ordinaire. Non, il fallut bien plus que cela pour faire sombrer la Manta dans l'océan. Pendant dix jours et dix nuits, le vent hurla et les mers s'agitèrent. La Manta débordait d'ors et de bijoux, une vie de butin que les pirates avaient gagnée au prix du sang. Les vagues devinrent aussi hautes que des maisons et elles s'abattirent sur eux. Peu importait les directions qu'ils prirent, la tempête les suivit impitoyablement jusqu'à ce que finalement, ce fut comme si l'océan s'ouvrit simplement et avala La Manta Maudite.

— Elle a coulé ? Où ?

Éric murmura.

— La rumeur dit que la Manta a sombré ici. Assez près du Cape pour que les pirates puissent abandonner leur bateau et sauver leur peau, mais ils ne purent jamais laisser le trésor derrière eux.

Bien que Parker sache que cette histoire était probablement inventée, il sourit quand même.

— Personne ne l'a jamais trouvé ?

— Non. Pas un seul lingot.

Son regard se dirigea vers l'endroit où leurs parents étaient allongés sur le pont, leur mère bronzant avec sourire endormi et leur père lisant le journal de Wall Street avec son habituel froncement de sourcils.

Éric baissa la voix.

— Tu veux qu'on le cherche ? La légende dit que seul le plus audacieux et le plus intrépide aura la chance de le trouver.

Parker prit son masque et son tuba. Il savait qu'ils ne pouvaient pas aller loin sans des équipements de plongée adaptés et de l'oxygène, mais dans les eaux profondes du récif, ils pouvaient plonger assez profondément pour que ce soit une aventure. Éric se prépara et se tint à côté de lui, sur le pont.

— Prêt, Parkster ?

Parker hocha la tête, se balançant d'un pied sur l'autre.

— Dans Le Grand Inconnu !

Ils bondirent à l'unisson, comme des boulets de canon s'enfonçant sous la surface.

IL NE POUVAIT s'arrêter de frissonner.

Parker ne cessait de perdre et de reprendre conscience, mais il ne savait pas si c'était réel. Il se débattit, ses doigts touchant des pierres. Puis il y eut de la chaleur et l'odeur faible de cuir et de pain, ce qui voulait dire que tout irait bien. Il expira, toussant.

Quelqu'un gémit, et Parker réalisa que c'était lui. Il était en feu, mais il avait aussi tellement froid. Une bouteille se pressa contre ses lèvres, et il ouvrit la bouche, avalant autant d'eau que possible.

— C'est ça. Bois. Rendors-toi. Tout va bien.

Tout va bien. Une voix dans son esprit lui cria que c'était un mensonge. Tout n'allait pas bien, et ça n'irait peut-être jamais. Mais Adam était là, et ses bras se trouvaient autour de Parker, bloquant le reste du monde.

Parker s'approcha plus près et y crut.

Chapitre 7

IL BAVAIT.

Parker lécha ses lèvres sèches, puis ouvrit et ferma sa bouche, l'essuyant avec sa main. Il faisait nuit, et il était… dehors ? Il pouvait entendre la pluie tomber, mais ne pouvait voir que des formes sombres alors que sa vision s'éclaircissait. Les souvenirs lui revinrent en force, prenant place un par un avec une clarté révoltante. Éric et leurs parents… non, il ne pouvait pas penser à eux.

Concentre-toi. Sa tête était posée sur quelque chose de chaud, et il y avait un jean…

Parker se figea. Il bavait sur la cuisse d'Adam. Parce que sa tête semblait être sur le genou d'Adam. Ce qui était étonnement confortable, puisque son compagnon avait des cuisses de fer.

— Ça va aller, dit Adam doucement. Tu es en sécurité.

Petit à petit, il se détendit, respirant à nouveau. Sa gorge était douloureuse, mais son esprit était plus clair. Grognant, il se positionna sur le dos, sa tête toujours posée sur les jambes écartées d'Adam. Celui-ci était appuyé contre le mur de la grotte avec les mains dans les poches de sa veste en cuir. Dans l'obscurité, Parker pouvait distinguer des yeux dorés qui le fixaient.

Adam ouvrit une bouteille d'eau et souleva la tête de Parker pour que celui-ci puisse prendre quelques gorgées. Puis il déballa une pastille, ses doigts effleurant les lèvres de Parker alors qu'il la portait à sa bouche. Parker suça, le goût de citron au miel soulageant sa gorge. Quelques quintes de toux le secouèrent pendant un moment puis elles s'arrêtèrent.

— Merci.

— Je t'en prie.

Cela aurait vraiment dû être bizarre d'être si proche d'Adam, mais Parker aimait ça. La couverture en alu le couvrait complètement, et Adam était agréable et chaud. Parker se sentait incroyablement sec. Adam pressa le dos de sa main sur son front et il dut s'empêcher de se blottir contre ce contact.

— Je pense que ta fièvre est en train de tomber.

— Quelle heure est-il ? coassa Parker.

— Dix heures passées.

— C'est tout ? Ça m'a semblé plus long.

— Cela fait deux jours, Parker.

— Quoi ? s'exclama-t-il en se redressant brusquement.

Et bien entendu, cela lui causa une autre toux. Ses poumons le brûlèrent, et il cracha un énorme mollard dans un tissu trempé qu'Adam lui donna. Parker s'essuya la bouche et se rallongea.

— Mmm. Désolé.

— Ce n'est rien. Cela veut dire que ça sort. C'est une bonne chose. Tu devrais avoir plus de médicaments dans une minute.

— Deux jours ? Bon sang, dit Parker en plissant les yeux pour regarder les formes sombres des arbres au loin. Je suppose que tu n'as aucune nouvelle.

— Non.

— Merci d'être resté avec moi. La plupart des gens m'auraient laissé tomber.

— Vraiment ?

— Je ne sais pas. Quelques-uns l'auraient fait, je parie.

Il se moucha le nez bruyamment.

— Tu ne m'aurais pas laissé tomber, toi, dit Adam.

— Non. Mais nous avons perdu tellement de temps.

Adam haussa les épaules.

— Tu ne pouvais pas conduire une moto. Tu étais complètement inconscient. En plus, peut-être que maintenant, les choses s'amélioreront.

Parker jeta un coup d'œil à son compagnon de fortune. Le clair de lune éclairait les nuages, et il put voir le visage d'Adam et surtout ses yeux. Il résista à l'envie de tendre la main et de faire courir ses doigts sur la barbe sombre de ses joues et de son menton.

— J'ai eu le plus bizarre des rêves. Je n'ai pas essayé de manger ton visage, n'est-ce pas ?

Adam le regarda un moment, puis éclata de rire, ses dents parfaitement blanches.

— Tu es vraiment drôle.

Une vague de fierté emplit Parker.

— Vraiment ?

— Tu l'es. Personne ne te l'a jamais dit ?

— Je ne sais pas. Jason a toujours été le plus drôle à l'école. Et Éric à la maison… mon frère.

— Eh bien, tu es drôle. Et j'en suis content. Ça aide, dit-il en écartant les cheveux de Parker de son front, et un frisson parcourut la colonne vertébrale de ce dernier.

Prudence. Adam était génial et gentil avec lui, mais cela ne voulait rien dire de plus. Parker tourna la tête et regarda de leur perchoir l'obscurité des collines et de la réserve au-delà. Quand une lueur attira son attention, il se raidit.

— As-tu vu ça ?

— Ouais. Je pense que c'est un campement. Ce doit être d'autres survivants. Je pense que j'ai vu quelques petits groupes là-bas.

— Combien de temps avant que les…

Il s'interrompit en pensant au mot que l'homme du 4x4 avait utilisé. Cela avait-il été réel ? Il ne le savait pas.

— … les monstres n'envahissent la forêt ?

— Dans pas longtemps, répondit Adam en déballant une barre de chocolat. Tu penses que tu peux manger ?

Normalement, la réponse aurait été un retentissant *oh que oui*, mais les yeux de Parker étaient lourds à nouveau.

— Je ne sais pas.

— Essaye de manger quelques bouchées.

Il glissa son bras sous les épaules de Parker et le souleva assez pour qu'il puisse manger. Ce dernier en avala autant qu'il le put. C'était une barre à base de chocolat et c'était incroyablement bon, comme si ses papilles mourraient d'envie d'une forme de stimulation.

— C'est ça. Maintenant, un peu plus de médicaments. Tu devrais être en mesure de dormir mieux à présent.

Le sirop à la cerise avait un goût dégueulasse, suivant de près celui du chocolat, mais Parker l'avala. Alors qu'il posait sa tête sur les genoux d'Adam, il réalisa qu'il portait des vêtements différents. Le pantalon était un treillis, et le pull-over était d'une couleur noire.

— As-tu… Mm… merci. De m'avoir enlevé les vêtements humides.

Il réalisa qu'ils étaient étalés de l'autre côté de la grotte, avec ceux d'Adam.

— Je pense que j'ai rêvé de ça. Je t'ai peut-être même frappé.

Adam ricana.

— Tu m'as effectivement frappé. Mais tu n'aurais pas guéri dans des vêtements humides. Alors, il fallait le faire.

Les joues de Parker rougirent.

— Désolé.

D'accord, donc Adam l'avait vu nu. Ce n'était pas grand-chose. Ils s'étaient déjà douchés ensemble. Ce n'était pas sexuel, et le gars n'était même pas gay. Il se répéta sévèrement ça pendant un moment jusqu'à ce que l'embarras disparaisse. Bon sang, c'était la fin des temps et il était en train de faire son timide.

Ses paupières devenaient trop lourdes, et il les ferma.

— Je ne veux pas baver sur toi encore, marmonna-t-il. Ce n'est pas poli. Ma mère serait choquée et consternée. Elle serait chocsternée.

Alors qu'il sombrait, il entendit le doux rire d'Adam.

PARKER SE REDRESSA avec précaution et s'essuya la bouche de sa main. Il regarda Adam d'un air troublé.

— Salut.

— Salut.

Adam tendit la main pour la poser sur le front de Parker. Sa paume était froide, et il la garda là pendant un moment avant de la retirer avec un petit hochement de tête. Il donna à Parker une bouteille, et celui-ci remarqua qu'il y en avait quelques-unes à l'extérieur de la grotte, remplies d'eau de pluie.

— Bois.

Parker obéit, sa gorge se sentant enfin mieux. Il avait apparemment passé la nuit avec sa tête posée sur les genoux d'Adam, à nouveau.

— Tu n'avais pas à… tu aurais dû me pousser et t'allonger aussi. Bon sang, je dois puer.

Adam haussa une épaule.

— Je pue aussi. J'ai bien dormi en fait. Vu la situation.

— Bien. J'espère que je ne t'ai pas transmis ce microbe. Tu reniflais auparavant.

— Nan. Je me sens bien. Je ne suis pas inquiet.

Parker regarda au-delà de leur petite grotte. L'aube était grise, avec de la pluie tombant toujours. L'étendue d'arbres sous eux était couverte par un brouillard. Sa hanche était engourdie puisqu'il s'était allongé sur elle, et il toussa un peu plus de mucus, ce qui était probablement tout ce qu'il restait. Il se sentait nettement reposé pour la première fois depuis que le monde avait sombré.

— Encore un autre jour au paradis, hein ?

Les lèvres d'Adam tiquèrent.

— En effet.

Parker s'approcha un peu plus et s'adossa contre le mur en pierre, à côté d'Adam, grimaçant à la sensation de raideur dans son dos. Adam lui avait enlevé ses baskets et lui avait mis des chaussettes en laine épaisses sur ses pieds. Il frotta ces derniers ensembles, savourant la friction.

— OK. Donc, nous vivons toujours une apocalypse zombies, apparemment. Je pense qu'il est temps de se ressaisir et d'élaborer un plan.

Adam haussa un sourcil.

— Des suggestions ?

— Je sais que, en dehors de cette grippe, je ne faisais que flipper un peu. Et par « un peu », je veux dire « beaucoup », et j'apprécie le fait que tu n'aies pas laissé tomber mon cul pleurnichard, il y a des jours.

Adam ricana doucement.

— Je panique aussi. Ne sois pas si dur envers toi-même.

— Ouais, eh bien, ta version de la panique est beaucoup plus… stoïque. Mais peu importe, nous avons besoin d'un plan.

— Tu as raison, dit-il en regardant l'aube brumeuse. Nous pouvons essayer Big Sur ?

Parker réfléchit un instant à l'idée d'aller vers le Sud.

— Je ne sais pas si avoir l'océan d'un côté est une bonne idée. Ce serait un moyen de nous piéger. À moins que nous ayons un bateau.

Le souvenir d'un goût salé sur sa langue et d'un vent d'été l'envahit. Il était à côté de ses parents tandis qu'ils regardaient un banc de baleines plonger. Il était à présent empli d'une résolution venant du plus profond de son âme.

— Parker ?

Il déglutit difficilement.

— Je pense… Adam, je dois savoir si ma famille est en vie. Ma mère m'a dit qu'ils allaient à la maison du Cape. Ils pourraient se trouver là-bas et ils vont peut-être bien. Si les gens ont été en mesure de bloquer Cape Cod, l'infection ne s'est peut-être pas propagée. Ils pourraient être en vie. Ils sont peut-être en train de m'attendre. Ils m'attendraient.

Adam fut silencieux pendant un moment.

— C'est possible, déclara-t-il enfin.

— Et totalement peu probable. Je sais. Je réalise quelles sont les chances que je les retrouve. Mais s'il y a même une petite chance qu'ils aient survécu, je dois essayer. Je le dois. Je ne peux pas abandonner sans essayer.

— OK.

— OK, quoi ? OK, tu comprends ? Ou, OK, tu vas venir avec moi ?

— Je vais venir avec toi.

De la chaleur envahit la poitrine de Parker.

— Vraiment ? Tu vas venir ?

Adam hocha la tête.

— Je ne peux pas rester assis là à espérer ne pas être dévoré. Au moins, j'aurais un but. Une destination. Je pense que je deviendrais fou si je n'ai pas quelque chose à faire. Et c'est plus logique de rester ensemble, n'est-ce pas ?

— Oui, absolument.

Parker expira, un peu de sa tension s'évanouissant. C'était quelque chose au moins. Un plan.

— Alors, nous nous dirigeons vers l'Est ?

— Nous nous dirigeons vers l'Est. Eh bien, nous devons d'abord aller un petit peu au Sud. Il y a des réserves et un parc naturel sous la quatre-vingt-cinq. Je pense que nous sommes plus en sécurité dans la forêt. Nous pouvons contourner San Jose.

Parker hocha la tête.

— Rester éloigné des zones peuplées.

Il essaya d'imaginer la carte des États-Unis dans son esprit.

— Si nous restons dans les parcs naturels, nous arriverons à Yose-mite, n'est-ce pas ? Puis nous remonterons le Tahoe et entrerons dans le Nevada ?

— Ouais. Nous devrons trouver une carte.

— Ils en avaient à la station-service. Désolé, j'aurais dû en prendre une.

— Nous en trouverons une. Nous devrions faire le plein avant de quitter cette région, dit Adam.

— Est-ce que la moto pourra rouler en tout-terrains ?

Adam sourit avec quelque chose qui ressemblait à de la pure affection.

— Elle va s'en sortir.

— A-t-elle un nom ? Ta bien-aimée ? le taquina Parker.

— Mariah.

— *Mariah ?* Comme, Carey ?

Dés que le nom sortit de sa bouche, il pâlit. Des souvenirs traversèrent son esprit… des mains tordues et des yeux exorbités, ce bruit étrange qui venait de sa gorge, et ses dents claquant ensemble. Il frissonna.

— Oh, Seigneur, je ne peux pas croire que ça fait… quoi ? Quelques jours seulement ? Elle avait si peur. Je lui ai dit que tout irait bien. Et les autres filles…

Il pouvait encore entendre leurs cris et voir leur sang jaillir alors que les monstres s'acharnaient sur elles.

— Je sais.

Adam s'approcha de lui, pressant leurs épaules ensemble.

— Je sais, répéta-t-il doucement.

— C'est étrange, n'est-ce pas ? dit Parker en faisant courir une main dans ses cheveux gras. Je veux dire, bien sûr que c'est étrange. Quel jour sommes-nous ?

— Dimanche, je pense, répondit Adam, puis il secoua la tête. J'étais inquiet à propos de ma proposition de thèse. Ce week-end, j'avais beaucoup de travail en plus des corrections de devoirs.

— Encore plus de C-moins à donner ?

Ses lèvres tiquèrent.

— Mmm hmm. Une tonne. J'en avais un en réserve pour toi, cependant.

— J'aurais définitivement eu un A sur le prochain devoir si j'étais resté dans ce cours.

— Je suis certain que tu l'aurais eu. Quand tu as quelque chose en tête, je parie que tu fais tout pour l'obtenir.

Parker se tortilla et détourna le regard, ne sachant pas quoi penser de ce compliment.

— Euh, merci.

— Alors, faisons ça. Allons à Cape Cod.

— C'EST PAR là, dit Parker en pointant du doigt une rangée de collines sur leur droite.

— Non. Ne peux-tu pas regarder la carte ? C'est par *là*, dit Adam en hochant la tête devant eux.

— J'ai bien regardé la carte !

Il toussa et recracha un peu plus de mucus sur le sol. Beurk.

Adam la tendit.

— Regarde encore.

Prenant le morceau de papier, Parker renifla.

— Oh mon Dieu, très bien. Mais je te parie cinq cents dollars que j'ai raison.

— Pari tenu. Non que cinq cents dollars vont me servir à quelque chose.

Parker étudia la carte et se focalisa sur la bande de réserves au sud de la baie de San Francisco.

— Tu vois ? Nous sommes juste là, dit-il en pointant son doigt sur l'une des zones vertes.

— Non. Nous sommes *là*, le contredit Adam en indiquant un endroit à trois kilomètres de là. Ça, c'est le terrain de golf de Stanford. Ici, ce sont les collines. Et nous sommes là.

— Oh, d'accord. Ouais, c'est logique. Euh… tu prends les cartes de crédit ?

Avec un rire, Adam plia la carte et la lui rendit.

— Ouais, je t'enverrai la facture. Tu es certain que ce sac à dos n'est pas trop lourd ?

Parker rangea la carte dans la poche de devant, qui était censée garder le contenu sec.

— Nan. Ça va.

— J'aurais voulu aller à la maison et prendre mes sacoches.

— Sacoches ? Comme pour les chevaux ?

— Ouais, mais en plastique et conçu pour la Harley. Mais nous ne pouvons pas prendre le risque. Il y a trop de monstres près de la station-service aujourd'hui, et ça, c'était dans la banlieue.

— C'est bon pour le sac à dos, dit Parker en le balançant par-dessus la machette et en s'approchant de la moto. OK, montre-moi une dernière fois.

Adam lui tendit la clé.

— Allume le contact. Entre la clé et tourne-la.

— Ils étaient obligés de *cacher* ça ? marmonna Parker dans sa barbe. Très bien, compris.

— Assure-toi que ce soit au point mort et que le bouton marche/arrêt soit allumé. Puis appuie sur le bouton démarrer.

L'engin prit vie, grondant sous les cuisses de Parker. Il indiqua les commandes manuelles.

— Et je tourne l'accélérateur, et ça, c'est les freins.

— Exact.

— Espérons que je n'aurais jamais à conduire.

Adam lui tapota l'épaule.

— Espérons. Très bien, nous partons.

— Combien pourra-t-elle rouler avant de faire le plein ?

— Mariah pourra tenir trois cents kilomètres. Peut-être moins si nous traversons des terrains accidentés.

— Oh, c'est vrai, *Mariah*, répéta-t-il avec emphase, puis il se pencha en avant. Toutes mes excuses, Mariah.

— OK, OK. Recule.

Ça faisait du bien d'avoir enfin un plan, même si c'était seulement pour trouver leur chemin vers l'Est sans être dévoré. Ils dépassèrent la réserve vallonnée et s'engagèrent sur les routes de terre qui traversaient la région montagneuse de Santa Cruz. Parker se sentit plus à l'aise à l'arrière de la moto que n'importe où ailleurs, ses bras enveloppés fermement autour d'Adam. Il restait à l'affût de chaque signe de vie… ou de mort. Il pensa à Dave et à sa compagne dans le 4x4, et se demanda ce qu'ils trouveraient sur la côte. Il espérait vraiment qu'ils aient réussi.

Contrairement aux rues de Palo Alto, les petites routes de compagne étaient sinistrement vides. Pas d'enchevêtrement de voitures, pas de corps et – jusqu'à présent – pas de monstres. Ils s'arrêtèrent près d'une petite rivière et descendirent la rive herbeuse. Le ciel gris était toujours lourd de gros nuages sombres, et l'air était épais. Mais pour le moment, ils étaient au sec.

Parker s'agenouilla près de l'eau et remplit leur bouteille pendant qu'Adam était assis sur un grand rocher bas et entreprenait d'installer un pique-nique composé de chips et de fruits secs. Ils s'assirent côte à côte et mangèrent silencieusement pendant une minute. Parker se moucha le nez, heureux d'avoir trouvé plus de mouchoirs à la dernière station-service.

— Je donnerais tout pour un Big Mac, dit-il.

Il n'avait toujours pas faim, et sa gorge était sensible, mais il mourrait d'envie d'avoir un repas chaud.

— Avec une grande frite. Et un Milkshake au chocolat.

— Oh mon Dieu ! Je ne goûterais peut-être plus au Shamrock Shake[2]. Penses-tu que toute cette histoire sera réglée d'ici Mars ?

— Probablement, dit Adam, pince-sans-rire.

Ils continuèrent leur route, mais il ne fallut pas longtemps avant que les yeux de Parker deviennent lourds et il commença à pencher sur le côté, devant à chaque fois se redresser pour rester éveillé quand Adam freinait.

Parker se frotta le visage.

— Merde. Désolé, je suis vraiment fatigué. Je me sentais tellement mieux ce matin.

— Pas surprenant. Ce microbe t'a vraiment vidé. Allons trouver un endroit pour camper.

— Non, non. Tout ira bien. Je veux que nous continuions. Nous sommes juste au Parc d'État. Nous aurions dû être à Yosemite mainte-

---

2 Un Shamrock Shake est un dessert Milkshake aromatisé à la menthe verte. Il est vendu par *McDonald* durant le mois de Mars pour fêter la Saint-Patrick.

nant.

Adam secoua la tête.

— Tu dois te reposer et reprendre des forces.

— Mais je nous ai déjà fait perdre deux jours.

Deux jours de plus qui le retardaient de revoir ses parents.

— Je peux continuer, poursuivit-il.

— Cela ne servirait à rien si tu tombes d'une moto en mouvement. Ne sois pas stupide.

Se tendant, Parker fut immédiatement sur la défensive.

— Je ne suis pas stupide.

Adam serra les lèvres.

— Pas encore, mais tu le seras si tu insistes pour ne pas nous arrêter quand tu as besoin de plus de sommeil. Ton corps est en train de récupérer.

Il voulait protester, mais Adam avait raison.

— Très bien, marmonna-t-il. J'ai juste… je me sens si… ugh.

— Peux-tu être plus spécifique ?

— Inutile. Je n'aurais pas dû tomber malade. Et maintenant, je ne fais que nous ralentir plus.

Adam haussa les sourcils et le regarda d'un air sceptique.

— Oui, Parker. Tu n'aurais pas dû tomber malade. Parce que tu as absolument *choisi* d'avoir la grippe au moment même où nous fuyons pour notre survie. Ouais. C'est complètement ta faute. Tu dois vraiment réfléchir aux choix que tu fais.

Parker eut un petit rire.

— Un point pour toi. Très bien. Je vais me reposer. Allons trouver un endroit sûr.

Heureusement, ils tombèrent très vite sur un poste de garde. Adam suivit la flèche qui montrait un chemin hors de la route principale et se gara devant un petit bâtiment. Il coupa le moteur, et sembla écouter intensément. Après quelques instants, il hocha la tête et montra la voie vers l'intérieur. Parker était trop fatigué pour commenter, et laissa Adam faire son truc. Il semblait avoir un don pour sentir la présence d'autres gens, alors Parker s'adaptait.

À l'intérieur, le poste de garde se composait d'une pièce avec une kitchenette sur un côté du mur, deux lits avec des cadres en bois contre l'autre, et derrière une porte, une salle de bain avec une baignoire et une douche. Parker entra pour utiliser les toilettes, ce qui était devenu du luxe. Il voulut presque pleurer quand il tira la chasse. Il tourna les robinets et il y eut de l'eau courante. Il se demanda combien de temps l'eau serait disponible dans une situation comme celle-ci, et se jura d'en profiter pendant qu'il le pouvait.

Il s'assit sur l'un des lits, réussissant à enlever ses chaussures, avant de s'allonger. C'était au tour d'Adam d'utiliser la salle de bain, donc Parker fermerait juste les yeux pendant quelques minutes avant qu'il ne prenne sa douche à son tour…

IL FAISAIT NUIT quand Parker se redressa brusquement sur le matelas. Où ? Quoi ? Il reprit sa respiration quand il se rappela. Le poste de garde. Voilà. Il frotta son visage. Il avait dormi pendant des heures, apparemment. Il y avait une petite lampe à pétrole allumée dans la cuisine, et les rideaux sombres avaient été tirés et attachés contre les cadres des fenêtres. Les draps sur l'autre lit étaient froissés et il pouvait entendre l'eau couler.

Une douche.

Le besoin d'être propre à nouveau fut soudainement dévorant. Parker avait l'impression que tout son corps le démangeait de saleté. Avec un sursaut d'énergie, il frappa à la porte de la salle de bain.

— Dépêche-toi, j'ai besoin d'une douche aussi.

— Je vais sortir dans un moment, lança Adam.

OK. Cool. Un bon compromis. Mais Parker fit les cent pas devant la salle de bain. Il était si *sale*, et pas comme dans la chanson de Christina

Aguilera. Il se figea pendant un moment, frappé par le souvenir du petit garçon qu'il avait été et qui la chantait à tue-tête quand elle passait à la radio tandis qu'Éric éclatait de rire et que leur mère semblait scandalisée sur le seuil de la cuisine, une main sur ses lèvres brillantes et l'autre sur sa hanche. Elle leur avait sévèrement dit de ne pas laisser son père entendre cette chanson. Cependant, peu après, elle avait souri quand elle l'avait laissé lécher une cuillère en bois, dégoulinante de pâte à gâteau.

Sa gorge se serra. *Maman.*

— Arrête, marmonna-t-il dans sa barbe. Elle va bien.

Ugh, il allait pleurer et il avait besoin d'arrêter de penser. Il frappa à nouveau.

— Sérieusement, dépêche-toi. Arrête de prendre toute l'eau chaude.

La réponse laconique et étouffée d'Adam lui parvint un moment plus tard.

— Tu sais que plus tu m'embêtes, plus je prendrais mon temps.

— Mec ! Ne m'oblige pas à entrer.

— Vas-y, je te mets au défi.

— Oh vraiment ?

Adam l'avait déjà vu nu, alors pourquoi s'en soucierait-il ? Il ouvrit la porte, se déshabillant déjà.

— Défi accepté.

À travers le rideau de douche, Adam se tourna et le fixa. Puis il éclata de rire, la tête rejetée en arrière et Parker décida à ce moment-là qu'il voulait en entendre plus. Il tira le rideau et entra.

— Allez, pousse-toi.

L'eau chaude fut comme un paradis. Parker ferma les yeux et gémit doucement, inclinant la tête en arrière sous le flux alors qu'Adam se déplaçait pour lui laisser plus de place. Quand il ouvrit les yeux, le sourire d'Adam avait disparu et sa gorge déglutissait pendant qu'il tendait à Parker une petite bouteille de shampoing. Sa voix était tendue.

— Il y a même un après-shampoing.

— C'est parfait, dit Parker en en mettant un peu dans ses cheveux, et ensuite, il frotta son corps avec du savon. Seigneur, je n'ai jamais pensé qu'un savon me ferait autant de bien. Je suppose que ça sera le cas pour toutes les choses que j'ai pris pour acquises durant toute ma vie.

La voix d'Adam craqua.

— Ouais

Puis il s'éclaircit la gorge.

— Ouais, répéta-t-il.

— Je me sens tellement bien après avoir dormi dans un lit. Tu avais raison.

Parker se frotta la tête avec une autre dose de shampoing.

— Tu veux bien me mettre ça par écrit ? demanda Adam d'un air enjoué.

— Eh bien, tu avais raison pour cette fois-ci. Ça ne veut pas dire que ce sera le cas la prochaine fois. Pas de garanties dans la vie, Adam.

Le sourire de ce dernier disparut, ses lèvres s'affaissant et ses yeux se remplissant d'une tristesse évidente.

— Je suppose que non, murmura-t-il.

Ils se regardèrent à travers la vapeur, et avant d'hésiter, Parker enlaça étroitement Adam, pressant leurs deux corps l'un contre l'autre.

— Merci pour tout ce que tu as fait pour moi.

Adam était chaud, présent et *vivant*, et Parker se laissa submerger par une sorte de besoin qu'il n'avait jamais ressenti. Après quelques secondes, Adam lui retourna son étreinte.

Pendant une minute, ils se tinrent juste l'un contre l'autre, l'eau tombant sur eux. Ils étaient sains et saufs dans leur cocon, le reste du monde ayant disparu. Cela aurait probablement dû être étrange, mais leur vie était devenue un défilé de folies non-stop auxquelles ils s'habituaient, pensa-t-il. C'était si bon d'être enlacé, et Parker ferma les yeux. Ils étaient en sécurité ici.

Il fit courir ses doigts sur le dos musclé d'Adam, ayant besoin de le toucher. Son visage était pressé contre le cou de son compagnon, et sans y penser, il embrassa la peau sensible qui se trouvait là. Le souffle d'Adam devint rapide, et Parker le suça légèrement alors qu'il continuait à le caresser. *Une seconde, que suis-je en train de faire ? Il va me tabasser.*

Mais c'était si bon d'être dans les bras d'Adam et de sentir son corps, ce dernier ne l'avait pas repoussé. En fait, le sexe d'Adam prit vie, et se durcit contre le ventre de Parker.

Adam se figea.

— Désolé. Je devrais…

Mais Parker se laissait déjà tomber sur les genoux.

— Puis-je ? S'il te plaît ? J'ai besoin… oh merde, j'en ai vraiment besoin.

Il encercla la base du sexe d'Adam avec sa main, impatient de le goûter.

— S'il te plaît, répéta-t-il en relevant les yeux.

Adam était peut-être hétéro, mais d'après l'expérience de Parker, tous les hommes seraient prêts à accepter une pipe peu importe qui la faisait.

— Je suis vraiment doué.

Adam était figé sur place, sa voix fut étranglée quand il parla.

— Tu aimes les hommes ?

L'estomac de Parker se noua, et il se força à adopter un ton léger.

— Ouais. Je suis totalement homo.

Merde. Oh merde, merde, merde. Avait-il tout gâché ?

— Est-ce un problème pour toi ?

— Non, s'étrangla Adam. Je ne le savais pas, c'est tout.

Il tenait toujours la queue d'Adam, et avec une profonde inspiration, il la caressa légèrement.

— Serait-ce trop bizarre pour toi si je…

— Non, répondit Adam en secouant vivement la tête. Fais-le.

Parker n'avait pas besoin qu'on le lui dise deux fois, et il glissa la langue le long de son membre pendant qu'il le caressait en même temps de sa main. Adam n'était pas circoncis, ce qui envoya une décharge de désir à travers les veines de Parker. Cela l'avait toujours excité ; peut-être parce qu'il l'était lui-même, et que c'était différent. Tenant la hanche d'Adam avec sa main libre, il fit descendre le prépuce et suça le gland pendant que son propre membre se raidissait.

Adam caressa les cheveux de Parker, et quand celui-ci releva les yeux, son compagnon le regardait, les lèvres entrouvertes et les yeux qui semblaient briller et devenir plus dorés au lieu de s'assombrir. Suçant plus fort, les narines de Parker s'évasèrent, heureux que la vapeur dénoue sa congestion persistante. Il étira les lèvres par-dessus la queue épaisse d'Adam.

Il avait toujours aimé la sensation d'être rempli… du goût et de l'odeur musquée d'une queue qui le consumait, qui l'étranglait presque pendant qu'il l'aidait à trouver le soulagement. Avec le membre d'Adam dans sa bouche et les petits gémissements et halètements venant d'au-dessus de lui, Parker se sentait vivant et en contrôle.

Alors qu'il le suçait et le caressait, son regard dériva vers le corps de celui-ci, le fixant avidement. Une toison sombre parsemait la poitrine d'Adam, qui continuait jusqu'à son nombril. Ses bras et ses jambes étaient velus également. Il était tellement *viril*, Parker n'ayant fréquenté que des garçons de son âge.

Cela fit durcir son membre, et il tendit la main en bas afin de se donner quelques caresses. Il gémit autour du membre d'Adam avant de forcer sa main à retourner sur la hanche de ce dernier. Adam devait jouir en premier… il devait lui donner ça. Avec les gars de l'école, Parker n'avait pas eu pour habitude de penser à leur plaisir, se contentant de jouir. Mais avec Adam, il pouvait l'avaler tout entier et en profiter lui-même.

Il suça plus fort et plus rapidement avant de laisser glisser son membre hors de sa bouche avec un bruyant *pop*. Les doigts d'Adam se resserrèrent sur les cheveux de Parker, et il fit un bruit du fond de sa gorge qui aurait pu ressembler à un geignement. Cela fit chanter le sang de Parker d'une manière qu'il n'avait jamais ressentie, et il prit en coupe ses boules dans une main pour les sucer, léchant avec acharnement.

Adam gémit bruyamment.

— Parker, murmura-t-il.

Le son de son nom sur les lèvres d'Adam, dit avec tellement de *désir*, le fit se sentir mieux, ce qu'il n'avait pas ressenti depuis longtemps. Ce qu'il se passait dehors n'avait pas d'importance… ce qui importait, là et maintenant, c'était de rendre Adam heureux. Le membre de ce dernier était engorgé et fuyant, des gouttes de liquide séminal parsemaient sa fente. Parker les lécha, savourant le goût salé. Quand il avala cette queue à nouveau, de la salive dégoulinant de sa bouche, Adam haleta.

— Je vais…

Mais Parker ignora les avertissements d'Adam et continua à le sucer désespérément, le désir vibrant en lui alors que son compagnon jouissait dans sa bouche. Après avoir avalé chaque goutte qu'il pouvait, il relâcha son sexe et inspira profondément, la vapeur faisant des miracles. Il prenait déjà son propre sexe en main pour le caresser.

— Attends, dit Adam en vacillant sur ses pieds, la voix haletante. Laisse-moi faire…

Il tira sur le bras de Parker.

Ce dernier se dégagea.

— Ça va.

C'était gentil à Adam de proposer, mais il avait l'habitude de se masturber seul, et il y était presque. Il posa sa tête sur la cuisse de son compagnon, et caressa rapidement sa queue. De son autre main, il cajola ses boules puis resserra son emprise sur son membre. La main d'Adam se referma sur sa tête, la faisant passer légèrement dans ses cheveux, et Parker se pencha vers ce contact. Fermant les yeux, il jouit avec un gémissement étranglé, se caressant toujours jusqu'à ce qu'il devienne sensible et qu'il doive s'arrêter. Toujours sur ses genoux, il s'appuya lourdement contre Adam tandis que la brume du plaisir se dissipait.

La main d'Adam était toujours posée sur la tête de Parker, mais celui-ci savait depuis ses années à Westley que les hommes hétéros n'aimaient pas trop se prélasser dans ce sentiment de satisfaction. En plus, l'eau commençait à devenir tiède. Il se remit sur pieds et tourna le robinet. Maintenant, il était temps pour la gêne, mais c'était inévitable.

Il tira sur le rideau de douche, et prit une serviette rêche. Il la tendit à Adam qui la fixa, le regard vide, avant de la prendre. Parker se sécha avec une autre, gardant ses yeux baissés.

— Merci. J'en avais besoin, dit-il.

Après quelques instants, Adam répondit.

— Je t'en prie ?

Parker se frotta les cheveux.

— Donc, tout va bien entre nous ?

— Euh… ouais.

— Super. Je vais nous faire à manger, annonça Parker.

Il s'enfuit de la salle de bain, prenant ses vêtements sur son chemin. Ce serait un peu gênant, mais ils étaient tous les deux adultes. Tout se passerait bien.

Chapitre 8

FLASH INFO : tout ne se passait pas bien.

Parker trouva une boîte de nouilles Alphabet et une autre boîte de haricots cuits qu'il réchauffa sur une petite cuisinière à gaz. Adam alla plusieurs fois dehors pour vérifier le périmètre ou quelque chose comme ça. Parker le laissa jouer avec ses sens de super-héros.

Ils évitèrent de se regarder autant que possible.

Il y avait une petite table avec deux chaises, et Parker déposa les délices en conserves sur deux assiettes pendant qu'Adam était dehors. Quand celui-ci revint, Parker hocha la tête en direction de l'autre chaise.

— Euh… le dîner.

Il grimaça. *Très éloquent !*

— Merci, répondit Adam en s'asseyant et en prenant sa fourchette.

Ils mangèrent en silence, les seuls bruits étant leurs déglutitions et les couverts.

Parker se sentit complètement rassasié quand il ne fut qu'à la moitié de son assiette.

— Tu veux le reste de mon repas ? Je ne peux plus continuer.

— Oui. Merci.

Adam tendit son assiette presque vide, et Parker y versa le reste de sa nourriture.

Pendant que son compagnon terminait de manger, Parker se leva pour poser la casserole dans le lavabo. L'air était lourd de… il ne savait pas quoi. De tension, mais pourquoi ? Est-ce qu'Adam paniquait parce qu'un gars lui avait sucé le sexe ? Ou peut-être était-ce Parker, et Adam regrettait de s'être montré désespéré ? Cet éléphant dans la pièce allait-il monter avec eux sur la moto, demain ?

J'ai tout gâché.

Il prit une autre gorgée du sirop contre la toux, le goût de cerise particulièrement dégoûtant après la sauce tomate et les haricots cuits qu'il avait mangés. Pendant qu'Adam était assis à table, jouant avec le reste de son plat, Parker s'enfuit dans la salle de bain. Il ouvrit le placard sous le lavabo et aurait pleuré de joie quand il vit la petite collection de nouvelles brosses à dents enveloppées de plastique et fourrées dans un gobelet. Il y avait du dentifrice aussi, loué soit le Seigneur.

Il n'était pas tard quand il finit, mais il ôta son pantalon treillis et se pelotonna dans son lit quand même, s'enfonçant sous les couvertures poussiéreuses dans son sweat et son boxer.

— Je t'ai laissé une brosse à dents dans la salle de bain. Je suis encore fatigué, et nous devrons partir tôt demain matin. Bonne nuit, dit-il en faisant face au mur et en fermant les yeux.

— Bonne nuit.

La voix d'Adam semblait… neutre ? Tendue ? Parker ne pouvait le dire.

Pourquoi ai-je fait ça, bordel ? Nous étions amis. Et s'il me laissait maintenant ? Et s'il préférait rester seul plutôt que d'être avec moi ?

Ses pensées tourbillonnèrent dans sa tête et le dîner englouti tourna dans son estomac. Mais bientôt, le sédatif du sirop fit effet et il sombra.

— NON ! *Non !* cria Parker, désespéré.

Des mains fortes l'agrippèrent, essayant de l'attraper, et une voix calme et ferme emplit l'air.

— Parker. Réveille-toi.

Se réveiller ? Il força ses yeux à s'ouvrir. Il faisait noir, et il gémit.

— Tu vas bien. C'était juste un mauvais rêve.

— Adam ?

Il plissa les yeux dans l'obscurité. Où était-il ? Il se trouvait sur un sol dur, mais il faisait si sombre.

Les mains le relâchèrent, et un moment plus tard, la lumière de la lune inonda la pièce quand Adam ouvrit l'un des rideaux sur le mur, près des lits.

— Nous sommes au poste de garde. Tu te souviens ?

Il revint et s'agenouilla devant Parker.

— Tout va bien.

— Ouais…

Parker frotta ses paupières.

— Ugh ! Je rêvais de…

Il s'interrompit en frissonnant.

— … trucs flippants.

— Tu veux en parler ?

Adam portait seulement un tee-shirt blanc et un boxer qu'il avait pris de la maison des Henderson, et c'était plutôt distrayant.

— Euh, non. Mais merci.

Parker arrangea son sweat et grimaça quand il essaya de se redresser. Il tapota son genou.

— Je pense que j'ai besoin d'un pansement. Je me suis écorché avec le cadre du lit.

Adam le redressa doucement pour qu'il s'assoie sur le côté du matelas.

— Je vais en prendre un.

Il ferma les rideaux à nouveau, plongeant brièvement la cabane dans une obscurité totale.

Parker pouvait l'entendre s'affairer.

— Tu dois avoir une très bonne mémoire. Comment tu…

Une allumette craqua alors qu'Adam allumait une lanterne.

— … te rappelles où tout se trouve ?

— Comme tu l'as dit : très bonne mémoire.

Il disparut dans la salle de bain avec la lampe et revint très vite.

S'agenouillant devant ses pieds, Adam posa la lanterne sur le sol entre les lits et tapota l'égratignure de Parker avec un antiseptique qui le brûla. Parker se sentait comme un petit garçon, mais c'était agréable qu'on s'occupe de lui. Le sang avait diminué et Adam l'essuya avant d'ôter un pansement et de le coller doucement sur le milieu du genou de Parker.

— Voilà, dit enfin Adam en s'asseyant sur ses talons.

— Tu ne vas pas me faire un bisou magique ?

Les stupides mots furent hors de sa bouche avant qu'il ne puisse les arrêter.

— Je… je… je n'ai pas voulu dire…

Mais Adam se contenta de sourire, de se pencher et de presser doucement ses lèvres sur le pansement.

Un rire heureux sortit de la gorge de Parker et de la chaleur l'envahit.

— Merci.

Peut-être que les choses iraient bien tout compte fait. Peut-être que tout serait de nouveau normal après leur détour à gêne-ville et pipe-ville. Peut-être que…

Le regardant attentivement, le sourire d'Adam s'évanouit alors qu'il se mettait sur ses genoux et prenait le visage de Parker entre ses mains. Il se pencha, et leurs lèvres s'unirent doucement. Le cœur battant à tout rompre, Parker s'arrêta presque de respirer.

Adam l'embrassait.

Avec tellement de tendresse, ce dernier pressa leurs lèvres les unes contre les autres. Le pouls de Parker battait rapidement pendant que son esprit essayait de comprendre et de donner un sens à ce qui se passait. Il inclina la tête et lui rendit timidement son baiser, les mains d'Adam toujours posées sur son visage.

Adam *l'embrassait. Et il lui rendait son baiser.*

Ce n'était pas un baiser de langues et de passion sauvage comme il avait toujours imaginé pour sa première fois. Mais c'était en quelque sorte bien meilleur tandis que les lèvres d'Adam taquinaient les siennes, sa barbe de trois jours frottant la peau de Parker. Ils se respirèrent l'un l'autre, et il était certain qu'il aurait pu dériver vers le ciel, si les grandes mains d'Adam n'étaient pas posées doucement sur ses joues.

À présent, leurs bouches n'étaient séparées que d'un souffle seulement, et c'était plus humide. Adam suça la lèvre inférieure de Parker avant de s'écarter et de le fixer attentivement. Parker se pencha vers lui, le suivant, son souffle se faisant rapide.

— Pourquoi as-tu fait ça ? murmura Parker.

Adam laissa tomber ses mains instantanément et se rassit sur ses talons.

— Je suis désolé. J'ai pensé… je voulais tellement t'embrasser. Je n'aurais pas dû.

— Tu… voulais m'embrasser ?

Il attendit, abasourdi quand Adam hocha la tête.

— Mais pourquoi ?

Les sourcils d'Adam se froncèrent.

— Que veux-tu dire ?

— Personne n'a jamais voulu m'embrasser auparavant.

Parker se toucha les lèvres avec les doigts. Rêvait-il toujours ? Dans la lumière dorée de la lanterne, Adam le regarda en attendant.

— Personne ne m'a *jamais* embrassé auparavant. Et je pensais que tu étais hétéro ?

— Non. Et attends, tu as sûrement…

Il regarda la salle de bain.

— Ce n'était pas ta première fois.

— Non, j'ai fait ça un tas de fois. Ce n'est pas la même chose. Je n'ai jamais… attends, tu es gay ? Je ne pensais pas… tu n'es pas… tu as une petite amie.

Il ne pouvait supporter de dire « *tu avais une petite amie* ».

Adam fronça les sourcils.

— Non, je n'en ai pas.

— Si, tu en as une. Tina.

— Tina ? C'est ma meilleure amie.

— Tu as dit qu'elle était ta petite amie.

— Non, je n'ai rien dit de tel.

— Si, tu l'as dit ! dit Parker en agitant les mains. Tu te rappelles ? Quand je suis venu à ton bureau, tu as dit que tu avais un rendez-vous avec ta petite amie ? Et puis, après tout ce qu'il s'est passé, quand tu lui as laissé un message, tu lui as dit que tu l'aimais.

— C'est ma meilleure amie. Bien sûr que je l'aime.

— Mais tu as dit que c'était *ta petite amie*.

Adam secoua la tête fermement.

— Je n'ai jamais dit ça. Tu as peut-être entendu ça, mais je ne l'ai pas dit.

Ses sourcils se froncèrent et il fut silencieux pendant un moment.

— Je pense que tu as dit petite amie, et cela ne m'a pas semblé important de te corriger à ce moment-là.

— Alors tu as été gay ou bi pendant tout ce temps ?

Un sourire incurva la bouche d'Adam.

— Oui. Gay, pour info.

Parker lui rendit son sourire.

— Et tu voulais m'embrasser.

— En effet.

Adam se pencha plus près, mais il garda ses mains pour lui.

— Depuis quand ?

— Depuis le moment où tu as posé ce chapeau ridicule sur ma tête dans le magasin pour faire rire les filles.

Parker pouvait presque jurer que son cœur gonflait, ce qui était ringard et idiot, mais *il le sentait*. Il voulait plaquer Adam sur le sol, grimper sur lui et l'embrasser jusqu'au lendemain. Il ne cessait de se rejouer ce qui s'était passé dans la salle de bain dans son esprit.

— Dans la douche…

— Je voulais te toucher. Tu as refusé.

Voyons !

— J'ai pensé que tu essayais de me faire plaisir. De me rendre la pareille et tout ça, même si en y pensant, la plupart des hommes hétéros ne le font pas. Cela aurait dû être mon premier indice, je suppose.

Waouh, mon gaydar a besoin d'une mise à jour.

Adam sourit doucement.

— Je suppose. Je pensais que tu étais gay, mais je n'en étais pas sûr. Tout est sens dessus dessous.

— Veux-tu toujours me toucher ? lâcha Parker.

Au point où on est.

— Parce que je veux vraiment te toucher.

Il aurait pu jurer que les yeux d'Adam devinrent complètement dorés pendant un instant juste avant qu'il pose Parker sur ses genoux pour qu'il le chevauche. Adam lécha ses lèvres, et Parker se jeta sur elles. Les bouches ouvertes maintenant, ils s'embrassèrent, et se sucèrent, les langues tourbillonnantes et le corps entier de Parker revint à la vie, le *désir* brûlant à travers lui.

C'était un *vrai* baiser, et il n'en avait pas assez. C'était humide et désordonné, et des bruits de succion emplirent l'air. Il ondula des hanches tandis qu'Adam agrippait son cul et l'encourageait à continuer. Parker voulait enlever son sweater, mais il ne put supporter d'arrêter de toucher Adam. Leurs gémissements et grognements retentirent entre les fins murs en bois du poste de garde, et il était certain qu'il allait jouir dans son boxer.

Se penchant en arrière, il rompit le baiser. Adam émit un bruit faible qui ressemblait presque à un grondement, et Parker sourit.

— Ne t'inquiète pas. Je ne vais pas loin.

Se relevant juste un peu, il libéra son membre raide de son boxer. Puis il joua avec le slip tendu d'Adam, mais celui-ci écarta ses mains, sortant rapidement son propre sexe dur.

Ils gémirent à l'unisson alors que Parker se rasseyait et les prenait tous deux en main, frottant leurs deux membres l'un contre l'autre. Adam s'attarda sur le cou de Parker, mordillant et suçant la peau sensible qui se trouvait là. Il ondula des hanches au même moment que Parker, instaurant un rythme, ses mains parcourant la poitrine de ce dernier sous son sweat.

À chaque fois que Parker pensait à s'écarter et à se déplacer vers l'un des lits, Adam l'embrassait encore, ou mordillait son téton, ou bien faisait courir ses doigts le long de sa colonne vertébrale. Ouais, juste là sur le sol, c'était bien. C'était *merveilleux*.

Il était difficile de croire qu'il y avait seulement quelques jours, Parker avait été en colère contre Adam. À présent, il voulait le dévorer.

— Seigneur, je veux que l'on soit nus, marmonna-t-il.

Les ongles d'Adam étaient presque des griffes s'enfonçant dans le cul de Parker à travers le coton de son boxer. Il embrassa Parker profondément et ce dernier augmenta la vitesse de ses mouvements, les caressant de plus en plus vite, son autre main s'abaissant pour faire rouler leurs boules ensemble. Ce fut tout ce qu'il fallut, et Parker cria alors qu'il jouissait sur sa main, le plaisir le balayant comme un raz-de-marée. Il continua à masturber leurs queues, prolongeant son plaisir et amenant Adam au bord du précipice.

Lâchant son membre, Parker se concentra sur son compagnon.

— J'aime ta queue. J'aime que tu ne sois pas circoncis, murmura Parker.

Il ne semblait pas pouvoir activer le filtre dans sa bouche, et tout se déversa.

— Je veux la sentir à l'intérieur de moi.

Le visage enfoui dans le cou de Parker, Adam gémit alors qu'il jouissait, les éclaboussant d'un liquide chaud qui dégoulina sur ses doigts. Adam frissonna pendant que Parker soutirait d'autres gouttes de lui. Ils haletèrent doucement, et Adam releva la tête. Il fit courir son pouce sur les lèvres de Parker.

Celui-ci leva la main et suça ses doigts, les nettoyant un par un tandis qu'Adam le regardait avidement, les lèvres entrouvertes. Quand il finit, ils s'embrassèrent plus lentement cette fois-ci, leurs langues glissant l'une contre l'autre. Il chevauchait toujours les genoux d'Adam, et ils étaient tout collants. Il attendit que cela devienne gênant, mais Adam l'enveloppa simplement dans ses bras et l'attira à lui. Parker posa sa tête sur son épaule, écoutant sa respiration régulière, le monde à des millions d'années-lumière d'eux.

Chapitre 9

PARKER NE SAVAIT pas quelle heure il était quand il se réveilla à nouveau, mais une faible lumière filtrait à travers les rideaux. Il était seul dans le lit étroit, toutefois, quand il cligna des yeux pour se concentrer, il vit qu'Adam le regardait par-dessus son épaule de là où il s'affairait sur la cuisinière. Il était nu, et bon sang ! C'était une vue idyllique. Le cul d'Adam était rond et ferme, et juste… Waouh.

— Je pourrais m'habituer à ça. Ai-je le droit à un petit-déjeuner au lit ?

Le ton d'Adam était taquin quand il répondit :

— Si tu joues bien tes cartes.

Parker bailla largement et tendit les bras, repoussant la couverture jusqu'à sa taille. Après s'être nettoyés, ils s'étaient endormis emmêlés et nus ensemble sur son lit, et même s'il n'y eut pas assez de place, Parker avait eu un sommeil profond. Sa gorge n'était plus douloureuse, et il ne sentait plus qu'il avait un kilo de morve obstruant sa tête et ses voies respiratoires. Il se sentait si bien qu'il pouvait presque oublier le reste.

Presque.

Mais il aurait le temps de s'inquiéter à propos du monde plus tard.

— Alors, es-tu toujours gay, ce matin ? Et est-ce que tu me désires toujours ? Je n'ai pas rêvé ça, pas vrai ?

L'odeur du café qui s'infusait emplit l'air, et Adam se mit à rire.

— Vrai.

— Cool.

C'était même *merveilleusement* cool. Il regarda Adam alors que celui-ci traversait la pièce, déglutissant difficilement à la vue de sa queue épaisse et de ses boules lourdes. Il l'avait déjà vu nu auparavant, mais il y avait, en quelque sorte, quelque chose de plus intime maintenant dans sa nudité décontractée.

Adam s'assit sur un côté du lit.

— Comment te sens-tu ce matin ?

— Mieux. Et je veux vraiment t'embrasser encore, mais mon haleine du matin…

Les lèvres d'Adam furent douces et avides, sa main se posant sur le torse de Parker. Ce dernier ouvrit la bouche et rencontra la langue de son compagnon. Il reprit sa respiration quand ils se séparèrent.

— OK, donc, mon haleine du matin ne te dérange pas. C'est bon à savoir.

— Mmm hmm.

Parker se pencha vers lui et l'embrassa légèrement. C'était agréable, ces baisers.

— Tu te sens bien, ce matin ?

— Mmm-hmm, fit à nouveau Adam en plaquant Parker sur le matelas.

Tandis que le poids de son compagnon le recouvrait et qu'ils s'embrassaient à nouveau, Parker pensa que cette combinaison de sexe et de baisers était géniale aussi.

— C'est un bon moyen de se réveiller.

Il ondula des hanches, voulant se débarrasser de la couverture.

— Mmm hmm.

Adam suça le cou de Parker, envoyant un frisson le long de sa colonne vertébrale alors que sa langue le taquinait.

— C'est tout ce que tu peux dire ? demanda Parker.

Il releva la tête.

— Tu veux vraiment que j'utilise ma langue pour parler maintenant ?

Le désir qui tourmentait le ventre de Parker frappa son corps, et il gémit.

— Hum, oui. Continue.

La chaleur humide de la bouche d'Adam sur ses tétons le fit haleter et arquer le dos, et son érection matinale était à présent dure comme de la pierre. Mais Adam ignora la partie basse de Parker et mordilla sa peau sensible avant de faire quelque chose avec sa langue qui était probablement illégal dans certains états. Parker n'aurait pas été surpris si des étincelles jaillissaient de ses tétons. Il enfouit ses doigts dans les cheveux épais d'Adam.

— Oh mon Dieu ! Est-ce réel ?

Les épaules d'Adam tremblèrent, et il souffla un air chaud sur la peau de Parker. Il descendit, sa barbe égratignant merveilleusement celle-ci. La combinaison de ses lèvres douces et de ses poils rêches était en quelque sorte la perfection.

Adam enfonça sa langue dans son nombril pendant qu'il taquinait la fine ligne de poils avec ses doigts. Il était si près du bout de son sexe qui fuyait. Adam était lourd au-dessus de lui, la couverture toujours coincée entre eux. Parker était complètement plaqué sur le matelas et confiné, et cela ne le rendit que plus dur. Il tapota la tête d'Adam.

Avec un sourire coquin, ce dernier releva la tête.

— Tu voulais quelque chose ?

Grognant, Parker essaya d'arquer ses hanches encore.

— S'il te plaît.

— S'il te plaît quoi ?

— S'il te plaît, *suce ma queue avant que je n'explose.*

Adam descendit plus bas et retira la couverture, la jetant sur le sol. Le membre de Parker était dressé contre son ventre, mais Adam alla plus bas, pressant des baisers humides à l'intérieur de ses cuisses jusqu'à ce qu'ils tremblent.

Lorsqu'Adam lécha le membre rigide de son amant, Parker gémit si fort que son visage rougit. Il pouvait entendre la voix de Greg Mason dans sa tête.

— *Tu as l'air d'un p'tit pédé dévergondé.*

Il serra les lèvres, ses narines s'évasant tandis qu'il étouffait ses cris.

Adam releva les yeux après quelques succions, son regard noisette faisant ce truc doré et brillant qui était d'une beauté à couper le souffle.

— Pourquoi t'es-tu arrêté ?

— Ça ne te dérange pas ? Que je sois… bruyant ?

Les yeux fixés l'un sur l'autre, Adam prit sa queue fuyante dans sa main, et attrapa une goutte de liquide séminale avec sa langue.

— J'aime ça.

Grognant, Parker rejeta la tête en arrière. Il se tortilla, ses membres tressaillant pendant qu'Adam suçait son membre raide. Parker gémit librement, et plus il faisait du bruit, plus cela semblait encourager Adam. Ce dernier agrippa ses hanches, le tenant fermement tandis qu'il poursuivait sa succion dont les bruits se mélangeant aux cris de Parker et emplissaient le poste de garde.

Greg l'avait seulement sucé une fois, et cela n'était rien comparé à celle-ci. Adam le prenait si profondément que la pression sur son membre faisait précipiter son sang dans ses oreilles. Ses jambes tremblaient, et il pensa que s'il devait mourir, au moins il aurait eu une fellation spectaculaire avant qu'il ne parte.

— Seigneur, c'est si bon, Adam, souffla-t-il, prenant la tête de celui-ci dans ses mains.

Adam fredonna autour de lui, et le corps entier de Parker frissonna. Le délicieux tourment continua, et son compagnon l'amena plus d'une fois au bord de la jouissance avant de faire marche arrière. Parker gémit – un gémissement *fort* – et essaya d'écarter les jambes, un peu plus. Adam mordilla ses boules.

— S'il te plaît. J'en ai besoin. Puis-je…

Le souffle d'Adam était chaud contre lui.

— Dis-moi.

Il essaya de bloquer le souvenir d'un Greg furieux, crachant à plusieurs reprises sur les carreaux de la salle de bain.

— *Ne sois pas si grossier.*

Parce que Greg était le genre de cons prétentieux qui utilisaient des mots comme *grossier*. Mais et si Adam trouvait ça également dégoûtant ? Le membre de Parker pulsa de désir et il prit une profonde inspiration.

— Puis-je venir dans ta bouche ?

Avec un grognement, Adam engloutit son sexe à nouveau, le suçant presque violemment. Parker ne put que crier, la tête rejetée en arrière et la bouche ouverte alors que l'orgasme le déchirait. Il avait l'impression de léviter au-dessus du matelas, frissonnant alors qu'il jouissait. Il réussit à ouvrir les yeux et à regarder Adam qui avalait sa jouissance, ses lèvres étirées largement.

Parker réalisa qu'il agrippait les cheveux de son compagnon un peu trop fort, et il détendit ses mains.

— Merci, murmura-t-il.

Il ne se rappelait pas avoir ressenti un sentiment aussi chaleureux et paisible.

Attrapant des gouttes égarées, Adam le nettoya de sa langue et pressa de tendres baisers à l'intérieur de ses cuisses et sur ses hanches. Il se rassit sur ses talons et se masturba. Parker voulait offrir ses services, mais tout ce qu'il put faire était de rester allongé là, complètement repu, écoutant les grognements d'Adam en le regardant s'occuper de son membre.

— Tu peux venir sur moi, Adam, murmura-t-il.

Et celui-ci le fit, il se pencha en avant sur une main et explosa sur le ventre et l'entrejambe de Parker, frissonnant et chevauchant son plaisir. Haletant, il baissa la tête et lécha sa propre jouissance sur la peau de Parker, ce qui était vraisemblablement la chose la plus érotique que ce denier n'ait jamais vue dans sa vie, et il avait regardé beaucoup de pornos. Le glissement humide de la langue d'Adam sur sa peau envoya des frissons de plaisir le parcourir, et il fit courir ses doigts dans les cheveux de son amant.

Quand Adam remonta le corps de son compagnon pour le recouvrir du sien, ils s'embrassèrent paresseusement et Parker aima le goût de leurs spermes mélangés. Il se demanda brièvement et tardivement s'ils auraient dû se protéger, mais rejeta aussitôt la pensée puisque les chances de survivre assez longtemps pour contracter une MST étaient de minces à nulles. Il allait en profiter, bon sang.

Adam enfouit son visage dans le creux de son cou, et Parker frotta son dos, glissant ses doigts de haut en bas sur sa colonne vertébrale.

— Tu es vraiment bon à ça.

Adam sourit contre la peau de Parker.

— Vraiment ?

— Pourquoi as-tu l'air aussi surpris ?

— Cela fait un moment.

— Vraiment ?

— Pourquoi as-tu l'air aussi surpris ? demanda Adam à son tour.

— Euh… tu t'es vu ? Les pommettes, pour commencer. Les yeux. Les lèvres. Bon sang, cette bouche. Et tout ça, ce n'est qu'au-dessus du col. Ce n'est pas mal non plus au sud. Les épaules. Le torse. Et je suis certain qu'il y a des abdos en bas, et tu pourrais casser des noix avec des cuisses pareilles. Nous n'avons pas encore parlé de ton cul et de ton paquet. Dois-je continuer ?

Avec un rire, Adam secoua la tête. Il s'appuya sur un bras et fit courir un doigt le long du torse de Parker.

— Tu n'es pas mal non plus.

— Moi ? dit Parker en ayant un rire sec. Allons. Je suis mignon, mais…

— Tu es plus que mignon, l'interrompit Adam en l'embrassant profondément.

La manière dont Adam le dit, et la manière dont il le regardait… personne n'avait jamais fait ressentir cela à Parker. Il ne put s'empêcher de demander.

— C'est vrai ?

Les sourcils d'Adam se froncèrent.

— Bien sûr. Tes yeux sont si expressifs, et tes cils si longs. Si beaux.

Il se pencha sur lui et lui donna un léger coup de langue sur son oreille.

— Juste la bonne taille pour les oreilles.

Parker frissonna.

— Je suis chatouilleux.

Souriant, Adam fit courir sa main sur le torse et le ventre de Parker.

— J'aime que tu sois mince et ferme.

Il taquina les poils qui parsemaient la poitrine de Parker.

— Juste la bonne quantité. Doux, mais pas trop.

Sa main continua vers la cuisse de Parker.

— Des hanches étroites, et de longues jambes. Ton cul est incroyable. Même durant ce premier jour, dans mon bureau ? Quand tu es sorti comme une furie, je pensais à quel point ton cul était parfait.

Parker savait qu'il rougissait et il se mordit la lèvre.

— Vraiment ?

— Mmm hmm. C'était complètement déplacé étant donné que j'étais ton enseignant auxiliaire.

— Ça l'était. Tu es un pervers, dit-il, puis il sourit. C'est une bonne chose que je le sois aussi.

Adam baissa la voix et avoua :

— Je me demandais de quoi tu aurais l'air dans un slip de bain.

— Tu n'as pas fait ça !

— Si, répondit Adam. Au lycée, j'avais un énorme béguin pour toute l'équipe de natation.

Il fit courir son doigt sur les lèvres de Parker.

— Et ta bouche est parfaite.

— Tu ne penses pas que mes lèvres auraient pu être plus…

— Non, c'est parfait.

Pour une fois, Parker ne put trouver ses mots, alors il embrassa Adam à la place. Leurs bouches s'ouvrirent, et leurs langues se caressèrent paresseusement. Il fit courir sa main dans les cheveux d'Adam, sur son épaule et son bras, savourant la sensation de pouvoir le toucher seulement. Il n'avait en fait jamais rien fait dans un lit. À l'école, c'était habituellement dans les toilettes, ou contre la porte d'un dortoir, puisqu'elles ne se fermaient pas.

Alors qu'Adam se blottissait contre son cou, Parker marmonna :

— Je ne peux pas croire que tu étais gay pendant tout ce temps. J'aurais pu mourir sans avoir expérimenté cette pipe.

Quand Adam se mit à rire, tout son visage s'illumina et ses yeux étincelèrent.

— Ravi d'avoir été utile.

— Depuis combien de temps ?

— Hein ?

— Tu as dit que cela faisait un moment. Depuis que tu as…

Parker haussa les épaules.

— Je suis juste curieux. Et aussi très indiscret.

Le regard d'Adam se détourna.

— Plus d'un an, je pense.

— Sérieusement ? Waouh.

Bien qu'il sache que les circonstances avaient joué un grand rôle, Parker ne put s'empêcher de se sentir flatté.

— Pourquoi est-ce si surprenant ?

— Et je repose la question : *tu t'es vu ?* Pommettes, abdos, etc. Un cul à mourir. Non qu'il soit *gros*, mais il est juste… Waouh.

Il aurait pu jurer qu'Adam rougissait.

— Et cette queue épaisse que je veux dévorer tous les jours. Dommage pour vous, les végétariens ! Parce que j'ai de la viande de premier ordre dans mon lit !

Adam éclata de rire.

— Végétariens ?

— C'est une longue histoire. Elle n'a probablement de sens que dans ma tête.

— Je veux bien te croire. Et merci, dit Adam.

Il se pencha d'une manière presque timide et embrassa Parker. Quand il se rassit, il expira lentement.

— J'ai couché avec des gars durant des années. Que du sexe, pratiquement. Il n'y a jamais eu quelqu'un de spécial. Je ne suis pas… je ne sais pas. Parfois, j'ai l'impression que je cherche quelqu'un de différent de ceux que j'ai connus.

— Que cherchais-tu exactement ?

Il fit courir son doigt sur les lèvres de Parker.

— Je ne sais pas.

Parker voulait tellement dire quelque chose de ringard comme : *peut-être que tu l'as finalement trouvé avec moi*. Pour une fois, il réussit à se mordre la langue. Il embrassa Adam à la place, et pendant une minute, ils se blottirent juste l'un contre l'autre. Parker savait qu'ils devaient reprendre la route, mais… juste un peu plus longtemps.

Adam roula sur sa hanche, et appuya sa tête sur sa main. Il laissa traîner son pied sur le tibia de Parker.

— Ce que tu as dit à propos des gars hétéros… pourquoi es-tu sorti avec eux ? Je suppose que c'est le cas, du moins.

Parker haussa les épaules.

— J'ai étudié dans un pensionnat. J'étais le résident homo. Je voulais sucer des queues, et les gars savaient que je le ferais sans poser de questions. Oh, mais ne t'inquiète pas. Je suis sain.

— Je ne suis pas inquiet. Je suis sain aussi, pour info.

Adam fronça ensuite les sourcils.

— Il n'y avait aucun autre garçon gay ?

— Quelques-uns, mais ils ne voulaient pas l'admettre. Ce n'était pas une grande école. Il y avait deux gars qui étaient amoureux l'un de l'autre. Ils étaient camarades de chambre et les plus heureux du monde. Il n'y avait personne d'autre qui l'aurait admis, comme un gars que je connais et qui finira probablement marié avec une fille chanceuse et la rendra misérable pendant qu'il fera le tour des toilettes publiques.

Le sourire de Parker disparut tandis qu'il pensait à l'endroit où Greg se trouvait en ce moment même. Son estomac se tordit.

Adam posa sa paume sur le torse de Parker.

— Qu'y a-t-il ?

— Je me demande juste si Greg est toujours vivant. Ou s'il est infecté.

Il frissonna.

— C'est bizarre de penser à ça.

— Je suis certain qu'il va bien, dit Adam en faisant des cercles apaisants avec sa main.

— Ouais. Ce n'est pas… je veux dire, le gars était un connard. Totalement au placard, mais je n'arrivais pas à rester loin de lui, en quelque sorte. Nous couchions ensemble, mais il ne m'embrassait jamais. Jamais. Il pensait toujours que je faisais mal les choses. Et en plus, l'humiliation finale ? Il m'a battu en tant que major de promo. Je ne sais pas pourquoi je l'ai supporté. Je ne l'appréciais même pas.

Il expira longuement.

— Mais j'espère quand même qu'il va bien. Je suis pathétique, n'est-ce pas ?

— En quoi est-ce pathétique de se soucier des gens ? Même quand ces derniers sont des connards ? Ce n'est pas pathétique selon moi.

— Eh bien, si tu vois les choses comme ça. Merci.

Parker souriait, et il embrassa Adam brièvement. Être en mesure de l'embrasser, de juste l'embrasser quand il le voulait le rendit stupidement heureux. Il le fit encore, une simple pression des lèvres, et Adam caressa sa poitrine avant de s'écarter avec un soupir.

— Nous devons reprendre la route, déclara-t-il en faisant courir sa main sur son visage. Il y a un rasoir dans la salle de bain, alors je vais me nettoyer.

— OK, je vais préparer nos affaires.

Parker n'avait jamais été en mesure de se faire pousser la barbe, ce qui allait être bien utile maintenant qu'il n'aurait plus l'occasion de se raser aussi souvent.

Avec réticence, ils commencèrent à s'habiller, se nettoyer et à emballer leurs affaires. Alors que les minutes passaient, la brume paisible s'évapora, et Parker fut à nouveau nerveux tandis qu'il fermait son imperméable vert et chargeait le sac à dos sur son épaule, par-dessus l'étui de la machette. Adam attacha le révolver dans son dos. Ils grimpèrent sur la moto, et Parker adressa au poste de garde un dernier regard pendant qu'ils s'éloignaient. Il savait qu'il devait essayer de trouver ses parents, mais une partie de lui voulait dire à Adam de faire marche arrière afin qu'ils puissent se cacher une autre journée.

Ils avaient toujours les routes de campagne pour eux-mêmes alors qu'ils conduisaient à travers les prairies broussailleuses et les étendues plates du pays. Cela leur prit plus de temps, mais ils choisissaient prudemment des chemins qui étaient éloignés des grandes villes ou des routes, ce qui ne les empêchait pas de s'y aventurer quand ils avaient besoin d'essence. Ils ne voyaient que des corps – ou du peu qu'il en restait – alors que les heures s'écoulaient.

Les cuisses et les fesses de Parker étaient douloureuses d'avoir passé la journée à moto quand ils s'arrêtèrent pour dîner de pâtes en conserves. Mais cela s'améliora quand ils s'embrassèrent bien plus longtemps qu'ils ne l'auraient dû, assis à côté d'une rivière avec un fort courant, et le ciel s'assombrissant au-dessus d'eux.

Même quand ils revinrent sur la route, et qu'une pluie froide commença à tomber sur eux, Parker ne pouvait arrêter de sourire. *Adam adore m'embrasser.* Il savait que c'était bête, et que c'était probablement horrible de s'en soucier quand des tas de gens mourraient, mais il devait se concentrer sur quelque chose de positif. Bien qu'ils se soient tous les deux rasés ce matin, la barbe de cinq heures d'Adam avait laissé la peau de Parker un peu rougie. Ce dernier toucha son visage, savourant la sensation. Être avec Adam était comme une petite oasis.

Alors que la nuit tombait, ils furent presque arrivés à la forêt nationale de Sierra. La petite route était sinueuse et selon un panneau, il y avait une ville plus loin. Parker plissa les yeux.

— Tu es certain que tu peux voir sans les phares ? Ça s'est vraiment obscurci. Il n'y a presque pas de lune.

— Je suis sûr, répondit Adam. Mais nous allons trouver un endroit où nous arrêter bientôt.

— Comment allons-nous passer le temps, cette nuit ? demanda Parker en ouvrant la veste en cuir d'Adam et en enfouissant sa main à l'intérieur.

Adam se mit à rire.

— Ne me distrais pas !

— Oh, c'est distrayant ?

Avec son autre main, Parker serra son membre à travers son jean.

— Et ça ?

Grognant, Adam secoua la tête.

— À moins que tu ne veuilles être jeté sur la moto et baisé juste ici, tu ferais mieux d'arrêter.

La pensée envoya un éclair de désir traverser le corps de Parker.

— Euh, je ne vois pas où est l'inconvénient.

Il frotta le membre d'Adam, qui gémit à nouveau.

— Nous devrions contourner cette ville à moins que…

Il ralentit la moto, soudain tendu.

— Quoi ? demanda Parker.

Mais alors qu'ils prenaient le virage, Parker comprit.

Des monstres.

Des douzaines d'entre eux fourmillaient devant, et Adam jura quand il évita deux infectés qui tendaient les mains, au dernier moment. Parker prit sa machette, l'adrénaline le traversant. Bien qu'ils ne soient pas aussi captivés par le bruit du moteur qu'ils ne l'étaient par la lumière, cela attira leur attention, et ils se concentrèrent sur la nouvelle excitation, s'avançant vers Parker et Adam dans un étrange flottement. Adam appuya sur l'accélérateur, et Parker lacéra une main tendue.

Devant eux, les rangs se refermèrent, et le sang se précipita vers les oreilles de Parker. *Merde, merde, merde !*

Adam dut ralentir pour tourner la Harley vers la droite, et en un instant, un petit coup tiré sur son sac à dos fit perdre l'équilibre à Parker pendant qu'il se déchaînait avec la machette. Les pneus crissèrent, et il s'envola, l'impact sur le sol lui coupa le souffle. Il leva désespérément la machette et l'enfonça dans la tête de l'un des monstres quand celui-ci se pencha sur lui, ses yeux exorbités et sa bouche grande ouverte.

Je vais mourir ! À l'aide ! Non ! Merde !

Parker charcuta encore, gémissant.

Un bruit inhumain résonna dans l'air, un rugissement qui fit naître la chair de poule dans les bras de Parker. Le monstre qu'il avait frappé disparut soudain, jeté dans la nuit comme une poupée de chiffon. La bouche de Parker s'ouvrit et se referma, essayant de respirer alors que son esprit criait.

Un animal poilu avec yeux dorés et des crocs pointus décapita un autre monstre, utilisant des griffes très acérées. Parker tourna la tête à gauche et à droite, cherchant Adam. Mais ce dernier n'était pas là, et Parker étouffa un hurlement. Durant un instant horrible, son esprit enregistra ce que ses yeux voyaient.

Étendu sur le bitume avec la machette toujours en main et le cœur au bord des lèvres, Parker ne put que regarder pendant que la chose vêtue de cuir, qui avait, autrefois, été Adam, massacrait les infectés, un par un.

Chapitre 10

Besoin d'air ! Merde !

Son cœur était sur le point d'exploser, et Parker agrippa la machette très fort pendant que la créature – *Adam ?* – lacérait la gorge d'un monstre si profondément que la tête vacilla, les yeux écarquillés se révulsèrent jusqu'à ce que le crâne soit arraché et jeté dans les bois. Les corps des monstres jonchaient la route de compagne. Le moteur de la moto continuait de vrombir, et la bête se tourna vers Parker, du sang coulant de ses griffes.

Des griffes.

Se rejetant en arrière, Parker étouffa un cri. Ses talons glissèrent sur quelque chose qui étaient probablement des entrailles, et merde, merde, *merde*, il allait mourir.

— Non !

La chose s'approcha de lui et tendit sa main poilue.

— Ça va aller. C'est moi.

— Quoi ?

Ça *parlait*. Cette voix ressemblait à celle d'Adam, sauf qu'elle était plus grondante. Mais c'était impossible.

— Tu es infecté ! Bon sang, y'a un problème avec toi !

Parker fut finalement capable de faire marcher ses pieds, et il trébucha en se mettant debout. Il brandit la machette devant lui d'une main tremblante.

— Recule !

— Je ne suis pas infecté.

La voix calme et rationnelle d'Adam sortait de la bouche de cette chose. Une bouche dégoulinante de sang.

Comment cette chose – *il* – parlait ?

— Si, tu l'es ! Regarde-toi !

Devant les yeux de Parker, l'animal en face de lui se transforma. Les griffes et les crocs se rétractèrent, et la fourrure qui recouvrait une grande partie du corps d'Adam et de ses mains sembla disparaître, et ses yeux perdirent leur luisance. En quelques secondes, ce fut à nouveau Adam.

Parker secoua frénétiquement la tête.

— Je dois être en train de rêver. Tu ne peux pas… c'est quoi ça ?

Adam fit un autre pas, et Parker recula, trébuchant presque sur le corps d'un monstre sans tête.

— Que se passe-t-il ? cria-t-il.

Les épaules d'Adam étaient voûtées sous sa veste, et son regard fixait le sol.

— Je peux t'expliquer, dit-il calmement. S'il te plaît, donne-moi une chance.

Puis sa tête se redressa brusquement, et il regarda sur la droite.

— Mais nous devons partir, poursuivit-il. Il y en a plus qui viennent par ici. Cette ville doit être infectée. Nous devons y aller par les bois et nous éloigner de la route. Maintenant.

La route s'incurvait devant eux, et Parker pouvait à peine voir dans l'obscurité. Mais par-dessus le bruit du moteur de la moto, il crut entendre le vacarme de ces claquements de dents. Il ne pouvait pas rester ici, seul, et Adam… *que se passait-il, bon sang ?* Parker s'était-il cogné la tête ? Il ne pouvait même pas former une phrase.

— Nous devons y aller, dit Adam en se dirigeant vers la moto et la chevauchant. Je vais tout t'expliquer une fois que nous serons à l'abri. Allez, Parker.

Pendant un long moment, celui-ci ne put que se tenir immobile. Puis un autre monstre apparut dans sa vision périphérique et il s'avança vers la moto.

Adam le fixa.

— S'il te plaît, je te promets de tout t'expliquer.

Prenant une profonde inspiration, il attacha sa machette et grimpa derrière Adam, le sac à dos pesant sur ses épaules. S'il ne voulait pas encore tomber, il devait envelopper ses bras autour de son compagnon et s'accrocher, le fusil entre eux. Il le fit, inspirant l'odeur du cuir et d'un soupçon de pin qui venait probablement d'une eau de Cologne qu'Adam avait l'habitude d'utiliser auparavant… eh bien, auparavant.

Les monstres portaient-ils de l'eau de Cologne ?

Pressé contre lui, la sensation d'Adam était la même qu'un peu plus tôt, et il semblait être à nouveau complètement normal. Parker voulait poser des milliers de questions. Il voulait courir. Il voulait ouvrir les yeux et être de retour dans son dortoir, ne se souciant que de son examen d'économie et de son C-moins.

Tout ce qu'il put faire était de s'accrocher tandis qu'ils rebondissaient sur un sentier de randonnée, s'enfonçant de plus en plus profondément dans les bois.

Il ne savait pas quelle heure il était quand Adam ralentit Mariah. Parker plissa les yeux en regardant autour de lui.

— Y'a-t-il quelque chose ici ?

— Un chalet. Sur ta gauche.

Le chemin était à peine assez grand pour la moto, et Parker n'avait aucune idée de comment Adam l'avait aperçu. *Cela a probablement à voir avec le fait qu'il soit une sorte de démon qui peut charger de forme. Comme une vision à rayon X ou quelque chose comme ça.* Dès que l'engin s'arrêta, Parker bondit de la moto et recula. Adam éteignit le moteur et le silence fut saisissant.

Parker fit courir une main dans ses cheveux.

— Sérieusement, c'est quoi ce bordel ? Que vient-il de se passer ? C'est quoi le problème avec toi ?

Adam ne le regarda pas quand il se redressa.

— Je vais tout t'expliquer. Allons à l'intérieur pour nous nettoyer.

— Non. Je ne vais nulle part jusqu'à ce que tu me dises ce qu'il se passe.

Adam enleva l'étui du fusil attaché autour de lui. Après quelques instants, il croisa le regard de Parker et haussa les épaules.

— Je suis un loup-garou.

L'éclat de rire de Parker fut comme une détonation dans le silence de la nuit.

— *Un loup-garou ?*

Il bafouilla.

— Que… c'est… ? C'est supposé être drôle ?

Adam soupira.

— Non. C'est ce que je suis. Je suis un loup-garou.

— Je… quoi ? *Quoi ?* C'est ridicule.

La mâchoire d'Adam se serra.

— Je te dis la vérité. Pourquoi mentirais-je ?

— Je ne sais pas, mais le « je suis un loup-garou » peut être vu comme dément et timbré !

— Tu m'as vu là-bas ! dit Adam en serrant les poings, les narines frémissantes. Je sais que c'est un choc, mais de quelle autre preuve as-tu besoin ?

— Je ne sais pas ! Mais imagine que ce soit le virus ?

La voix d'Adam devint dure.

— Je ne suis pas infecté ! J'ai toujours été comme ça.

Parker lutta contre l'envie de reculer alors que son cœur battait la chamade.

— OK, très bien. Bien sûr. Supposons que je te crois. Tu es un loup-garou, dit Parker en faisant un vague signe de la main. Dis-m'en plus, alors. Dis-moi tout.

Adam sembla se décourager, la colère disparaissant. Il ferma les yeux et inspira profondément, inspirant et expirant plusieurs fois. Quand il parla, sa voix était basse, et il fixait le sol.

— Je suis né comme ça. Ma famille était tous des loups-garous… mes parents et mes sœurs. Nos parents nous ont appris comment le cacher. Comment le contrôler. Mais ils sont morts avant que je puisse apprendre quoi que ce soit d'autre. Tout ce que je voulais apprendre. Il y a tellement de choses que je ne sais pas. Je ne sais pas pourquoi je suis comme ça. Je ne sais pas combien il en existe d'autres comme moi. Mes parents n'avaient aucune autre famille. Et ils n'avaient pas d'amis non plus. Ils nous ont appris à garder le secret par tous les moyens.

— Tu ne t'attends pas vraiment à ce que je croie ça.

Mais comment cela pouvait-il s'expliquer ? Parker l'avait vu de ses propres yeux.

Adam leva la tête.

— Tout ce que je peux te donner, c'est la vérité. C'est la vérité, Parker. C'est ce que je suis.

— J'ai l'impression que je rêve. Cela ne peut pas être réel. D'abord, le virus transforme des gens en monstres, et maintenant, tu es un loup-garou ? Je veux dire, c'est complètement dingue.

Comme un film dans sa tête, Parker le vit encore une fois – Adam se transformant en une créature poilue, tuant les infectés avec une force qui ne pouvait être normale. Ou même humaine. L'instant suivant, Parker se retrouva sur le sol, les jambes pliées sous lui.

Adam fit un autre pas vers lui, le visage plissé d'inquiétude.

— Je vais bien, dit Parker en agitant une main. Je crois que j'ai besoin de m'asseoir. C'est le genre d'informations où les gens disent : « tu devrais peut-être t'asseoir ». Donc, je vais le faire. Et maintenant, je jacasse, n'est-ce pas ? Ouais. C'est ce que je fais. Je jacasse.

Adam se contenta de le regarder d'un air prudent, se tenant à quelques pas de lui, les bras rigides à ses côtés.

C'était comme si quelqu'un avait laissé tomber un énorme jeu de casse-tête dans son crâne, et Parker commençait à peine à le résoudre. Après une minute, il essaya de dire les mots à haute voix.

— Tu es un loup-garou.

D'une certaine manière, c'était moins fou à présent qu'il pouvait donner un sens aux petites choses étranges qu'Adam faisait… l'ouïe supersonique, et les reniflements pour commencer.

— Tu es un loup-garou, répéta-t-il.

— Ouais, dit Adam d'une voix rauque et basse.

— As-tu jamais… ? Sur la route, c'était…

Adam leva ses mains sanglantes, les regardant comme s'il ne l'avait jamais fait auparavant.

— Je n'ai jamais tué personne. Je n'ai jamais eu à le faire.

Tout son corps tremblait.

— C'était comme si je regardais quelqu'un d'autre le faire. J'ai laissé l'instinct prendre le dessus. Je ne pouvais pas… ils allaient te tuer. Je ne pouvais pas les laisser faire.

La culpabilité serra l'estomac de Parker.

— Je sais que je n'en donne pas l'impression, mais je te suis reconnaissant. Merci.

— Tu n'as pas à l'être. Je sais que tu ne peux pas… je sais que je suis un monstre.

Il ferma les yeux, serrant les poings.

— Je comprends. Je me suis haï pendant tellement longtemps, murmura-t-il.

L'envie de le réconforter fit bondir Parker sur ses pieds, et il s'approcha de lui, sa main timidement tendue, mais ne le touchant pas.

— Je ne te hais pas. Tu n'es pas un monstre, le rassura-t-il.

Il voulait aplanir les plis qui creusaient le visage d'Adam, ses yeux étaient fermés et sa bouche serrée en une ligne rigide.

— Adam, tu ne l'es pas.

Le vent fouetta les arbres, faisant bruisser les feuilles.

— Allons à l'intérieur pour en discuter.

— Tu peux prendre la moto. Tu en auras besoin si tu continues seul.

Parker crut un instant qu'il allait être malade. Il avait toujours la main tendue, et il la reprit.

— Tu veux que je m'en aille ?

Adam ouvrit les yeux et croisa finalement son regard.

— Non. Je ne voudrais jamais ça. Mais je le comprendrais si tu le faisais.

À présent que le choc avait disparu – presque, considérant le fait qu'il venait juste de découvrir que *les loups-garous existaient* – et qu'Adam était à nouveau lui-même, la pensée de le laisser était presque la pire chose à laquelle Parker pouvait penser.

— Je veux que nous restions ensemble.

Il retendit sa main, et cette fois-ci, prit celle d'Adam, ne se souciant pas du sang. Il la serra fermement.

— Pouvons-nous aller à l'intérieur maintenant ?

Adam le fixa, les yeux écarquillés.

— OK.

Tirant Adam avec lui, Parker s'approcha du modeste chalet usé et tenta d'en pousser la porte, qui s'ouvrit avec un craquement.

— Penses-tu que nous pouvons utiliser une lampe ?

— Hein ? Oh, euh…

Après un moment, Adam continua.

— Ouais. Je n'entends rien. Juste quelques animaux dans la forêt.

La faible lumière de la lampe trouva une chambre avec deux lits superposés dans le coin gauche, un devant chaque mur. Pas de réfrigérateur, et il ne semblait pas y avoir d'électricité. Une vieille table en bois et quatre chaises se trouvaient au milieu de la pièce, une lampe à pétrole posée sur elle. Il n'y avait pas de salle de bain, donc, il devait sûrement y avoir des toilettes quelque part à l'extérieur.

— Des chasseurs, probablement, remarqua Parker. J'ai l'impression que personne n'est venu ici depuis un moment.

Une couche de poussière couvrait tous les meubles et les lits dans cette pièce spartiate.

Adam serra la main de Parker, son regard était un peu hébété. Parker le conduisit vers l'une des chaises et appuya doucement sur son épaule.

— Assieds-toi.

— Je vais bien, murmura Adam, mais c'était clairement une réponse automatique.

— Je sais. Reste assis.

Parker se précipita vers les fenêtres, fermant les rideaux qui sentaient le renfermé. Utilisant la lampe torche, il sortit des boîtes d'approvisionnements cachées sous le lit.

— Bingo, marmonna-t-il.

Une fois qu'il remplit la lanterne et l'alluma, il ouvrit une carafe d'eau. Il la tendit à Adam, qui la but docilement. Puis Parker prit quelques gorgées à son tour, s'émerveillant de voir à quel point l'eau pouvait être bonne. Ensuite, il remplit une cuvette en plastique et déballa une savonnette.

Adam ne protesta pas quand Parker lui enleva ses bottes, sa veste, son tee-shirt et son jean. Ne portant que son boxer, il s'assit sur la chaise et laissa son compagnon nettoyer ses mains. Il y avait du sang sur son visage et son cou, et des gouttes parsemaient ses cheveux. Parker essaya de ne pas penser à quoi Adam avait ressemblé avec des crocs. *Des crocs.*

Tout va bien. C'est un loup-garou. Et tout va bien. Il n'est pas un zombie. Il ne va pas me dévorer le visage. C'est toujours Adam.

Parker rinça le sang, faisant doucement travailler ses doigts savonneux dans les cheveux d'Adam, celui-ci docile sous lui, ses yeux grands ouverts, mais dans le vague. Parker voulait poser plein de questions, mais il garda le silence.

Quand Adam fut propre, Parker enleva son propre tee-shirt et s'agenouilla sur le sol, frottant son visage et ses mains dans la faible lueur de la lanterne. Il se rassit sur les talons.

— Je pense que nous devrions nous reposer ?

Il y avait tellement à dire, mais il n'était pas sûr qu'Adam soit dans le bon état d'esprit. Il ne l'était pas non plus.

Adam hocha la tête, et Parker enleva ses baskets et son jean avant de secouer les couvertures pliées au bout de l'un des lits. Il s'installa, essayant de trouver une position confortable sur le matelas et ne portant que son boxer et tee-shirt

Mais quand Adam éteignit la lanterne et s'avança vers les lits superposés, le sol craquant sous ses pas, il alla vers le matelas restant. Parker étouffa l'éclair de douleur qui menaçait de le faire pleurer, et se pelotonna sous les couvertures rêches. Même si Adam n'était qu'à quelques pas de lui, Parker se sentit complètement seul.

L'OBSCURITE ETAIT ABSOLUE.

Une heure au moins était passée, et bien que Parker ait fermé les yeux et se force à dormir, son esprit refusait de se mettre en veille. Il ne pouvait pas voir sa main devant son visage et il se demanda si cela valait la peine d'allumer la lanterne pour avoir un peu de lumière. Il pensa aux monstres, à leurs horribles yeux et leurs dents acérées, et soupira. Non, cela n'en valait pas la peine. Il tira la couverture rêche et moisie jusqu'à son menton.

— Ça va ?

Adam parla doucement de l'autre lit à quelques pas de lui, mais cela lui sembla bruyant. Parker s'éclaircit la gorge.

— Ouais. C'est juste qu'il fait si noir. Mais ça va. Tu vas entendre si quelqu'un arrive, pas vrai ?

— Oui, répondit Adam.

Après quelques secondes de silence, il ajouta :

— J'aurais dû savoir que ces monstres étaient là, sur la route. Je suis désolé.

— C'est ma faute, je t'ai distrait.

Toucher Adam lui avait semblé si naturel, et à présent, ils étaient dans deux lits séparés. Adam n'avait-il plus envie de lui ? Parker ne savait pas quoi penser ou ressentir. Mais dans l'obscurité, ce fut, quelque sorte, facile de parler. Adam avait l'air à nouveau lui-même après avoir été dans le vague pendant un moment.

— Alors, tu peux entendre des trucs de très loin, hein ?

Sa question lui valut un si long silence qu'il pensa qu'Adam s'était endormi ou s'était perdu encore dans ses pensées.

— J'ai passé des années à essayer de les réprimer... mon ouïe et mon odorat. La vue, je ne pouvais pas la changer, mais j'ai essayé de ne pas accorder d'attention à mes autres sens. J'ai essayé de les rendre aussi...

normaux que possible.

— Avec ton acuité visuelle, c'est comme, tu sais, des lunettes à vision infrarouge ? Je veux dire, ce que tu vois, c'est comme ça ?

Il essaya de garder un ton neutre. *C'est complètement normal. Nous parlons juste des super pouvoirs de loups-garous. Rien de grave. Ce n'est rien.*

— Quelque chose comme ça. Je perçois les mouvements plus nettement.

— Mais tu as essayé d'utiliser tes autres sens ? Ils ne t'ont pas été utiles bien avant tout ça ? demanda Parker.

Après un autre silence prolongé, Adam répondit :

— Je ne voulais pas être différent. Je devais cacher qui j'étais réellement. Je ne pouvais pas prendre de risques.

— Tu ne l'as jamais dit à *personne* ? Qu'en est-il de Tina ?

— Oui. Elle est la seule à qui je me sois confié et qui soit toujours dans ma vie.

Il eut un bref silence.

— Qui était dans ma vie.

Parker voulait l'apaiser et dire qu'il reverrait Tina, mais il ne put se résoudre à mentir. Il s'éclaircit la gorge.

— À qui d'autre l'as-tu dit ?

Il y eut un autre silence.

— Mes parents adoptifs, dit-il enfin. Après l'accident, je suis allé d'une famille d'accueil à une autre. J'avais neuf ans, et ce n'était pas facile de placer des enfants déjà grands. Puis j'ai eu de la chance. Les Taylor étaient vraiment super. Ils avaient déjà quatre enfants en dessous de douze ans. Tous des enfants qu'ils accueillaient ou des enfants adoptifs. Ils m'ont pris et c'était bien. Pendant un moment, du moins. Avant que je ne gâche tout.

— Que s'est-il passé ? demanda Parker doucement.

Dans l'obscurité, une atmosphère invitant à la confession s'était installée entre eux, et Parker avait presque peur de parler au cas où il la briserait. Il avait le sentiment qu'Adam n'avait dit ça à personne. Celui-ci était à nouveau silencieux, et Parker ajouta :

— J'ai gâché plein de choses, crois-moi. Il n'y a pas que toi.

— Je leur ai dit la vérité.

— Oh.

Adam exhala un long soupir.

— Au début, ils pensaient que je faisais une sorte de rébellion, ou que je craquais ou quelque chose du genre. Un stress post-traumatique. Ils m'ont dit qu'ils allaient m'emmener chez un thérapeute et que nous irions au fond du problème. Que tout se passerait bien. Ils n'ont pas voulu me croire, ce que je comprenais complètement. Donc, je devais leur montrer. J'ai tellement essayé de le réprimer depuis l'accident. Le loup.

Parker déglutit difficilement.

— C'est comme… une bête que tu ne peux pas contrôler ? Vas-tu hurler à la lune et devenir sauvage ?

Oh merde, c'était quand la prochaine pleine lune déjà ?

Il y avait une trace d'amusement dans la voix d'Adam.

— Ne t'inquiète pas… ça, c'est seulement dans les films. La lune ne m'affecte pas plus que toi. C'est un mythe.

— Oh, vraiment ? Eh bien, c'est bon à savoir. OK, donc on revient à tes parents adoptifs. Tu as dû leur montrer. Es-tu devenu tout poilu ?

— Un peu. Les crocs, les griffes et les poils, c'était déjà beaucoup de trucs à gérer, mais quand je me suis transformé à nouveau depuis la première fois, j'ai hurlé tellement fort que toutes les fenêtres de la maison se sont brisées. Et quelques-unes du voisin aussi. Les Taylor étaient terrifiés. J'ai essayé de leur expliquer, mais je pouvais voir qu'ils avaient peur que je les blesse, ou que je blesse les autres enfants. Ils ne savaient pas quoi faire. Ils m'ont dit de ne jamais refaire ça, et que tout se passerait bien. Pendant quelques jours, nous avons prétendu que c'était le cas, et qu'une sorte de tempête avait soufflé les fenêtres.

— Mais je savais que j'avais tout gâché. Ils ne pouvaient même pas me regarder, et leurs cœurs battaient plus vite chaque fois que j'entrais dans une pièce. Je pouvais les entendre. Ils avaient vu ma vraie nature et ils étaient effrayés. Alors, je me suis enfui. Je ne les ai jamais revus. J'ai fini par atterrir à l'autre bout du pays dans un foyer de groupe.

— Seigneur, je suis désolé !

À nouveau, il voulait tendre la main et le réconforter, mais Adam avait choisi de prendre l'autre lit. Parker était habituellement plus insistant, et il ne voulait pas tout gâcher.

— Que s'est-il passé après ça ?

— Je suis passé d'un foyer à un autre. J'ai commencé à me battre. J'ai volé et vandalisé. J'étais en colère et effrayé.

— Et blessé.

La voix d'Adam fut faible quand il répondit.

— Ouais.

— Je suis désolé de t'avoir fait te sentir mal ce soir.

La culpabilité serrait l'estomac de Parker.

— Je n'en avais pas l'intention. Vraiment, poursuivit-il.

— Ce n'est pas de ta faute. Je suis un monstre, Parker. Je ne m'attends pas à ce que tout le monde m'accepte une fois qu'ils connaissent la vérité.

— Mais je veux le faire. Je… C'était effrayant, je ne vais pas te mentir. Te voir avec des griffes, des crocs et plein de poils était vraiment inattendu. Je pensais que tu étais infecté. Pendant une seconde, je pensais que c'était fini. Que j'allais être seul. Que j'allais te perdre et probablement mourir aussi. Mais je suis vraiment heureux de ne pas t'avoir perdu et de ne pas être mort, et je suis juste en train de m'y habituer.

Il fut silencieux pendant un moment alors qu'il réfléchissait.

— Combien de loups-garous y a-t-il dans le monde ? Y'a-t-il des vampires ? Des Big-foots ? Des monstres du Loch Ness ?

— Pas que je sache.

Parker aurait voulu pouvoir regarder Adam dans l'obscurité, voir s'il souriait. D'après son ton, il pensa que c'était le cas.

— Pour les loups-garous, je ne sais pas. Durant mon enfance, ça a toujours été mes parents et mes sœurs. Ils nous ont appris à cacher notre vraie nature afin que nous puissions aller à l'école et être normaux. J'étais trop jeune pour me demander pourquoi il n'y avait pas d'autres loups-garous. Ils nous disaient qu'autrefois, il y avait des meutes, mais des querelles internes avaient décimé l'espèce et nous avaient dispersés un peu partout. Ils voulaient nous garder séparés. Nous sauver. Ils nous disaient que si jamais nous venions à croiser un autre loup, nous devions nous enfuir et leur dire immédiatement. Que c'était vital pour nous de vivre normalement et de cacher notre secret.

— Alors, tu ne sais pas d'où tu viens ? L'origine de ton espèce ?

— Pas vraiment. J'aurais voulu avoir posé plus de questions. Je sais que Maddie et Christine le faisaient. Elles se disputaient avec nos parents parfois, et quand je rentrais des scouts ou d'un match de football, l'atmosphère serait très tendue alors. Mais ils ne me disaient jamais pourquoi. Je suppose que j'étais encore en âge où je voulais plus plaire à mes parents que satisfaire ma curiosité.

Il fut silencieux pendant un moment.

— De temps à autre, pendant les dernières années, c'était comme si je pouvais sentir un autre loup. Je pouvais même flairer quelque chose de distinct qui me faisait frémir et me mettait ensuite les nerfs à vif.

— Que faisais-tu ? Tu leur parlais ?

Adam expira fortement.

— Non, je m'enfuyais. À chaque fois. J'avais trop peur. J'avais réussi à mettre de l'ordre dans ma vie et je ne voulais pas tout gâcher avec... les loups. J'ai réussi à entrer à Stanford. Je passais tout mon temps à filmer. Bon sang, ma caméra me manque.

— Où allais-tu filmer ?

— Es-tu déjà allé au Palais des Beaux Arts ?

— Non. C'était dans ma liste des lieux à visiter, mais j'étais trop occupé avec l'école.

Il n'allait certainement pas le voir maintenant, et il le regrettait.

— C'est très beau là-bas. Des jardins et des sentiers caractérisent ces grandes structures en pierre. Il y a une immense rotonde et des arcades. Un grand étang. Durant presque tous les week-ends en été, tu peux voir des couples prendre des photos de mariages. Il y a toujours quelqu'un qui joue de la harpe. C'est juste… magique. Paisible. Je pense que quelque chose sur cet endroit rend les gens plus ouverts, les rend plus heureux de vivre. Heureux de partager de petits bouts d'eux-mêmes avec moi. C'était comme… une petite connexion, et je l'avais sur ma caméra pour toujours.

— Ça m'a l'air vraiment agréable.

Agréable ne semblait pas être le mot adéquat, mais Parker ne pouvait penser à un autre mot.

— Je déteste la pensée que cet endroit soit infesté maintenant. Mais je suis sûr qu'il l'est.

— Ouais. Ça craint.

Dans le lourd silence, Parker repensa à ce qu'Adam avait dit à propos des autres loups-garous.

— Donc, tu as remis ta vie sur les rails. Mais n'étais-tu pas curieux de rencontrer des personnes comme toi ?

— Bien sûr.

— Tu ne voulais pas au moins leur parler ?

— Ce n'est pas comme si je ne faisais que les croiser. C'était rare. Et je n'étais même pas certain de qui ils étaient. Je sentais leur présence quand ils étaient tout près, mais ils n'avaient pas un panneau lumineux au-dessus de leurs têtes.

— Mais tu aurais pu le savoir si tu avais essayé ?

— Oui. Probablement. Si j'avais parlé à quelqu'un et lui avais serré la main, je pense que je l'aurais su immédiatement. Mais…

Adam fut silencieux pendant quelques instants, puis sa voix se fit toute petite.

— Et si je trouvais d'autres loups-garous, et qu'ils ne m'appréciaient pas ? Et s'ils ne voulaient pas me connaître ?

— Cela aurait été horrible, répondit Parker calmement. Ouais. Je comprends.

— Et il n'y avait aucun moyen de savoir s'ils étaient amicaux ou non. Ils auraient pu me faire du mal… ils se seraient ligués contre moi s'ils le voulaient. Alors, je suis resté seul. Moi et ma caméra.

Parker réfléchit à ce qu'il venait de dire.

— C'était comme si tu pouvais parler aux gens, et te lier avec eux, tout en restant séparé. Protégé. Ils partageaient avec toi, mais tu n'étais pas obligé de donner quelque chose en retour, conclut le jeune homme.

Cela semblait si solitaire, mais Parker aurait probablement ressenti la même chose.

— Tu prenais des cours de psychologie aussi ? demanda Adam pince-sans-rire.

Parker sourit.

— Dr Freud peut aller se rhabiller. J'ai ton numéro, Adam.

Son esprit fourmillait de questions.

— Donc, ce sens d'odorat… c'est comme ça que tu m'as trouvé quand nous nous sommes séparés ?

— Ouais. Ça m'a pris plus de temps, car le chlore de la piscine a compliqué les choses. Et comme je te l'ai dit, je suis rouillé.

— Peux-tu sentir l'odeur des monstres ?

— Je commence à les reconnaître, maintenant que je me concentre.

— À quoi ressemble leur odeur ?

— Comme celle des gens, mais… avec quelque chose qui cloche. Ils sont toujours vivants. Je peux sentir leur cœur battre et leur sang circuler. Mais c'est comme si l'infection les avait pourries de l'intérieur. Ils ont l'odeur malade. Cela devient de plus en plus fort, mais je ne sais pas si c'est eux ou juste mes sens qui me reviennent.

— C'est bizarre. Ne penses-tu pas qu'il devrait y avoir plus de monstres à l'extérieur ? Je sais que nous avons vu beaucoup de corps de personnes qui avaient été tuées, mais peut-être qu'il y a plus de survivants que nous le pensons. Peut-être qu'ils ont trouvé refuge quelque part.

— Ou bien les monstres se rassemblent quelque part et nous n'avons pas encore croisé un très grand groupe depuis que nous avons quitté le campus.

Parker frissonna.

— Espérons que ma théorie est la bonne.

— Espérons.

— Que peux-tu faire d'autre ? J'ai vu les griffes et ta force en action. Peux-tu vraiment courir très vite ? Est-ce que tu te transformes en un vrai loup ?

— Tu veux vraiment entendre tout ça ?

— Euh, *ouais*. Écoute, nous avons déjà affaire à des zombies. Nous devons nous concentrer sur tes super pouvoirs de loup-garou, mec.

— Sommes-nous retournés en l'an 2008, mon pote ?

L'éclat de rire de Parker emplit le silence du chalet.

— J'avoue que mon langage des rues date un peu.

— J'essaierai de ne pas te faire de l'ombre.

— Merci. D'accord, sérieusement. Crache le morceau.

— Je suppose qu'avec la puissance, les griffes, et les crocs – et les sens surdéveloppés – je peux guérir rapidement.

— À quelle rapidité ?

— Cela dépend de la blessure.

— Qu'en est-il d'une coupure ou d'un bleu ?

— Dix secondes, répondit Adam.

— Complètement guéri ?

— Ouep.

— Comme si ça n'était jamais arrivé ?

— Hum-hmm.

— Waouh.

Parker augmenta la mise.

— Et si on te poignarde ? Ou qu'on te tire dessus ?

— Je ne sais pas. Peut-être une demi-heure. Ça dépendrait.

— Qu'arriverait-il à la balle ?

— Mon corps la ferait ressortir.

— Sérieusement ? C'est plutôt chouette.

Adam se mit à rire.

— Je suppose.

C'était si bon de l'entendre rire à nouveau.

— Non, ça l'est. Il est temps d'accepter tes dons. C'est incroyable.

— Si tu le dis.

— Donc, tu peux te transformer en loup ? Comme un vrai animal ?

Adam fut silencieux. Finalement, il dit :

— Je ne l'ai jamais fait. Nous pouvons seulement le faire quand nous atteignons la pleine maturité, alors je ne pouvais pas essayer quand ma famille était toujours vivante. Mais il faut du talent pour y arriver. Le contrôler. Un talent que je n'ai pas.

— Attends… tu n'as jamais essayé ? Comment est-ce possible ? Ce serait tellement cool !

Un autre silence lui parvint.

— Si je ne le contrôle pas bien, ce serait mauvais. Je pourrais blesser quelqu'un. *Tuer* quelqu'un. Je ne peux pas prendre ce risque.

Il eut un long soupir.

— Et j'ai peur, OK ? J'ai peur d'essayer.

— Oh. Eh bien, c'est logique. Je suis désolé si j'ai été un connard. C'est juste une possibilité excitante.

Parker pensa à quelque chose et il changea de sujet.

— La nuit sur le campus quand tout est parti de travers… à quelle distance se trouvait ta moto ?

— Pas si loin. Je peux courir vite, mais je ne suis pas Flash ou quoi que ce soit.

— Oh.

Parker ne put s'empêcher d'être déçu.

— Mais tu es plus rapide qu'un humain normal ? Et Usain Bolt ? Mec, peut-être que c'est un loup-garou aussi.

— Je pense que c'est possible.

— OK, quoi d'autre ? Dis-moi ! Hé, attends… si tu guéris aussi vite, comment ta famille est-elle morte dans cet accident ? lâcha-t-il, sans réfléchir. Merde ! Je suis désolé. Je ne… tu n'es pas obligé d'en parler.

— Ce n'est rien.

Puis ce fut le silence, et Parker n'était pas sûr qu'Adam le lui dise ou non. Il allait ouvrir la bouche pour s'excuser à nouveau quand Adam commença à parler doucement.

— Nous rentrions à la maison du tournoi de hockey de ma sœur. Nous vivions dans le Minnesota, et nous étions tous fous de hockey. Mais Madison, elle était vraiment douée. Elle était gardienne de but pour l'équipe de garçons parce qu'il n'y avait pas d'équipe féminine. Toutes les filles de son âge étaient plus intéressées par les garçons et par qui sortait avec qui.

Il s'interrompit.

— Je suppose que je n'aurais pas dû dire *toutes*. Mais Maddie ne se souciait pas de ces choses-là. Elle était un garçon manqué. Bien sûr, elle avait un gros béguin pour l'un des garçons de l'équipe, mais elle ne l'avait jamais admis à personne. Mais c'était incroyablement évident.

L'affection dans la voix d'Adam était palpable.

— Je parie que tu étais le petit frère énervant qui la taquinait sans relâche, devina Parker. C'est notre boulot à nous les petits frères, après tout.

— Ouais, j'étais sans pitié. Mais nous ne querellions pas beaucoup, Maddie, Christine et moi. Parfois, comme tout le monde. Les filles se battaient entre elles plus qu'avec moi. Mais je pense que c'était grâce à notre secret familial, il nous a rapprochés. Cette nuit-là…

Il déglutit difficilement.

— Nous rentrions à la maison et il neigeait. Les routes étaient verglacées. Christine se plaignait qu'elle allait gaspiller son week-end à la patinoire. Elle était au milieu à l'arrière de la Sedan, entre moi et Maddie. Je devenais plus grand, et ils étaient tous déjà grands. Elle me donnait des coups de coude parce qu'elle s'exprimait par gestes. Alors, j'ai commencé à lui en donner à mon tour.

— C'est tout comme moi et Éric sur le siège arrière, dit Parker en repoussant sa propre douleur.

— Tout est arrivé si vite, continua Adam, sa voix devenant un murmure. Mes parents nous disaient d'arrêter, et Christine a pris mon petit jeu vidéo et l'a jeté aux pieds de Maddie. J'étais si en colère. J'ai desserré ma ceinture et me suis agenouillé sur le sol pour reprendre mon jeu. Puis ma mère a freiné brutalement, mais c'était trop tard.

Parker retint son souffle.

— C'était si bruyant, du métal a crissé au-dessus de moi, et du verre a explosé. J'étais allongé là, aux pieds de mes sœurs, et mes oreilles sifflaient. Maddie et Christine ne bougeaient pas, et il faisait sombre. J'ai essayé de bouger, mais j'étais coincé entre leurs jambes et les sièges avant. À l'extérieur, il y avait un homme au téléphone et il n'arrêtait pas de répéter « Oh Mon Dieu, Oh Mon Dieu » encore et encore. Puis j'ai entendu les sirènes au loin. À part ça, tout était silencieux. Trop silencieux…

Il s'interrompit.

— J'ai réalisé que je ne pouvais entendre que mes battements de cœur, et que je sentais énormément de sang. Je pouvais le sentir sur moi. C'était comme si je pouvais le goûter. J'ai essayé de crier, de hurler, mais je ne pouvais pas respirer. J'étais piégé jusqu'à ce que le camion de pompier me sorte de là.

Le cœur se brisant pour Adam, Parker attendit, clignant des yeux pour repousser ses larmes.

— Il y avait un semi-remorque coincé dans la file de droite. J'ai entendu dire plus tard qu'il était tombé en panne et que le conducteur était juste sorti pour poser les fusées éclairantes quand nous avons heurté l'arrière. Mes sœurs et moi l'avons distraite avec notre querelle, et ma mère ne l'a pas vu avant qu'il ne soit trop tard. Nous sommes passés juste sous la semi-remorque, et le toit de la voiture a été arraché.

L'estomac noué, Parker murmura.

— Seigneur.

Bien qu'il fasse nuit noire, il ferma fortement les yeux, comme s'il pouvait faire disparaître l'image mentale de l'accident. *Ils avaient probablement été décapités.*

— Ta famille, ils… les blessures étaient trop graves, même pour guérir ?

— Ils sont morts sur le coup.

Il n'y avait plus rien d'autre que Parker puisse dire, puisque tout ce qu'il lui vint à l'esprit était insupportablement banal. Il sortit du lit, trouvant son chemin vers l'autre lit, les bras tendus.

— Tu es sûr ? murmura Adam.

Parker sentit le cadre en bois et s'allongea sur le matelas fin alors qu'Adam se tortillait afin qu'ils puissent passer les bras autour de l'autre. Parker posa sa tête sur le torse de son compagnon, et Adam tira la couverture sur lui.

— Je suis désolé, murmura-t-il dans le tee-shirt en coton d'Adam.

L'emprise de ce dernier autour de lui était presque douloureuse, mais ça ne dérangeait pas Parker. Il s'enfouit dans la chaleur d'Adam, espérant qu'il donnait un peu de la sienne.

— Merci, dit Adam.

Ses doigts parcouraient l'oreille de Parker.

— Nous sommes coincés ensemble, tu te rappelles ?

Il sentit les lèvres d'Adam sur le sommet de sa tête, puis ils s'enlacèrent fermement alors que la nuit avançait. Parker était presque endormi quand une question sortit de sa bouche.

— Si c'est toujours ton choix, alors cette nuit, tu as choisi de... te transformer.

— Je ne pouvais pas les laisser te faire du mal.

Qu'Adam ait exposé ses plus sombres secrets pour sauver la vie de Parker fit bondir le cœur de celui-ci, et il chercha la main d'Adam, entrelaçant leurs doigts tandis qu'ils sombraient enfin dans le sommeil.

Chapitre 11

PARKER SE REVEILLA lentement, conscient d'une douleur dans tout le corps, et d'une crampe dans sa jambe droite. Il réalisa que la première était due à sa chute de l'arrière de la moto, et que la deuxième était à cause du fait d'avoir dormi sur le côté sur le matelas fin. Cependant, il ne pouvait pas réellement bouger parce qu'Adam était blotti contre lui, leurs tee-shirts remontés entre eux. Les évènements de la nuit précédente lui revinrent en force et son estomac se noua. Il était blotti contre un *loup-garou*.

Plus que ça, il avait une érection matinale, et il pouvait sentir qu'Adam était également dur. Dans ce nouveau monde post-loup-garou, certaines choses étaient définitivement restées les mêmes. Peut-être qu'Adam et lui pouvaient…

Suis-je fou ? Devrais-je avoir des relations sexuelles avec un loup-garou ? Et s'il y a d'autres choses bizarres dont je ne suis pas encore au courant ?

Bien entendu, Adam avait semblé normal quand ils avaient couché ensemble auparavant, mais à présent, l'esprit de Parker était empli de visions de crocs, de griffes et de poils. *Ou bien devrait-il dire fourrure ?* Un fait encore plus étrange, son érection devint plus dure.

Il cligna des yeux dans la lumière obscure en fixant un nœud dans le mur en bois du chalet. Il ne pouvait dire si Adam était réveillé ou non. Ce dernier ne lui ferait pas de mal. De ça, Parker en était certain. Et il voulait toujours être avec Adam. De ça, Parker en était aussi certain. Avant qu'il ne puisse complètement faire de l'ordre dans ses pensées endormies, Adam bâilla.

— Salut.

Péniblement, Parker changea de position, se mettant sur l'autre côté et aveuglant presque les yeux d'Adam avec son coude.

— Salut.

Adam le regarda prudemment.

— Tout va… bien entre nous ?

En réponse, Parker se pencha vers lui et l'embrassa bruyamment. Adam l'attira contre lui, les bras autour de Parker.

— J'aime vraiment les baisers, murmura Parker.

Un sourire timide joua sur les lèvres d'Adam.

— Dans le poste de garde… c'était vraiment ton premier baiser ?

— Hormis celui qu'Amber Hardy m'a donné lors d'un jeu de bouteille en secondaire. Elle m'a fourré sa langue et j'ai presque étouffé sous elle.

L'éclat de rire d'Adam chatouilla le nez de Parker.

— Charmant.

— Yep. Mais je pense que je commence à maîtriser ça.

Il embrassa Adam à nouveau, puis descendit plus bas pour sortir son sexe de son boxer serré.

— Tu en as toujours envie ? lâcha Adam en rougissant. Même si tu sais que… ?

— Adam, tu pourrais être un vampire/succube/Lesbien qui travaille au noir en tant que Golem, que j'aurais toujours envie de sucer ta queue, tout le temps.

Adam éclata de rire, et il eut l'air jeune. Tendrement, il écarta une mèche des cheveux de Parker.

— Tu as vraiment un don avec les mots, tu sai…

Le reste de la phrase fut perdu dans un gémissement tandis que Parker l'engloutissait jusqu'à la garde. Il écarta les jambes d'Adam et le tourna sur le dos, s'agenouillant entre elles. Puis il goûta à la chaleur musquée du membre de son amant. Conscient de la couchette supérieure qui se trouvait au-dessus d'eux, Parker resta voûté, pétrissant les cuisses musclées d'Adam pendant qu'il le suçait.

Il n'y avait rien de différent en apparence à propos d'Adam. Il agrippait toujours le matelas, et gémissait doucement tandis que Parker taquinait la partie inférieure de son membre avant de lécher ses boules. Même si Parker avait vu ce qu'il pouvait devenir, il restait toujours le même Adam, et il voulait plus que tout lui donner du plaisir.

Il blottit son nez contre les boules d'Adam.

— Tu aimes ma bouche ?

Haletant, Adam murmura un oui.

— Tu veux la baiser ?

Avec un grognement bas, presque un grondement, Adam saisit la tête de Parker. Celui-ci planta ses mains dans le matelas.

— Ouais, comme ça. Fais-le.

Quand Adam s'interrompit, il croisa son regard.

— Je te fais confiance.

Enfonçant ses talons dans le lit, Adam releva les hanches avec un gémissement. Il agrippa la tête de Parker, le maintenant en place alors qu'il s'enfonçait dans sa bouche. Parker se concentra pour respirer par le nez et à rester détendu, laissant Adam s'enfoncer aussi profondément qu'il le pouvait, et les yeux de Parker se remplirent de larmes, de la salive coulant des coins de sa bouche.

Et il aimait ça. Il était douloureusement dur dans son boxer, et avec son autre main, il le tira vers le bas pour libérer son érection et la prendre en main.

Adam geignait presque maintenant, ses yeux focalisés là où son membre disparaissait encore et encore dans la bouche de Parker. Quand il jouit, son rythme devint désordonné, et il éclaboussa le visage de son amant. Poussant un petit cri, Adam se déversa sur les joues et la bouche de Parker. Le sperme dégoulina sur son menton, et il le recueillit avec sa langue.

Ensuite, Adam l'embrassa comme si sa vie en dépendait, léchant sa propre jouissance et l'enfonçant dans la bouche de Parker avec sa langue. C'était salé et amer, et ce dernier déglutit autant qu'il le put. Il avait toujours aimé avaler, et avec Adam, c'était encore meilleur. Tout était meilleur.

Adam se laissa tomber sur le dos et incita Parker à chevaucher son visage, ouvrant ses lèvres. Parker était trop heureux d'obéir, et il baisa la bouche d'Adam en retour, s'accrochant au lit du dessus tandis qu'il ondulait des hanches. Cela ne lui prit que trente secondes avant qu'il ne jouisse dans la gorge d'Adam, frissonnant alors que ses orteils se recroquevillaient.

Ils s'embrassèrent encore, et Parker put goûter à leurs jouissances mélangées. Adam fit courir ses mains sur la taille de son compagnon, puis il blottit sa tête contre les aisselles de Parker et inspira profondément. Ce dernier ne put s'empêcher de rire.

— Je suis chatouilleux, mec !

Bien entendu, cela ne fit qu'encourager Adam à le chatouiller de plus belle, ses doigts sous le tee-shirt de Parker, aussi légers qu'une plume sur ses côtes. Parker heurta sa tête contre la couchette supérieure en essayant de s'éloigner, mais Adam lui donna un bisou magique, donc en fin de compte, c'était gagnant gagnant.

ILS S'HABILLAIENT QUAND Parker lâcha une question qui avait surgi dans sa tête.

— Est-ce que tu mords les gens et les transformes en loups-garous aussi ? Je veux dire, peux-tu le faire ? Non que tu le *fasses*. Je sais que tu ne cours pas après des personnes pour les mordre.

Adam eut un sourire crispé.

— Non, je ne mords pas les gens, et même si je le faisais, je ne peux pas les changer en loups-garous. Mes parents nous ont dit que ce qu'on voyait à la télé n'était pas vrai. C'est génétique. Nous sommes comme tout le monde. Nous naissons humains. Des ours sont des ours. Des chiens sont des chiens. Les loups-garous sont des loups-garous. Nous ne pouvons pas mordre des personnes et les transformer.

— Oh, d'accord. C'est logique. J'étais juste curieux. Je n'essayais pas de dire que tu allais me mordre ou quoi que ce soit. Je sais que tu ne le ferais pas.

Soupirant, Adam fit courir une main dans ses cheveux.

— Je suis sur la défensive. Désolé. Je n'ai pas parlé de ça depuis mon enfance. Je n'en ai pas l'habitude.

— C'est cool. Je comprends. Eh bien, je pourrais certainement poser des questions pour mieux comprendre, mais comprendre est mon but ultime.

— Je sais, dit Adam.

Il ferma son jean et embrassa Parker doucement.

— Certains se seraient enfuis en courant, murmura-t-il.

— Je pense que je n'en suis pas certains.

— Heureusement pour moi.

Parker ne put s'empêcher de s'enorgueillir. *Je suis un super petit ami, c'est vrai. Waouh. Petit ami ?*

Adam fronça les sourcils.

— Que se passe-t-il dans cette tête ?

— Comme d'habitude, je réfléchis trop, dit-il en agitant la main dédaigneusement. Problème courant. Tu vas t'y habituer. OK, nous ferions mieux de nous mettre en route. Il y a un bidon d'essence dans la boîte de stockage derrière. Les chasseurs amènent probablement leurs quads. Nous pouvons faire le plein, au moins.

Alors qu'ils quittaient la cabane, le soleil apparaissait à l'horizon à travers les arbres. Adam jeta la clé à Parker.

— Tu devrais pratiquer pour de vrai.

Il attacha son sac à dos.

— Hé, qu'en est-il du fusil ? demanda Parker.

Il se tenait debout sur le seuil de la porte du chalet et regardait en arrière. Le fusil et la boîte de cartouches étaient posés sur la vieille table.

— Laisse-le pour quelqu'un d'autre. Une fois les cartouches finies, il nous serait inutile et… je n'en ai pas besoin. C'était juste pour sauver les apparences.

— C'est vrai. OK.

Des griffes et une force surhumaine semblaient plutôt efficaces contre les monstres.

— À moins que tu ne veuilles le prendre.

— Nan. Je m'en tiens à ma machette.

Parker ferma la porte et balança la clé de la moto d'une main à une autre.

— J'ai le révolver juste au cas où. C'est plus léger que le fusil.

Adam indiqua la moto.

— Elle est toute à toi.

Avec une profonde inspiration, Parker chevaucha l'engin de métal rouge et chromé. Il entra la clé dans le contact et procéda à toutes les étapes qu'Adam lui avait apprises pour démarrer la moto. Il tapota la console.

— OK, Mariah. Chante-moi une douce chanson. As-tu des préférées, Adam ? Je suppose que tu en as. Laisse-moi essayer de deviner.

Adam leva les yeux au ciel.

— Peu importe. Elle a une belle voix.

— Je ne dis pas le contraire ! Ma mère l'adore, et il se peut que je connaisse toutes les paroles de son album *Daydream*. J'étais trop jeune pour la connaître mieux. On m'a lavé le cerveau, vraiment. Mais Mariah a une sacrée voix. Je l'admets.

Le ton d'Adam fut mélancolique quand il déclara :

— Ma mère l'aimait aussi.

Il monta derrière Parker et enveloppa ses bras autour de sa taille, ses cuisses puissantes contre les hanches de son compagnon. C'était bon d'avoir Adam pressé contre lui, et cela envoya un éclair de chaleur à travers le corps de Parker, même s'ils venaient juste de partir. Hmm. Peut-être qu'ils pourraient s'amuser un peu, puisque ce n'était pas comme s'ils avaient un emploi du temps strict, excepté : *Ne pas se faire manger par les monstres.*

Mais ensuite, il pensa à sa mère chantant « Always Be My Baby » alors qu'elle coupait ses toasts afin qu'il puisse les manger avec ses œufs.

Il devait rentrer à la maison.

Parker prit une profonde inspiration et le moteur s'emballa.

— Accroche-toi les fesses ! cria-t-il alors qu'ils fonçaient en avant, puisque citer Samuel L. Jackson était toujours, *toujours* la meilleure chose à faire.

EN FIN D'APRES-MIDI, ils contournaient Yosemite, cherchant un chemin dans le parc qui n'était pas obstrué par les monstres. Ils avaient rapidement battu en retraite à la seule entrée qu'ils avaient essayée, et à présent, ils se dirigeaient vers le nord sur une route goudronnée. Il arrivait à Adam de percevoir à l'occasion le bruit d'autres véhicules ou de personnes dans la région, mais ils n'avaient vu que des corps. C'était effrayant de voir à quel point cela devenait normal.

Parker n'était jamais venu à Yosemite, les falaises et les lacs étincelants étaient époustouflants. Alors qu'ils tournaient à l'angle de la route, une nouvelle vue se déploya devant eux… une cascade dominait une étendue verte, l'eau faisant un bruit assourdissant, Parker retint son souffle. Le soleil brillant se reflétait sur l'eau et un arc de couleurs traversait le ciel.

Pendant un moment, il ne put que regarder, savourant le paysage alors qu'il ralentissait. La pensée absurde qu'ils devaient prendre une photo traversa son esprit, et la magie s'évapora. Comment pouvait-il admirer la vue quand tant de personnes étaient mortes ou infectées ? Quand ses parents, son frère, et ses amis pourraient l'être également ?

— Tu vas bien ? demanda Adam, derrière lui, en serrant la cuisse de Parker. L'arc en ciel est magnifique, n'est-ce pas ?

— Ouais.

Il décida de prendre un ton léger.

— J'attends toujours que la police nous arrête parce que nous ne portons pas de casques.

Il avait enfin réussi à conduire la moto, et il se sentait un peu comme un dur à cuire.

Adam ricana. Il parla fort afin que Parker puisse entendre, même si ce dernier pouvait parler d'une voix normale, car Adam entendrait clairement chaque parole.

— J'aurais voulu qu'ils viennent. Ça ne me dérangerait pas de voir un flic ou une vingtaine d'entre eux par ici. Ils doivent être cachés, ou morts, ou infectés, ou bien ils préparent une incroyable décente chez les monstres.

— Oh, comme l'équipe du SWAT, peut-être ? D'une seconde à l'autre, ils vont débarquer et éliminer tous les monstres, et nous n'aurons plus jamais à entendre ce bruit horrible qu'ils font.

— Ouais. D'une seconde à l'autre. Ou bien Thor et Iron Man vont arriver et sauver la mise.

Souriant, Parker hocha la tête.

— Avec l'Incroyable Hulk. Et Œil-de-Faucon, mais je ne sais pas s'il peut aider avec ses flèches.

— Il est sexy. Ça peut certainement aider.

Parker se mit à rire.

— C'est vrai, c'est vrai. Mais bon sang, mec. Il me semble que nous ne verrons jamais le prochain film d'*Avengers*.

— Ouais. Je suppose que non.

Son estomac se retourna à la pensée, d'à quel point le monde serait différent si cette épidémie se propageait partout. Éric avait dit que c'était arrivé à Londres, donc elle pourrait très bien être en Europe. Et si elle était en Europe, elle pourrait tout aussi bien se propager en Asie, même si cette dernière n'avait pas été ciblée. Étant donné à quelle vitesse elle s'étendait dans les États-Unis, le bioterrorisme semblait être le plus logique. Mais pour accomplir *quoi* ? Pour autant qu'ils sachent, cela arrivait sur chaque continent. Si ce n'était pas le cas, leurs alliés n'avaient pas l'air très pressé de les aider.

— Que se passe-t-il ? demanda Adam en frottant une main sur la cuisse de Parker.

Il réalisa qu'il s'était tendu, et essaya de se détendre alors qu'il ralentissait pour prendre un virage bordé d'arbres.

— Je réfléchissais.

Leur vie avait déjà été extrêmement bouleversée, mais il y aurait tous les petits changements aussi. Les choses qu'ils avaient prises pour acquises, comme les films de super héros. S'il y réfléchissait trop, il allait pleurer. Il se força à adopter un ton léger.

— Que penses-tu qu'il se soit passé à Hollywood ? Comme, est-ce que Clooney et Pitt se dirigent vers les falaises avec les yeux écarquillés en essayant de manger le visage botoxé de chaque starlette qu'ils croisent ?

— Ça ne serait que justice, vraiment.

— Peut-être qu'Hollywood a été confiné, et qu'ils peuvent toujours faire des films et des séries télévisées. J'avais vraiment hâte de voir cette suite que je suis.

— Et nous n'allons jamais la voir…

Adam s'interrompit et agrippa la taille de Parker plus fort, y enfonçant ses doigts.

— Ralentis. Il y a des gens là-bas.

Parker obéit. Alors qu'ils prenaient le prochain virage, il vit des personnes. Plus important encore, il vit les deux pick-up garés sur la route, l'un à côté de l'autre.

— Merde. J'ai un mauvais pressentiment, dit-il en ralentissant encore plus.

— Reste sur la moto, ordonna Adam, la voix toujours calme. Prépare-toi à y aller sans moi.

Puis il enfouit sa main dans la pochette de Parker, y enfonçant quelque chose de lourd à l'intérieur.

— La sécurité est enclenchée. C'est chargé.

— Je ne vais pas partir sans toi ! Ça va pas !

Le cœur de Parker allait sortir de sa poitrine.

— Dans le cas où ça tourne mal. Je vais te rattraper. Je suis rapide, rappelle-toi ?

— Mais…

— Sois juste prêt.

Parker voulait ramper hors de sa peau alors qu'ils approchaient des véhicules. À leur droite se trouvait une petite clairière avec d'autres voitures. Il compta quatre hommes et une femme. L'un d'eux s'avança sur la route, un fusil posé nonchalamment sur son épaule. Il avait des cheveux noirs et avait l'air d'être dans la trentaine, portant un jean et une chemise à carreaux. Parker s'arrêta à six mètres d'eux. Il n'aima pas l'homme au premier regard.

— Hello, les garçons, dit l'homme en souriant puis en crachant sur le bitume. Comment ça va ?

— Bien, répondit Parker prudemment. Vous savez, il y a toute une invasion de zombies qui arrive. Mais à part ça, nous allons très bien. Et vous, comment ça va ?

Il sourit largement.

— Nous faisons de notre mieux. Nous avons réclamé cette terre. Nous avons toute une communauté qui afflue là-bas, dit-il en indiquant la forêt de sa tête.

Adam était un mur de tension derrière Parker, et celui-ci lutta pour garder la voix légère.

— C'est super. Nous ne faisons que passer, alors. Bonne chance à vous tous. Soyez prudents. Il y a beaucoup de monstres à l'entrée du parc. Ils sont attirés par la lumière, alors éteignez vos lampes pendant la nuit.

— Vraiment ?

Il cracha à nouveau.

— Merci pour le tuyau. Où vous dirigez-vous ?

— La côte Est. J'ai de la famille là-bas.

Bien qu'il ne fasse pas confiance à cet homme, il ne put s'empêcher de demander :

— Avez-vous eu des nouvelles sur ce qu'il se passe là-bas ?

— Rien de concret. Mais nous avons un radioamateur et une antenne, et il paraît que ce truc s'est propagé dans toute la région. Il a fallu coordonner. Un mec de Mexico nous a raconté qu'ils étaient aussi foutus que nous semblons l'être.

— Quelqu'un sait-il pourquoi ? Je veux dire, qu'y a-t-il à y gagner ?

Son sourire était dur quand il déclara :

— Je suppose que le plus fort va survivre. Peut-être que le Bon Dieu a un plan pour nous comme il l'avait pour Noah.

Parker essaya de rire, bien qu'il ait peur que l'homme soit sérieux.

— Peut-être. Eh bien, nous ferions mieux d'y aller maintenant. Faites attention à vous.

— Oui, bien sûr, dit l'homme en sortant ses clés de sa poche. Nous allons reculer et vous laisser passer.

Les bandes d'arrêt d'urgence étaient étroites et les grands pick-up bloquaient toute la route. Il y avait un fossé de chaque côté, et Parker n'était pas certain de pouvoir faire passer la moto dans l'un d'entre eux. Il sourit.

— Super, merci.

Peut-être que tout irait bien et qu'ils allaient passer et reprendre leur route.

L'homme pivota quand il arriva près du camion.

— Dîtes, les gars, c'est une belle moto que vous avez là.

Merde.

— Euh, merci. Nous devons vraiment y aller.

Adam vibrait presque derrière lui, et Parker pensa entendre un grondement bas.

— Ça doit vraiment aider d'avoir une moto, hein ?

Le gars paraissait légèrement intéressé, mais Parker pouvait sentir le poids d'autres regards posés sur eux, également.

Les autres s'approchèrent avec bien trop de désinvolture, et l'estomac de Parker se serra.

— Donc, euh, comme je l'ai dit…

— Écartez-vous de notre chemin.

L'ordre guttural d'Adam alourdit l'atmosphère.

— Maintenant.

Tous les yeux se tournèrent vers lui alors qu'il descendait de la moto. Il paraissait calme et indifférent, cependant, l'air menaçant qui se dégagea de lui fit dresser les poils sur la nuque de Parker. Les autres pouvaient clairement le sentir aussi.

L'un des hommes s'éclaircit la gorge et parla au gars près du véhicule.

— Joe, peut-être que nous devrions laisser ces jeunes gens reprendre leur chemin.

Joe, le chef tout désigné, serra les dents, son regard fixé sur Adam.

— Bien sûr. Donnez-nous juste la moto et vous êtes libres de partir.

Adam se déplaça si vite que Parker sut à peine ce qu'il se passait quand Joe fut projeté contre un arbre, son fusil s'envolant dans l'autre direction. Pendant un moment, un silence abasourdi régna avant que le reste du groupe ne hurle, ils laissèrent tomber leur arme et se dispersèrent en criant. Les crocs et griffes d'Adam étaient sortis, ses yeux emplis d'un éclat doré tandis que la fourrure apparaissait sur ses joues. Il portait toujours le sac à dos contenant leurs réserves, et Parker espéra qu'il ne ferait pas sauter les sangles.

Une jeune femme avait un fusil dans sa main levée, et elle tremblait violemment. Parker pointa son révolver sur elle.

— Nous voulons juste partir.

Bouche bée, elle regardait Adam et ses griffes sorties.

— Doux Jésus.

— Posez votre arme, ordonna Parker.

Clignant des yeux, elle baissa son arme comme si elle n'avait pas réalisé que celle-ci se trouvait dans sa main. Son regard passait d'Adam à Parker.

— Doux Jésus, répéta-t-elle.

Parker fit ronfler le moteur.

— Viens.

Toujours transformé, Adam attrapa le devant d'un des pick-up et le poussa dans le fossé. Il grimpa ensuite sur la moto derrière Parker et se serra contre lui.

— Attendez ! cria la femme. Était-ce vrai ce que vous avez dit ? À propos de la lumière ?

— Oui, répondit Parker, son arme toujours pointée sur elle, juste au cas où. Et n'avons-nous pas assez de problèmes avec les monstres sans ajouter vos conneries ?

Elle hocha la tête.

— Je suis désolée.

Il enfouit l'arme dans sa poche, et fonça sur la route avec le souffle chaud d'Adam sur sa nuque. Le sang afflua dans ses oreilles, et la vibration du moteur entre ses cuisses alla directement vers son membre. Il avait *pointé une arme* sur quelqu'un, et il avait été si terriblement effrayé, mais ils avaient réussi. Ces connards ignoraient à qui ils avaient affaire. Parker réalisa qu'il *souriait*.

Il mit une bonne quinzaine de kilomètres derrière eux avant de se diriger vers un chemin de terre. Il faisait plus sombre à cet endroit, les arbres devenant plus proches devant eux, et ils furent secoués jusqu'à ce que la route les conduise à un poste de garde dominant un lac. Le soleil était presque à l'horizon, brillant de son éclat orange et se reflétant sur l'eau en dessous.

Il y avait des centaines de choses que Parker voulait dire quand il descendit de Mariah et se tourna vers Adam, dont les crocs, griffes et la fourrure avaient disparus. Mais il y avait toujours quelque chose de différent à propos de lui quand il se retransformait—un grondement sourd et dangereux qui donnait envie à Parker de se frotter sur sa jambe encore plus que d'habitude.

— C'était… tu étais…

Le sang de Parker chantait. Il y avait tellement d'adrénaline qui circulait à travers son corps qu'il crut exploser.

Adam garda les yeux fixés sur ses mains alors qu'il descendait de la moto.

— Je sais. Je suis si laid comme ça, mais ces gens étaient…

Parker se jeta sur Adam, l'embrassant violemment.

— Plutôt sexy, je dirais, marmonna-t-il, relevant une jambe afin qu'il puisse *se frotter contre lui* comme une chienne en chaleur.

Il avala le cri surpris d'Adam, mais ensuite, celui-ci l'attira plus prés, introduisant sa cuisse entre celles de Parker et agrippant son cul. Tout ne fut que langues et dents pendant qu'ils s'embrassaient d'une manière désordonnée, les mains parcourant le corps de l'autre. Un désir intense brûlait le corps de Parker, et il haleta, cherchant son souffle. Leurs jeans se frottaient l'un contre l'autre, les rendant tous les deux durs.

— J'ai tellement envie de toi, souffla Parker.

Il ouvrit sa veste, conscient du révolver qui se trouvait dans la poche et la laisser tomber sur le sol. Son tee-shirt gris était humide de sueur, et Adam releva le bras de Parker afin qu'il puisse enfouir son visage dans son aisselle. Peut-être que cela aurait dû être étrange, mais cela fit du bien à Parker. Avec un grognement, Adam agrippa les hanches de son amant.

—Tu me veux ? murmura-t-il dans l'oreille d'Adam, une main empoignant ses cheveux. Tu veux me baiser ?

Il n'avait jamais parlé comme ça auparavant. Avec Greg, il avait gardé la bouche fermée, effrayé à l'idée qu'il puisse dire quelque chose qui pourrait irriter Greg. Mais avec Adam, il se sentait libre. Si puissant. Si *vivant.*

— Tu veux enfoncer cette grosse queue en moi ?

Adam gronda fort, un grognement bas, avide et possessif qui fit durcir le membre de Parker dans son boxer. Avec un effort considérable, Parker recula d'un centimètre pour parler.

—Rien à des kilomètres, n'est-ce pas ? Pas d'humains ni de monstres ?

Fermant les yeux, Adam tourna la tête de chaque côté et inspira profondément avant d'expirer.

— Rien.

— Alors, nous pouvons continuer notre chemin. Ou bien tu pourrais m'allonger sur cette table de pique-nique.

En un clin d'œil, Adam souleva Parker. Ce dernier enveloppa ses jambes autour de la taille de son compagnon et l'embrassa désespérément tandis qu'Adam se dirigeait à grands pas vers la table. Celui-ci le déposa dessus et arracha presque son sac à dos, puis ils gémirent tous les deux pendant qu'ils s'embrassaient à nouveau, se frottant l'un contre l'autre. Parker était si dur qu'il pensa un instant qu'il pourrait jouir comme ça. Il inspira un peu d'air.

— Tu dois me baiser, maintenant.

Il repoussa Adam en appuyant sur sa poitrine afin qu'il puisse se lever et se tourner.

Il ouvrit sa fermeture éclair et le bouton de son jean et baissa son pantalon avec son boxer avant d'enlever son tee-shirt et de se pencher sur la table en bois. Cette dernière n'avait pas été peinte depuis des années, mais elle était assez lisse, puis il plia le tee-shirt et le plaça sous son ventre là où il était allongé sur la table.

Parker se soutint sur ses coudes et écarta aussi largement que possible ses jambes étant donné qu'il avait toujours son pantalon à ses chevilles. Il regarda par-dessus son épaule et trouva Adam avec son propre jean et son slip baissés, son membre dur et humide dans sa main. Cependant, il semblait comme figé, regardant Parker, les lèvres entrouvertes.

— Tu veux une invitation écrite ou quoi ? demanda Parker en arquant le dos et en relevant les hanches.

Adam posa ses paumes sur le cul de Parker, les faisant courir jusqu'à ses épaules. La chair de poule se propagea sur sa peau alors qu'une brise fraîche l'effleurait en même temps que le contact passionné d'Adam, ensuite, celui-ci lui embrassa la colonne vertébrale, sa bouche chaude, humide et ouverte. Parker ne cessait de marmonner des « oui, oui ».

Il était si *exposé*, et même s'il savait qu'il n'y avait personne aux alentours, il sentait que c'était dangereusement osé de baiser en plein air avec le soleil couchant les réchauffant. En ce moment, il n'y avait qu'eux deux au monde.

Quand Adam s'agenouilla et enfouit son visage entre les fesses de Parker, les écartant largement, ce dernier frissonna et gémit. La langue d'Adam s'enfonçait à l'intérieur de lui, et c'était la chose la plus incroyable qu'il n'avait jamais ressentie. On ne lui avait jamais fait un anulingus, et la manière dont Adam le léchait était sauvage et presque insupportablement intense.

Adam détendit son entrée avec sa bouche, et Parker ne put que gémir et s'effondrer sur la table, ses bras le lâchant. Il pressa sa joue sur sa surface, il pourrait avoir des échardes, mais il s'en fichait complètement parce que son cul vibrait de plaisir. Ils avaient survécu, et rien n'avait d'importance.

Il protesta quand la bouche d'Adam le laissa, mais il pouvait l'entendre fouiller dans leur sac à dos, et bientôt, son doigt glissant s'enfonça dans l'entrée de Parker. Peut-être qu'il avait utilisé la petite bouteille d'après-shampoing que Parker avait pris dans le poste de garde, mais cela n'avait pas d'importance parce que c'était magique. Il introduisait son doigt de plus en plus loin avant d'en ajouter un autre. Puis un troisième. Cela le brûla, mais il en voulait plus.

Parker s'était doigté plusieurs fois, mais il n'avait eu un sexe dans son cul que deux fois. Il n'avait pas joui, car Greg Mason était un crétin fini qui n'avait pas duré plus de deux minutes… et était sorti dès qu'il avait jeté le préservatif.

Il pensa à la queue épaisse et non circoncise d'Adam, et Parker en eut l'eau à la bouche.

— S'il te plaît. Baise-moi, Adam.

Il se fichait bien des préservatifs puisqu'ils étaient tous les deux sains et Adam ne tombait même pas malade, et le monde était dévasté, alors *tant pis*. Il était vivant et il voulait ça. Il retint son souffle quand Adam s'enfonça en lui, l'étirement devenant une douleur brûlante.

— Respire, murmura Adam, caressant les cheveux de Parker avec une main, l'autre serrée sur sa hanche.

Parker força ses poumons à se dilater, fermant les yeux alors qu'il s'appliquait à *inspirer et expirer, inspirer et expirer*.

Tremblant, Adam s'enfonça d'un centimètre.

— Très bien, dit-il en grinçant des dents.

Il était clairement en train de se retenir autant qu'il le pouvait. Quand il fut enfin à l'intérieur, et que Parker put sentir ses boules contre lui, ce dernier bougea doucement les hanches et contracta les muscles de son entrée.

Grognant, Adam resserra ses doigts dans les cheveux de Parker.

— Merde. Tu es si serré.

— C'est bon ? demanda Parker en tournant la tête pour voir le visage d'Adam.

— Parfait, répondit celui-ci dont les yeux brillaient et dont les lèvres étaient entrouvertes. J'ai besoin… Seigneur, Parker.

— Fais-le. Baise-moi.

La douleur disparaissait, et Parker repoussa en arrière.

— Je le veux. Je te veux.

Il n'eut pas à le demander deux fois, Adam commença à s'enfoncer, légèrement au début, puis il le pénétra profondément, avec des coups longs et profonds. Il agrippait toujours les cheveux de Parker, et celui-ci aimait ça, le sentiment d'être maintenu en place, d'être complètement rempli. Sa queue avait perdu de sa dureté à cause de la douleur initiale, mais maintenant, elle retrouvait toute son ardeur.

— C'est si bon. Je veux que tu me baises pour toujours.

Adam haletait, ses hanches claquant les fesses de Parker. Il percuta sa prostate, et ce dernier cria, poussant des bruits absurdes qui n'étaient pas vraiment des mots. Il y avait des étincelles derrière ses yeux, une véritable explosion de couleur tandis qu'Adam le martelait, et il était rouge et transpirait de partout.

Le mélange de plaisir et de douleur se transforma en un vrai déluge de joie, et Parker se releva sur un coude afin qu'il puisse caresser son membre. Il ne lui fallut que trois mouvements avant que les picotements dans ses boules ne traversent tout son corps et il éjacula, tremblant de soulagement.

Tout ce qu'il put faire fut de s'effondrer alors qu'Adam continuait ses coups de reins avec des gémissements bas. La bouche de Parker devint sèche, et il se lécha les lèvres tandis qu'il regardait son amant par-dessus son épaule.

— Je veux te sentir jouir en moi. Je veux que tu me remplisses avec tout ce que tu as en toi, et…

Les yeux flamboyants avant qu'il ne rejette sa tête en arrière, Adam explosa en de longs jets. Ses hanches remuèrent de manière désordonnée suivant son orgasme. C'était chaud et intense à l'intérieur de Parker, et il avait l'impression que c'était quelque chose qu'ils étaient destinés à faire… comme si son cul était fait pour le sperme d'Adam, et que celui-ci le marquait comme les animaux le faisaient.

Le souffle chaud et le torse haletant, Adam se pencha sur lui, ses lèvres sèches et douces posées sur la nuque de Parker alors qu'il faisait parcourir ses doigts dans ses cheveux humides. Tandis que les étoiles apparaissaient dans le ciel, ils restèrent écroulés l'un sur l'autre, avec Adam convulsant toujours à l'intérieur de son compagnon.

— Parker, souffla Adam, et cela lui sembla tendre.

Parker tendit la main pour prendre celle d'Adam et ils entrelacèrent leurs doigts.

Quand Adam se retira enfin, Parker put sentir l'humidité couler vers l'intérieur de ses cuisses. Cela aurait dû être dégoûtant, mais à la place, il se demandait combien de temps ils auraient à attendre avant de le refaire. Il frissonna pendant qu'Adam effleurait de ses doigts son entrée gonflée, faisant tourbillonner la moiteur autour de son orifice.

Adam le nettoya avec un tissu quelconque – probablement un de leurs tee-shirts du sac à dos – et pressa des petits baisers sur les fesses de Parker.

— Était-ce trop brutal ? murmura Adam contre la peau de son amant, puis il frotta ses jambes de haut en bas.

Sans force, tout ce que Parker put dire fut la vérité.

— C'était tout.

Chapitre 12

ILS ETAIENT EN plein cœur des badlands du Nevada quand ils passèrent le panneau de la route 50, proclamant : *La route la plus solitaire d'Amérique.*

— Espérons que ça soit vrai, marmonna Parker.

Cela se révéla vrai jusqu'à ce qu'un véhicule apparaisse à l'horizon de la route à deux voies.

Parker plissa les yeux à la nouvelle addition au paysage. Le soleil brillait devant eux, et il était heureux qu'ils aient pris des lunettes de soleil dans une station essence abandonnée.

— Nous avons de la compagnie.

— Ouais.

Ils avaient adopté la routine de prendre leur tour pour conduire, Adam le faisant la nuit afin qu'ils puissent éteindre les phares. C'était plus lent que d'aller en voiture puisque conduire une moto demandait plus d'énergie et de concentration, surtout pour Parker. Ils dormaient aussi peu que possible et essayaient d'en profiter autant qu'ils le pouvaient. Malgré ça, ils allaient arriver dans les montagnes bientôt, et ils ignoraient combien de temps cela allait leur prendre pour traverser la région avec toutes les potentielles menaces sur leur chemin.

— Devrions-nous essayer de les éviter ? Quitter la route ? Apparemment, ils nous ont vus, mais ils ne peuvent pas nous suivre trop loin. Il me semble qu'ils conduisent un mini-van.

— Je suppose que nous n'allons pas éviter tout le monde pour toujours, répondit Adam.

— Je suppose que non. J'espère que cette fois-ci sera mieux que la dernière fois.

— Il serait difficile d'avoir pire.

Parker grogna.

— Et maintenant, tu vas nous porter malheur. Il faut conjurer le mauvais sort !

Adam releva la main et frotta ses articulations contre le crâne de Parker.

— Ha, ha ! T'es hilarant.

Il ralentit la moto alors que le minivan s'approchait. Il leur sembla que ce dernier ralentissait également, et il s'arrêta à quelques mètres d'eux. Parker stoppa à son tour, mais laissa le monteur en marche. À travers le pare-brise, il pouvait voir un vieil homme et une femme. Ils se regardèrent tous, mal à l'aise, jusqu'à ce que Parker lève la main et lance :

— Bonjour !

Le couple échangea un regard, puis l'homme assis sur le siège passager ouvrit sa porte et sortit. Il portait un chapeau Tilley et un anorak sur un pantalon, et Parker fut frappé par le souvenir de son grand-père allant passer un week-end en mer. Son papy était mort depuis des années, mais en ce moment, il manqua terriblement à Parker.

L'homme agita la main.

— Bonjour, les garçons.

Adam demeura silencieux et tendu derrière lui, alors Parker s'éclaircit la gorge.

— Je vous aurais demandé comment vous allez, mais je suppose que c'est la même chose pour vous comme pour nous.

Un sourire étira les lèvres de l'homme.

— En effet, mon garçon. Écoutez, nous ne vous voulons aucun mal, et nous n'avons pas d'objets de valeur. Nous voudrions parler si vous êtes d'accord.

Il parlait comme son papy aussi. Parker regarda Adam, qui hocha la tête. Il coupa le moteur de la moto, et le minivan fit de même. Il descendit, Adam sur ses talons, le suivant de très prés, et s'approcha de l'homme avec la main tendue.

Celui-ci la lui serra chaleureusement.

— Je suis Charlie, se présenta-t-il en les menant vers son minivan et en ouvrant la porte de celui-ci. Voici ma femme, Annette, derrière le volant, nos petits enfants Nora et Hannah, et à l'arrière, ce sont Rebecca et ses deux garçons, Logan et Dylan.

Les cheveux gris d'Annette étaient coupés court jusqu'à son menton, et son sourire était timide. L'âge des enfants variait entre huit et douze ans et Rebecca avait l'air d'avoir trente ans. Parker leur adressa un signe de la main.

— Salut. Je suis Parker. Et lui, c'est Adam, dit-il en poussant son amant du coude, qui leva la main en guise de salut.

— Nous venons de la région de San Francisco. D'où venez-vous ?

— Juste à l'extérieur de Vegas, répondit Charlie. Les enfants avaient des rendez-vous chez le dentiste. Leurs parents travaillent en ville dans les casinos, donc Annette et moi leur avons proposé de les emmener.

Il secoua la tête et parla doucement.

— Nous avons attendu autant que nous le pouvions, mais ça s'est propagé comme un feu de forêt. Toute la ville est devenue…

Parker avait pensé à visiter Las Vegas Strip avec sa famille quand il était enfant. Aller à la réplique de la Tour Eiffel de Paris et voir les fontaines à l'extérieur du Bellagio ; se régaler de cocktails aux crevettes au buffet, et renverser de la sauce de fruits de mer sur tout son tee-shirt.

— Je suis désolé.

— Nous leur avons laissé un mot. Juste au cas où…

Charlie indiqua l'arrière du minivan.

— Nous avons croisé Rebecca et les garçons en chemin.

— Où vous dirigez-vous ?

— Nous avons un chalet. Au Nord de la Californie, tout près de l'Oregon. C'est isolé et nous avons pensé… eh bien, nous avons pensé que ça valait la peine d'essayer.

Parker hocha la tête.

— C'est mieux que de rester là sans rien faire, pas vrai ? Nous allons à Boston. Eh bien, à Cape Cod. Ma famille est là-bas.

Charlie soupira.

— Je ne sais pas si c'est une bonne idée. Il m'a semblé que la Côte Est a été horriblement touchée, d'après les bruits qui courent. Tout n'est que rumeur et ragot à ce stade. Nous balayons la bande radio pour chercher n'importe quels signaux. Parfois, nous entendons des gens parler. Mais personne ne dit rien de bon.

Il essaya de sourire.

— Je sais. Nous ne faisons qu'espérer… eh bien, je dois essayer quand même. Le Cape pourrait ne pas être touché.

— Peut-être, dit Charlie.

Dans le silence gênant qui suivit, une des filles s'exclama :

— J'ai faiiiiiiiiiiiiim !

— Et si nous pique-niquions ? Avez-vous faim, les garçons ? demanda Annette.

— Nous ne refuserons jamais de la nourriture. Pas vrai, Adam ? dit Parker en lui donnant un coup de coude, et Adam hocha la tête.

Ils aidèrent à étendre une couverture sur un côté de la route, et s'assirent avec les enfants pendant que les autres adultes se perchaient sur le minivan. Annette fit passer des sandwichs – de vrais sandwichs frais – et Parker gémit alors qu'il prenait sa première bouchée.

— Oh, mon Dieu, c'est la meilleure salade au thon que j'aie jamais goûtée ! Où avez-vous trouvé ce pain ?

— Rebecca l'a fait hier dans une maison où nous avons passé la nuit. C'est une sacrée cuisinière.

Rebecca agita la main.

— Le pain est facile à faire du moment que vous avez de la levure.

— C'est très bon, ajouta Adam avant de prendre une autre bouchée.

Pendant qu'ils mangeaient, Parker se concentra à se régaler de son sandwich. Sa grand-mère avait toujours dit de chérir les simples petites choses de la vie, ce qui était facile pour elle puisqu'elle avait été pleine aux as. Mais maintenant plus que jamais, Parker voulait profiter de ces petites choses… comme la salade au thon avec du pain frais.

— Et si ta famille n'y est pas ? demanda l'un des garçons. Et s'il n'y a que des zombies là-bas ?

— *Logan*, dit Rebecca d'un ton sec.

— Quoi ?

Les joues de Logan rougirent.

— Ce n'est pas comme s'ils ne savent pas ce qui pourrait se passer. Je me demande juste ce qu'ils vont faire ensuite.

Parker essaya de penser à quelque chose à dire, mais n'eut aucune réponse.

— Alors, nous penserons à autre chose, dit Adam.

Il était assis près de Parker, et s'appuyait contre son épaule.

— Je sais que ça va s'arranger. Que ça ira. Ça passera aussi, dit Annette.

Elle sourit, mais son sourire n'atteignit pas ses yeux.

Une des filles – Hannah ? – demanda :

— Savez-vous pourquoi ça arrive ?

— Non, répondit Parker. Il me semble que c'est une sorte d'infection. Une épidémie, l'ont appelée les médias avant… eh bien, avant qu'ils ne soient plus diffusés. Ces monstres ne sont pas morts. Pas comme nous le pensons des zombies. Il me semble qu'ils sont toujours vivants, mais qu'ils ne savent plus ce qu'ils sont.

— Comment savez-vous qu'ils ne sont pas morts ? Ou morts-vivants, ou autre chose ? Vous êtes-vous approchés de l'un d'entre eux ? demanda Rebecca.

— Ouais, malheureusement. Ils semblent vivants. Mais nous ne savons pas ce qui a causé l'infection. Nous avons entendu dire que c'était intentionnel.

— Comme une arme, dit Charlie d'une voix vide.

— Ouais. Mais nous n'en sommes pas certains.

— Si c'était une arme biologique, je n'arrive pas à imaginer leur but, dit Annette en mangeant sa nourriture d'un air pensif. Il me semble que cela pourrait détruire plus de pays que l'Amérique. Le Canada, le Mexique. L'Amérique du Sud.

— Je pense que quelqu'un qui créerait quelque chose comme ça se ficherait bien des conséquences, remarqua Adam. Ou peut-être que c'est leur but : *Annihilation.*

Ils furent tous silencieux pendant quelques instants. *Annihilation.* Cela semblait être bien le résultat, peu importe l'intention. Parker pensa que le pourquoi et même le comment n'avaient plus d'importance maintenant. Ce qui importait, c'était de survivre.

— Vous croyez que ça se passe partout dans le monde ? demanda Logan.

— Je sais que ça arrive à Londres. Ça pourrait se propager dans beaucoup d'endroits aussi.

Penser à cela était foutrement déprimant. Même si Éric était vivant, ils ne se reverraient probablement jamais. Même si l'un d'entre eux traversait l'océan, se retrouver serait tout un autre jeu. L'appétit de Parker avait disparu, et il dut cligner rapidement des yeux pour se contrôler.

— Si ce n'était pas le cas auparavant, ce le serait maintenant. Les Européens. Ils ne seraient pas déjà venus ? Leurs troupes ? Leurs navires ? se demanda Charlie.

Parker réalisa qu'il n'y avait pas vraiment pensé après les deux premiers jours. Ils avaient tous espéré que l'armée les secourrait, et peut-être qu'ils le feraient. Peut-être que les navires, les porte-avions et les sous-marins allaient sauver tout le monde. Mais avant que ce jour n'arrive, Parker supposait qu'ils étaient seuls.

— Ils nous ont peut-être mis sous quarantaine. Ils attendent peut-être de voir si l'infection va s'arrêter, dit Adam.

— C'est un bon point. Peut-être qu'ils attendent, dit Annette en souriant doucement. Il faut toujours avoir de l'espoir, pas vrai ?

Parker lui retourna un sourire aussi sincère qu'il le put.

— Toujours.

— Les Monstres. C'est un nom qui convient, dit Logan.

— Ouais. Nous l'avons entendu dire de quelqu'un d'autre.

Parker se demanda comment Dave et sa compagne s'en sortaient au Sud à Big Sur.

— Ils semblent aimer la lumière, dit Charlie. Je ne pense pas qu'ils voient très bien, même si leurs yeux sont… eh bien, vous les avez vus. Pendant la nuit, la lumière les attire comme des insectes. Qui peut dire pourquoi.

— Nous l'avons remarqué aussi, dit Adam en prenant une gorgée de leur bouteille d'eau.

— Moooonnnnnnstres ! fit Logan en tirant sur la queue de cheval de Nora. Ne laisse pas les monstres te trouver cette nuit !

Rebecca claqua sa main et soupira.

— Comment peux-tu trouver ça drôle ?

Avec un haussement d'épaules, Logan dit :

— Désolé, Maman.

Puis il s'avança vers le désert, et commença à jeter des pierres.

Parker avait du mal à gérer ça, et il ne pouvait imaginer ce que cela devait être pour les enfants. Ils restèrent assis là dans un silence gênant avant que Parker ne s'éclaircisse la gorge.

— Eh bien, merci beaucoup pour le déjeuner. Je pense que nous devrions y aller.

Les femmes insistèrent pour donner à Parker et Adam des sandwichs pour la route, et ils ne refusèrent pas. Charlie déchira soigneusement un bout de papier d'un bloc-notes. Il utilisa un stylo à bille et écrivit.

— Je vais vous donner l'adresse et la direction à prendre pour notre chalet en Californie. Juste au cas où vous reveniez par l'Ouest et cherchiez des visages amicaux.

Parker prit le papier plié.

— Merci. C'était un plaisir de vous rencontrer tous. Ça m'a redonné confiance en l'humanité. Elle était un peu secouée.

Charlie lui tapota l'épaule.

— Vous aussi, mon garçon. Bonne chance à tous les deux. Oh, pouvons-nous faire le plein de votre moto ? Nous avons pris beaucoup de bidons d'essence. Il va y avoir une pénurie bientôt.

— Ce serait génial, répondit Adam. Merci beaucoup.

C'était au tour d'Adam de conduire, et Parker sangla son sac à dos par-dessus sa machette, et grimpa sur Mariah derrière lui. Alors qu'ils poursuivaient leur chemin vers l'Est, il jeta des coups d'œil derrière lui vers le minivan qui devint de plus en plus petit, jusqu'à ce qu'il ne reste plus qu'Adam et lui, et la route la plus solitaire d'Amérique.

ATTRAPANT LA VESTE d'Adam, ses gants glissant sur le cuir, Parker releva brusquement la tête.

— Ça va ? lança Adam.

— Ouais.

Le cœur de Parker battit à tout rompre, et il prit une profonde inspiration.

— Non. Nous devons nous arrêter. Je vais m'endormir et finir écrasé.

Adam ralentit la moto.

— Il n'y a rien pendant au moins… trente kilomètres.

— Ce n'est pas grave. Nous pouvons camper. Je… merde, je dois dormir. Ça me rattrape.

Dans l'obscurité, Adam quitta la route. Quand il coupa le moteur, ce fut silencieux à part le sifflement du vent sur la terre aride. La baisse de température dans le désert était extrême et Parker frissonna.

— La couverture pour hiver du magasin de sport se révèle utile.

Il la sortit du sac à dos et la déplia.

— C'est bizarre. Ça fait quoi ? Une semaine ? Je ne sais même pas quel jour nous sommes. Mais j'ai l'impression qu'un million d'années est passé.

— Oui, dit Adam, debout et la tête inclinée en arrière.

Il siffla doucement.

— Les étoiles sont incroyables ici.

Parker releva les yeux vers le ciel rempli de constellations, une mer de lumières qui s'étendait à l'infini.

— C'est comme si le ciel est plus prés en quelque sorte. Tu vois ce que je veux dire ?

Adam hocha la tête.

— Tu veux manger ?

— Non, je veux juste dormir.

Parker sortit sa brosse à dents et son dentifrice, prenant quelques gorgées d'eau pour se rincer la bouche et qu'il cracha ensuite sur le sol fissuré. C'était un petit luxe qu'Adam et lui appréciaient.

Pendant qu'Adam se brossait les dents à son tour, gardant toujours les yeux vers le ciel, Parker trouva une surface de sol qui semblait avoir moins de roches et d'arbustes. Alors qu'il s'étendait, le sable lui sembla toujours aussi douloureusement dur, mais ils devraient s'en contenter. Il se redressa et détacha la machette, puis positionna le sac à dos afin qu'Adam et lui puissent l'utiliser comme oreiller. Il releva la couverture pour que son compagnon s'y glisse.

Ils se fondirent dans les bras l'un de l'autre automatiquement. Parker ne s'était jamais senti aussi confortable sur le plan physique avec une autre personne. Les tripotages maladroits du lycée étaient bien loin de la manière dont Adam et lui s'emboîtaient. Ils s'embrassèrent sous le ciel étoilé, la lune croissante rayonnant sur le paysage lunaire.

Parker pensait parfois qu'il serait simplement heureux d'embrasser Adam pour toujours. La rugosité de sa barbe contrastait avec la douceur de sa bouche et de sa langue, et faisait tourner la tête à Parker chaque fois. Il soupira quand il rompit le baiser pour reprendre son souffle.

— Je pourrais t'embrasser toute la nuit.

— Mmm. Tu ne dormiras pas beaucoup comme ça.

Adam pencha la tête et se déchaîna sur le cou de son amant. Apparemment, il aimait beaucoup marquer sa peau blanche, puisqu'il le faisait chaque fois qu'il en avait l'occasion.

Quelque chose bougea tout près d'eux et Parker se figea.

— C'était quoi ça ?

— Rien, marmonna Adam contre son cou.

— Oh mon Dieu ! Il y a des scorpions ici ? Des serpents ? Des araignées ? Quelque chose que je ne connais pas et qui serait tout aussi effrayant et dégoûtant ? demanda Parker en enfonçant ses doigts dans les épaules de son compagnon.

— Ils ne s'approcheront pas de nous, ne t'inquiète pas.

— Peux-tu les flairer ?

Le rire d'Adam était chaleureux.

— Tout à fait. Ils vont rester loin du grand méchant loup.

— Sérieusement ? Peuvent-ils te… sentir en quelque sorte ?

Avec un soupir, Adam releva la tête.

— Parker, je suis certain qu'ils sont tous rentrés dans leurs maisons pour la nuit.

Il embrassa le bout du nez de Parker et déclara :

— Maintenant, dors.

— D'accord.

Parker ferma résolument les paupières et se blottit contre son compagnon. Ses yeux s'ouvrirent brusquement.

— Attends, viens-tu de t'appeler le grand méchant loup ? Ça s'est vraiment passé ?

Adam ne dit rien.

— Hello ?

Parker enfouit sa main sous la veste d'Adam et chatouilla son ventre.

— Admets-le. Tu t'es surnommé le grand méchant loup !

Il attrapa le poignet de Parker avec un sourire hésitant.

— OK, j'abandonne. Je l'admets.

— Alors, ça fait de moi le petit chaperon rouge dans ce scénario ! Oh, que vous avez de grands yeux !

— C'est pour mieux te voir, mon cher.

Même si c'était une blague, entendre Adam dire le mot affectueux fit bondir le cœur de Parker. Était-il cher à Adam ? Il pensait qu'il l'était, mais étaient-ils des petits amis maintenant ? Adam se souciait-il de lui autant qu'il le faisait lui ? Il repoussa ses pensées pour les traiter une prochaine fois.

— Ma foie, que vous avez de grandes dents !

Adam lui adressa un large sourire et mordilla le cou de Parker.

— Sérieusement, es-tu allé voir un orthodontiste ? Parce que tes dents sont incroyablement droites et blanches.

— Tout est naturel.

— Fais-moi voir tes crocs. Je veux vérifier quelque chose.

Le sourire d'Adam disparut.

— Tu ne veux pas voir ceux-là. Allez, nous devrions dormir.

— Non, montre-les-moi, insista Parker en fronçant les sourcils. Pourquoi es-tu si tendu tout d'un coup ? Je les ai déjà vus.

— Pas comme ça. Uniquement quand je le devais.

Adam essaya de se tourner.

— Il est temps de dormir.

— Oh non, dit Parker en posant la main sur le torse d'Adam.

Bien entendu, ce dernier était plus fort, mais il s'était arrêté de bouger.

— Ce n'est pas quelque chose dont tu devrais avoir honte. Je veux voir.

Adam ne voulait toujours pas croiser son regard, mais après quelques moments, ses yeux brillèrent, de la fourrure se répandit sur son front, et sa barbe devint plus épaisse. Deux de ses dents s'allongèrent en crocs. Parker taquina les nouveaux poils avec ses doigts. C'était épais et étonnement doux, comme le reste des cheveux d'Adam. Puis il fit courir son index sur chaque croc. Adam se tenait complètement immobile, et ne semblait même pas respirer pendant que Parker l'explorait.

Quand ce dernier se pencha vers lui et l'embrassa doucement, traçant chaque dent avec sa langue, Adam frissonna et agrippa ses épaules. Parker tendit la main entre eux et sentit le membre dur de son compagnon à travers son jean. Il rompit le baiser et mordilla le cou d'Adam. Sa fatigue s'était évaporée et le désir envahissait son ventre.

Avec un grognement, Adam se positionna au-dessus de lui. Presqu'aussi vite que lors de sa transformation, son apparence de loup-garou disparut, et il plongea sa langue dans la bouche de Parker. Ils se frottèrent l'un contre l'autre avec frénésie, Parker écarta les jambes pour entourer les hanches d'Adam. Il se moquait bien qu'il salisse son jean. Il avait besoin de jouir. Il avait besoin d'Adam.

Celui-ci se redressa sur son bras puissant et tira sur les boutons de son pantalon. Ils gémirent tous les deux quand il prit leurs membres dans sa main, les frottant l'un contre l'autre tandis qu'ils ondulaient des hanches dans un rythme maladroit. Cela ne leur prit pas longtemps avant que leurs sexes ne ruissellent, et tout le corps de Parker vibra sur le sol dur.

— Seigneur, je veux que tu me baises encore.

Grognant, Adam hocha la tête.

— Mais maintenant… je veux…

— Oh, putain, ouais, ne t'arrête pas. Je ne peux pas attendre maintenant. J'ai besoin de ça. Continue.

Avec un baiser dur, Adam ondula des hanches plus vite. Il haleta au-dessus de Parker, des bouffées chaudes sur son visage.

Pendant ce temps, Parker semblait incapable de s'arrêter de parler.

— Je veux que tu m'étires et me remplisses encore et encore. Jusqu'à ce que ça coule hors de moi, et que tu le lèches et que tu me le donnes à goûter aussi, ensuite que tu baises ma bouche et que j'avale tout et…

Parker haleta quand il se déversa en de longs jets dans la main d'Adam.

Ce dernier n'arrêta pas, et le membre de Parker devint très sensible, mais c'était une douleur délicieuse alors qu'une autre vague de plaisir le frappait. Il gémit, le soulagement détendant son corps douloureux. Adam grogna, le bras sur lequel il s'appuyait tremblait tandis qu'il jouissait. Haletant difficilement, il glissa sur la hanche et enfouit son visage dans le cou de Parker.

Alors qu'ils revenaient à eux, Parker rejoua ses paroles sans queue ni tête dans son esprit, et rougit. Adam releva la tête, les sourcils froncés.

— Ça va ?

— Ouais, ouais.

Parker regarda fixement la Grande Ourse. Ou peut-être la petite… il n'y connaissait rien en astronomie.

— Je viens juste de dire des trucs, tu sais, assez cochons. Je ne veux pas que tu penses que je suis bizarre.

Adam releva le menton de Parker jusqu'à ce que ce dernier le regarde.

— Je ne pense pas que tu es bizarre.

— Non ? demanda Parker en souriant timidement.

— Je *sais* que tu es bizarre.

Et il l'embrassa légèrement.

— La ferme !

Riant, Parker lui donna une tape dans l'épaule.

— Tu sais ce que je veux dire, continua-t-il.

Avec une lueur dans ses yeux, Adam leva la main droite. Il garda son regard fixé sur son amant alors qu'il léchait lentement ses doigts collants, un par un.

Le souffle de Parker devint haletant.

— Tu vas me rendre encore dur.

Glissant sa langue langoureusement contre celle de son amant, Adam l'embrassa. Parker pouvait goûter leurs deux essences et *il adorait ça.*

Adam posa son front contre celui de son compagnon.

— Peu importe les choses que tu penses être perverses ou bizarres…

Il traça de sa langue l'oreille de Parker et poursuivit en murmurant :

— … je te garantis que j'aimerais ça.

Un autre pic d'adrénaline fit battre le cœur de Parker un peu plus vite.

— C'est bon à savoir.

Pendant quelques minutes, ils restèrent allongés, entremêlés ensemble et Parker regarda les étoiles.

— Je ne pense pas pouvoir dormir après tout. Mes batteries sont rechargées. Et toi ?

— Continuons, dit Adam en souriant d'un air espiègle. Trouvons un lit.

Parker sourit largement.

— Alors, nous attendons quoi ?

ÉTIRANT SES BRAS et ses jambes, Parker laissa échapper un bâillement long et silencieux. Les draps du motel n'étaient peut-être pas du meilleur goût, mais il avait l'impression qu'ils étaient vraiment luxueux contre sa peau nue. Cela leur avait pris jusqu'à l'aube, mais ils avaient enfin trouvé un lit, Dieu merci. Il ouvrit les yeux et les cligna en regardant les nombres lumineux représentant l'heure sur la radio.

19 h 47.

Et miracles des miracles, le motel désert situé à la périphérie d'une petite ville avait de l'électricité. Eh bien, il y en avait eu après qu'ils aient allumé le générateur de secours. Bien qu'il n'ait pas su l'heure exacte, Parker n'avait pas pu résister à l'envie de régler l'horloge un peu plus tôt. C'était un petit morceau de vie normale qui le rendait heureux. Et la recherche des bandes radio s'était révélée infructueuse.

Adam dormait nu à côté de lui dans la chambre sombre, entremêlé dans les draps bon marché, et allongé sur le ventre, son bras au-dessus de la taille de Parker. Malgré leurs grands projets de baiser jusqu'à ce que mort s'ensuive, ils s'étaient douchés dans la petite salle de bain, avaient dévoré un paquet de barres de chocolats à moitié fondus trouvées dans le bureau vide, et avaient fermé les stores avant de sombrer dans un sommeil profond. C'était la première fois qu'ils dormaient correctement depuis des jours, mais surtout pour Adam qui, Parker le savait, restait de garde plus longtemps que lui-même. Toutefois, les loups-garous avaient apparemment aussi besoin de repos, et ce somme s'imposait depuis longtemps pour Adam.

Il savait que c'était agréable de rester dans la chambre pendant toute une journée, mais s'épuiser ne rendrait service à aucun d'entre eux. Il réveillerait Adam bientôt et ils pourraient reprendre la route. Cependant, il ne quitterait pas cette oasis avant d'avoir baisé de toutes les manières possibles jusqu'à dimanche… et mercredi et vendredi aussi.

Il contempla Adam dans la faible lueur de l'horloge. Il dormait comme une souche, ronflant légèrement d'une façon qui était ridiculement adorable et qui fit sourire Parker d'un air idiot. Il aimait le fait que ce soit facile et *juste* de dormir avec Adam et de regarder son corps. Il résista difficilement à l'envie d'allumer la lumière et de lécher chaque grain de beauté et tache de rousseur qu'il pouvait trouver.

Il sortit du lit, marchant sur la pointe des pieds sur le tapis usé. Il enfila son slip et son jean avant de mettre ses baskets. Ses yeux s'ajustèrent à l'obscurité et il put distinguer les vagues formes dans la pièce. Il se frotta les bras. L'air conditionné consommait sûrement beaucoup trop d'électricité, mais la journée avait été brûlante et ils n'avaient pas pu résister. Il ronronnait et vibrait bruyamment, et le bruit était si normal et rassurant que Parker décida de le garder en marche un peu plus longtemps.

Le seau de glaces était posé sur un bureau bon marché. Souriant, il prit le récipient en plastique. Ils avaient trouvé un réfrigérateur rempli de sodas chauds, mais maintenant, ils avaient sûrement refroidi. Oh oui, il y aurait des glaçons. Parker se demandait s'il y avait de la bière, bien qu'un coca-cola glacé ait le goût d'une drogue en liquide à ce stade.

Avec sa lampe en main, il marcha lentement, dépassant la moto qu'ils avaient amenée à l'intérieur pour plus de sécurité.

— Où vas-tu ? marmonna Adam. C'est quoi ce bruit ?

Il grogna.

— C'est la climatisation. Rendors-toi.

— Non… je vais me lever. Allume la lumière. Ça va aider. Bon sang, ce lit est confortable.

Parker alluma la lumière du plafond, levant la main pour se protéger de sa forte luminosité.

— Je vais revenir.

Il déverrouilla la porte et tourna la poignée.

— Attends ! cria Adam en se redressant brusquement.

Mais Parker regardait déjà la mer de monstres qui se trouvait dans le parking. Clignant des yeux, il réalisa que le néon du panneau de l'hôtel s'était allumé au coucher du soleil, un signal lumineux à la centaine de monstres claquant des dents qui s'agitaient d'un air saccadé à la base du poteau alors que l'obscurité s'installait.

BIENVENUE ! CHAMBRES LIBRES, TV, PISCINE

— Parker !

Il n'eut pas le temps de répondre, car les monstres qui se trouvaient le plus près, sur leur chemin vers l'enseigne au néon, se détournèrent de cette dernière pour se diriger droit vers lui et vers leur chambre lumineuse. Ils bougeaient bien trop vite.

Chapitre 13

Parker se rejeta en arrière et essaya de claquer la porte, mais cela ne servit à rien. Les monstres entrèrent dans la pièce, cinq ou six d'entre eux essayant de l'attraper avec leurs doigts rigides et leurs bouches sanglantes et ouvertes. La panique lui coupa le souffle pendant un instant et il bondit vers sa machette.

Avec un rugissement qui ébranla les vitres, Adam s'interposa entre l'invasion de monstres et lui. Il était toujours nu, et de la fourrure apparut sur ses larges épaules et ses cuisses. Il réduisait déjà les créatures en morceaux avec ses griffes, détruisant les infectés les plus proches, déchirant leurs gorges alors qu'il les repoussait vers la porte, mais encore plus de monstres affluaient.

Parker découpa frénétiquement le bras d'une vieille femme qui ne cria pas, mais au lieu de ça, elle claqua des dents avec un acharnement renouvelé, bondissant toujours vers lui. *Merde, Merde ! Non !* Il trébucha, s'écroulant sur quelque chose sur le sol. Elle suivit, ses dents claquant ensemble alors qu'elle s'abattait sur lui. Il taillada sa nuque, mais ensuite, sa tête fut décapitée, Adam s'était détourné de la porte pour le sauver.

Avant que Parker ne puisse cligner des yeux, ils furent sur Adam.

Bondissant sur ses pieds, Parker taillada l'un d'eux qui avait ses dents enfoncées dans le cou de son amant, un autre prenant un morceau sanguinolent de l'épaule de son compagnon.

— Non ! cria Parker.

Il leva sa machette encore et encore, les déchiquetant dans une frénésie sanglante jusqu'à ce qu'Adam et lui soient capables de refermer la porte.

Adam enfonça ses talons dans le sol et s'appuya contre le morceau de bois tremblants tandis que Parker éteignait la foutue lumière.

— Adam ?

Sa voix sortit plus comme un croassement. Dans l'obscurité soudaine, il pouvait seulement apercevoir les yeux dorés et brillants.

— Oh mon Dieu ! Ils ne t'ont pas… Tu vas bien. Tu vas bien !

L'esprit de Parker tournait et il haleta, un étau en fer lui enserrant la poitrine et lui contractant les poumons.

— Tu vas bien !

Il devait l'être. Oh Merde. Ils l'ont mordu !

Adam tenait toujours la porte. Sa voix était plus un grognement qu'autre chose.

— Prends le sac. Grimpe sur la moto.

— Tu vas bien, n'est-ce pas ?

La poitrine de Parker était atrocement serrée. *S'il vous plaît, s'il vous plaît, Seigneur.*

Il ne répondit pas.

— Non, dit Parker en secouant la tête violemment. Tu te sens différent ? Ça ne marchera sûrement pas sur toi. Tu es un loup-garou. Tu iras bien !

— Il y en avait trop. Si je suis infecté, tu ne t'en sortiras pas. Je vais te tuer.

— Mais…

— *Je vais te tuer.* Tu as seulement une minute.

Chaque mot était craché par-dessus ses crocs.

— Mais…

Il rugit.

— Prends le sac à dos et grimpe sur la foutue moto ! *Maintenant !*

Avec des mains tremblantes, Parker enfila son sac en bandoulière sur son dos nu et chevaucha la moto, la machette toujours serrée dans sa main droite. Il démarra le moteur et Mariah vrombit sous lui.

— Monte, Adam.

— Je vais les distraire. Ne te retourne pas. Vas-y.

— Pas sans toi !

Le cœur de Parker battait tellement fort qu'il pensa un instant qu'il allait exploser.

— Tu vas rester en vie, Parker.

Adam alluma la lampe. Pendant un moment, il sourit, ses yeux dorés remplis de tendresse et de douleur.

— Si je suis toujours moi-même, je te retrouverai.

Avec une puissante poussée, Adam fit tomber la porte de la pièce en arrière et hors de ses gonds, faisant éclater le cadre alors que les monstres tout près s'envolaient. Le parking en était rempli, et Adam devint flou pendant qu'il déchiquetait et découpait les créatures. Parker courut à travers l'espace ouvert, se traçant un chemin dans la foule et tuant les infectés.

Mais merde, merde, merde… il y en avait beaucoup. Quelque chose tirait violemment sur son sac à dos, et il fit voler difficilement sa machette en arrière, faisant vrombir le moteur au maximum tandis que d'autres monstres arrivaient des deux côtés, se refermant sur lui. Puis Adam apparut dans une explosion de tonnerre, et Parker fut libre, Mariah s'enfonçant dans la foule.

Il arriva à l'extrémité du parking en quelques secondes, et ensuite, il fut sur le bitume de l'autoroute, s'échappant dans la nuit du désert vide et froid. Des monstres emplissaient la route en direction de la ville, il prit donc le chemin par lequel ils étaient venus.

Il se força à ne pas se retourner.

À quelques kilomètres au bas de la route, Parker s'arrêta. Il n'avait aucune idée de combien de distance il avait parcouru, il trébucha de la moto, ses genoux tombant sur le sol tandis que ses jambes cédaient sous lui et il vomit les restes de chocolat. Il tremblait violemment, ses dents claquant si fort que pendant un instant, il pensa qu'il était infecté.

Parker s'éloigna du vomi en rampant et se débattit pour enlever le sac à dos. Cela prit une éternité à ses mains pour coopérer et arriver à l'ouvrir. Il enfila un tee-shirt et ferma son sweater et sa veste. S'asseyant sur ses talons, il enveloppa ses bras autour de lui. Il ne pouvait pas s'arrêter de trembler.

Il ferma les yeux. *S'il vous plaît, Mon Dieu. S'il vous plaît, réveillez-moi. J'ai besoin de me réveiller. Ça ne peut pas arriver. Ce n'est pas réel.* Il gémit quand il ouvrit les yeux.

La lune était presque pleine, illuminant le tronçon de la route dans les deux directions, la ligne pointillée jaune disparaissant au loin. Le vent balaya la terre sèche, et il repensa à la nuit dernière, où il étreignait Adam sous les étoiles, en sécurité et en vie. Il donnerait tout pour revenir à ce moment-là. En une fraction de seconde, tout avait changé.

Ils s'étaient permis de se détendre. Ils avaient pensé qu'ici, dans le désert, il n'y aurait aucun monstre. Comment diable l'infection était-elle arrivée en ville, Parker ne le savait pas. Mais cela n'avait pas d'importance. Ils étaient ici. Et ils avaient mordu Adam.

— *Si je suis toujours moi-même, je te retrouverai.*

Il devait aller bien. Il reviendrait. L'infection ne pourrait pas l'atteindre. Cela ne pouvait pas être possible. Tremblant, Parker ferma à nouveau les yeux. Il pensa à Adam, qui l'avait tellement énervé quand ils s'étaient rencontrés. Adam, qui l'avait sauvé encore et encore. Adam, qui était si courageux, si beau, si généreux et si patient, et au côté de qui, il s'était réveillé.

Adam, qui l'avait embrassé comme s'il n'en avait jamais assez.

Seul sur le bitume sous la lune montante, à des milliers de kilomètres de la maison, Parker céda et éclata en sanglots.

— JE DOIS faire quelque chose.

Sa voix était rauque… sa gorge insupportablement sèche et éraillée. Parker frissonna et ravala une nouvelle vague de larmes. *Ressaisis-toi. Relève-toi !*

Mais il ne le fit pas. Il était assis sur la route, les jambes croisées et ankylosées sous lui. Il ne savait pas combien de temps était passé. Il avait l'impression d'être un désastre ambulant et sa tête martelait. Il ne pouvait pas bouger tandis qu'il regardait les ombres du désert. Il aurait pu être sur la surface de la lune. Il voulait se recroqueviller et disparaître.

Il ne s'était jamais senti aussi totalement seul dans sa vie.

Avec un grognement, Parker se remit sur pieds.

— OK, arrête de te morfondre. Adam va bien. Il sera là d'une minute à l'autre. Il va venir.

Mais quand Parker jeta un œil au loin, il n'y avait que la route vide et la nuit.

Il inspira et expira comme Adam le ferait, comptant jusqu'à dix.

— De l'eau. Bois un peu d'eau.

Il fouilla dans le sac et fut soulagé que la bouteille soit à moitié pleine. Il déglutit et toussa, et se força à ralentir et à garder un peu d'eau pour plus tard juste au cas où. Essuyant impatiemment ses yeux humides, il fit le point. Il avait toujours la machette, mais pas d'étui. Après quelques instants de réflexion, il la rangea soigneusement dans son sac, laissant assez d'espace au-dessus pour que la poignée dépasse. Cela devrait faire l'affaire, et avec un peu de chance, il ne découperait pas les quelques affaires qu'il possédait toujours.

Après avoir grimpé sur Mariah, il s'assit et ferma les yeux pendant un autre moment.

— OK, je vais y retourner et Adam va me rejoindre à mi-chemin. Il va bien. Il n'est pas mort. Il n'est pas l'un d'eux.

Il tourna la clé.

Un pas à la fois.

Étant donné que la route était droite et plate sous les étoiles et la lune, il n'avait pas besoin d'utiliser ses phares. Mariah vrombit sous lui, et Parker prit une profonde inspiration. Il trouverait Adam. Il accéléra. Alors qu'il reprenait le chemin par lequel il était venu, ayant la route pour lui seul, il essaya de ne pas penser à ce qu'il ferait si Adam n'allait pas bien. Parce qu'Adam s'en était sorti. Il le devait. Puis une pensée le frappa. *Merde. L'essence !*

Sans les phares allumés, Parker ne pouvait pas voir le voyant, alors il s'arrêta. Jetant un œil au loin, il pouvait à peine apercevoir la lumière du panneau du motel, mais cela aurait pu être une étoile particulière qui étincelait à l'horizon. Il devait prendre le risque. Il alluma les phares et vérifia le voyant d'essence avant de les éteindre. À moitié plein. Il y en avait assez pour les amener à une station-service.

Parce qu'Adam était toujours en vie. Oui. Adam allait bien.

Un mouvement attira l'attention de Parker. Sa respiration se bloqua dans sa gorge, et il jeta un œil sur la route, arrêtant la moto pour écouter. Il n'y avait que le sifflement du vent à travers la terre étendue. Son cœur battit dans ses oreilles, mais il réalisa ensuite que ça devenait de plus en plus fort.

Thump, thump, thump, thump.

L'adrénaline le traversa. Il y avait quelqu'un – ou quelque chose – venant vers lui. Il tira la machette de son sac et la tint devant lui d'une main tremblante. Ce devait être Adam. Ce n'était sûrement pas les infectés. N'est-ce pas ?

Thump, thump, thump, thump.

— *Parker !*

Son nom fut un murmure dans le vent, encore lointain. Mais une silhouette apparut ensuite, courant si vite qu'il ne fallut que quelques secondes à Parker pour reconnaître Adam, portant toujours la veste en cuir et le jean, ses chaussures martelant la route. Parker bondit de la moto, ses pieds s'animant. Il laissa tomber la machette avec un bruit sourd, courant à son tour. S'il perdait l'esprit, il s'en fichait, parce qu'Adam s'approchait de plus en plus avec chaque battement de cœur, et ses yeux était d'un doré brillant, ils n'étaient pas écarquillés, parce qu'*il était toujours lui-même.*

Avec un rire mêlé à un sanglot, Parker se jeta dans les bras d'Adam. Ce dernier le souleva du sol et Parker voulut crier de joie. Il inspira son odeur et fit courir ses mains sur le dos d'Adam et ses épaules.

— Es-tu réel ? Es-tu là ?

— Je suis là.

La voix d'Adam sortit étouffée de là où il avait enfoui son visage dans le cou de Parker. Quand il releva la tête, il remit son amant sur ses pieds et fit courir ses mains sur lui.

— Es-tu blessé ? demanda Adam.

— Non, pas vraiment, répondit Parker en s'accrochant à lui. Seigneur, ne refais… ne me refais jamais ça.

Il déglutit difficilement.

— J'avais si peur que tu sois transformé.

— Moi aussi.

Adam essuya doucement les larmes qui coulaient sur les joues de Parker.

— Je ne sais pas pourquoi je ne suis pas infecté. Je dois être immunisé.

— Parce que tu es le grand, méchant loup.

Adam se mit à rire, et ce fut le plus beau son que Parker ait jamais entendu. Ils appuyèrent leurs fronts l'un contre l'autre, et Parker inspira son odeur, un mélange de cuir et de terre et *Adam*.

— Ça doit être pour ça que ça ne t'affecte pas, car tu es un loup-garou. Mais tu es parti pendant trop longtemps.

— Je devais guérir, et je devais m'assurer que je ne change pas. Cela aurait pu être différent pour moi. Nous avons vu Carey, ça se passe en quelques minutes avec les humains.

Il se pencha en arrière et attrapa les épaules de Parker.

— Tu dois me promettre de prendre Mariah et de t'enfuir si jamais la contamination a pris plus de temps avec moi. Promets-le-moi.

— Ça n'arrivera pas. Je sais que ça n'arrivera pas.

— Nous n'en savons rien encore. La pensée que je puisse te faire du mal – *te tuer* – ce serait… promets-le-moi.

— D'accord, je te le promets.

Il enveloppa ses bras autour de la taille d'Adam, le gardant proche. Il ne pensait pas pouvoir s'arrêter de le toucher pendant des heures.

— Que s'est-il passé après mon départ ? demanda Parker.

— J'en ai tué plusieurs. Je me suis dit que je pourrais en tuer autant que possible avant que je ne me transforme. J'ai éteint le générateur. Et les autres ont commencé à se détourner de moi une fois la lumière partie. Il me semble qu'à moins que tu ne sois prés d'eux, ils sont facilement distraits et n'ont pas vraiment de mémoire.

Il sortit quelque chose de sa poche.

— J'ai pensé que tu aurais besoin de ça.

C'était l'étui de la machette, roulé en boule.

— Merci.

Parker se mordit la lèvre, les larmes menaçant à nouveau de tomber. *Ressaisis. Toi.*

— Quand j'ai ouvert la porte et qu'ils m'ont vu…

Il frissonna.

— C'est arrivé si vite. Ils semblent un peu plus rapides, n'est-ce pas ?

Adam hocha la tête.

— Je pense qu'ils deviennent de plus en plus affamés. C'est logique. Plus l'infection se propage…

— Moins il y aura d'êtres humains à manger.

Quelle pensée foutrement joyeuse.

— Cela va devenir plus dur, termina Parker.

— Oui. Mais nous y arriverons. Je serais plus vigilant. C'est de ma faute. Je me suis permis de me détendre. Avec la climatisation allumée, je ne les ai pas entendus. J'aurais dû les sentir. Je suis désolé. Je ferai mieux la prochaine fois.

— Ne sois pas désolé ! Nous faisons de notre mieux. Tu as tant fait. Tu es épuisé. Tu m'as quand même sauvé.

Adam fit courir son pouce sur les lèvres de Parker.

— J'avais peur de ne pas te retrouver.

— Je suis si heureux que tu sois là. Tu… je…

Parker ne put trouver les mots, et l'embrassa à la place.

Pendant un merveilleux moment, leurs lèvres furent pressées les unes contre les autres. C'était seulement un simple baiser, mais alors qu'ils s'accrochaient l'un à l'autre, cela représentait tout ce que Parker n'avait jamais voulu.

Puis Adam se rejeta en arrière. Parker cligna des yeux, tendant la main vers lui pour le retenir.

— Quoi ?

Mais Adam s'éloigna de lui.

— Et si je suis immunisé, mais que je porte quand même le virus.

L'estomac de Parker se serra.

— Je ne…

Il secoua la tête.

— Penses-tu que ce soit une possibilité ? Non. Je suis sûr que tu vas bien.

Parker tendit à nouveau la main, mais Adam l'esquiva.

— Nous ne le savons pas.

— Eh bien, nous ne savons pas grand-chose.

— Exactement. Nous ne pouvons pas prendre le risque. Nous savons que ça ne se transmet pas par l'air, ou du moins, nous ne le pensons pas.

— C'est vrai. Avec Carey, c'était une morsure. Alors, tu ne vas pas me mordre… problème résolu !

— Et si c'est comme une maladie sexuellement transmissible ?

— Alors, nous trouverons des préservatifs, répondit Parker en tendant à nouveau la main, mais là encore, Adam s'esquiva.

— Nous ne pouvons pas prendre le risque. Nous ne pouvons pas risquer que ça arrive. Je peux te le transmettre par la salive. Par n'importe quel fluide corporel.

— Mais…

Parker s'interrompit en laissant tomber sa main.

— Nous devrions y aller.

Ne le regardant pas, Adam se dirigea vers Mariah.

Parker savait qu'Adam avait raison, mais cela n'apaisa pas la douleur qui grandit dans sa poitrine.

Chapitre 14

PARKER TENDIT SA main gantée à côté de lui, mais il n'y avait que le sol dur. Il s'était à peine réveillé, et déjà, la journée commençait mal. Quand il ouvrit les yeux, il put voir un halo orangé à travers les arbres alors que le soleil se levait. Adam se tenait debout non loin de là, le dos tourné.

Ils avaient campé, dormant sur des aiguilles de pin, bien loin de la route où la forêt était si dense qu'ils avaient dû faire avancer la moto à travers elle et éviter des branches. Parker étira ses muscles raides. Seigneur, il gelait et il portait tous les vêtements qu'il avait, en une grosse épaisseur. Les Rocheuses au mois d'octobre n'étaient pas sa première idée d'une saison de camping.

Le trajet au Colorado fut extrêmement lent puisqu'ils avaient pris le chemin le plus long à travers les montagnes. Les tunnels sur les autoroutes étaient trop risqués au cas où ils seraient piégés par les infectés. Ils avaient dévié de leur itinéraire et avaient passé beaucoup de temps à chercher de l'essence, ce qui était une préoccupation constante.

Avec un petit grognement, Parker se releva sur ses pieds. Après un moment de débat intérieur, il s'approcha prudemment d'Adam. Il savait que celui-ci pouvait l'entendre arriver, et peut-être… mais à la seconde où il tendit la main pour l'attraper, Adam s'éloigna de lui. Parker ravala la déception et la douleur, et essaya de garder une voix légère.

— Hé. Tu as bien dormi ?

— Ouais, et toi ?

Adam ne le regarda pas quand il s'accroupit sur le sol pour fouiller dans le sac à dos et déplier leur carte.

— Moi aussi.

Deux semaines étaient passées depuis cette nuit au Nevada. Alors qu'auparavant, ils s'étaient toujours étreints, à présent Adam dormait en tournant le dos à Parker, avec juste une petite couverture thermique sur lui. Parfois, il essayait de se rapprocher, mais c'était comme si Adam avait une alarme de proximité et il gardait toujours une distance entre eux.

Parker s'éclaircit la gorge.

— Alors, quand pourrons-nous sortir des montagnes ?

— Cela pourrait prendre quelques jours de plus. Une fois que nous serons dans le Midwest, nous pourrons aller plus vite.

— Cool. Comment te sens-tu ?

Adam garda ses yeux sur la carte.

— Bien.

— Très bien. Toujours pas de virus, alors.

Avec un soupir, Adam replia la carte.

— Parker, nous en avons déjà parlé.

— Je sais, mais sérieusement, tu exagères. Tu es paranoïaque.

— Et si je ne le suis pas ? Ça n'en vaut pas la peine.

— Mais cela fait des semaines. Même si tu portais le virus, n'aurait-il pas disparu maintenant ?

— Mary Typhoïde a porté le virus pendant des décennies. Il y a des porteurs de VIH qui sont asymptomatiques pendant des années.

Super.

— D'accord, nous ne pouvons peut-être pas baiser, mais…

Mais ne peux-tu pas au moins me regarder ? Il s'était senti plus proche d'Adam qu'il ne l'avait été d'une autre personne, pourtant, un gouffre s'était ouvert entre eux. Ils ne s'étaient pas embrassés, s'étaient à peine touchés… même un effleurement de doigts était rare maintenant.

— Mais quoi ? demanda Adam, les narines frémissantes. Si tu es infecté, tu serais transformé en quelques minutes.

Il enfonça la carte dans le sac.

— Allons-y.

Ils remballèrent leurs affaires en silence, et firent avancer Mariah sur la route. Parker monta sur l'engin et entoura la taille d'Adam de ses bras. C'était le seul moment où il lui était permis de le toucher, et Parker en profitait pleinement.

— LES PINS, lut Parker sur le panneau au bout de l'allée.

Le panneau était savamment conçu de bois et de vitres en biseau, et de l'arrière de la moto, il se pencha en avant et fit courir ses doigts sur le matériau doux et humide.

— Ça pourrait être agréable.

Par un matin gris alors qu'une pluie régulière se transformait en grêle fine, ils avaient suivi une piste goudronnée hors de la route principale. Ils avaient conduit une partie de la nuit depuis que la température avait encore baissé, et il faisait trop froid pour dormir à l'extérieur. Ils étaient presque de l'autre côté des Rocheuses maintenant, et n'avaient vu aucun infecté – ou autre – depuis des jours. La possibilité d'avoir un endroit confortable pour se reposer était une aubaine qu'ils ne pouvaient pas refuser, surtout quand les routes devenaient compliquées à franchir.

— J'ai l'impression qu'ils ont des lits. Peut-être même une douche s'il y a assez de pression d'eau. Seigneur, j'ai besoin d'une douche.

Adam regardait attentivement l'allée, où se trouvaient des arbres très soignés.

— Il y a des gens ici.

— Merde. Nous devons sûrement passer notre chemin. Je voulais vraiment me débarrasser de cette odeur, pendant quelques heures du moins.

De la grêle tomba de sa capuche dans les yeux de Parker, et il l'essuya, frissonnant. Adam était complètement trempé, mais il ne semblait pas perturbé.

— Quelqu'un arrive, dit Adam en vibrant de tension.

— Quoi ? Comment savent-ils que nous sommes là ?

Parker regarda autour de lui et aperçut une caméra installée dans l'un des arbres. Celle-ci bougea, balayant le secteur.

— Waouh. Un système de sécurité. Comment reçoivent-ils de l'électricité ? Je suppose que nous devrions leur parler ? Ils peuvent avoir des informations.

— Je suppose, répondit Adam, rigide et agrippant le guidon.

Le bruit d'un moteur arriva aux oreilles de Parker et il prit l'arme du sac à dos, enlevant la sécurité. Il espérait qu'il n'aurait jamais à tirer sur une personne qui n'était pas infectée. Ils attendirent sur la moto, le moteur de Mariah toujours en marche. Quand un 4x4 noir apparut au détour de l'allée, Parker aperçut « Les Pins » inscrit sur l'une des portières vert foncé. Le véhicule s'arrêta, et deux hommes en imperméable identique à la couleur de la forêt et portant des jeans en sortirent. Le passager, un jeune homme d'une vingtaine d'années, tenait un fusil, mais il le pointait vers le sol.

Le plus âgé des deux ferma la portière et leva une main pour incliner son chapeau de cow-boy.

— B'jour.

Adam hocha la tête.

— Bonjour.

— D'où venez-vous ? Est ou Ouest ?

— Ouest, répondit Adam.

— Comment ça se passe là-bas ?

— Pas terrible, déclara Parker.

Il leur fit un résumé de leur voyage.

— Mais nous avons survécu. Hum, de toute évidence.

— Content d'entendre ça, dit le jeune homme. La plupart de nos gens viennent de Denver. Ils ont à peine survécu.

— Vous vous dirigez vers l'Est ? demanda le conducteur en hochant la tête vers l'horizon.

— Oui, répondit Parker. Avez-vous des nouvelles de là-bas ?

— Nous avons un couple qui est venu de la côte, la semaine dernière. De ce que j'ai compris, les choses sont mauvaises.

Bien qu'il ne soit pas surpris, cela restait quand même un coup. Il avait essayé de ne pas trop penser à ses parents, car ça le bouleversait, et quand il le faisait, sa poitrine se serrait comme si un python l'enveloppait. *Sont-ils vivants ? Éric est-il vivant ? Jessica et Jason ? Même s'ils le sont, les reverrai-je un jour ?* Adam serra doucement son genou, et Parker s'efforça de prendre une profonde inspiration. Ouais, c'était pour cette raison qu'il essayait de ne pas y penser.

Le conducteur continua.

— Vous êtes les bienvenus pour rester ici. Nous avons beaucoup d'espace, et en ce qui me concerne, le nombre fait la force. Nous avons entendu des histoires de personnes qui se liguaient les uns contre les autres. Ce serait la fin pour nous, c'est certain, même si cette épidémie ne l'est pas. Donc, nous avons des règles ici.

— Vous pouvez vous rafraîchir et avoir un bon repas. C'est un village de vacances. Mais aucune pression, ajouta le passager.

Adam et Parker se regardèrent.

— Nous allons vous laisser en discuter pendant que nous ferons demi-tour. Vous pouvez nous suivre si vous voulez. Si ce n'est pas le cas, nous vous souhaitons une bonne route, dit à nouveau le conducteur en inclinant son chapeau.

— Je pense qu'ils semblent corrects ? murmura Parker.

Adam hocha la tête.

— Il dit la vérité.

— Comment le sais-tu ?

— J'entends ses battements de cœur. Ils sont réguliers. Quand les gens mentent, ils produisent toutes sortes de signaux. Leur cœur fait un bond, parfois juste un petit peu, mais assez. Il semble honnête.

— Waouh, tu as un détecteur de mensonges lupin ? C'est formidable ! Aussi, tu aurais dû le mentionner, connard.

Pendant un merveilleux moment, Adam sourit :

— Tu es un terrible menteur de toute manière.

Le 4x4 reprit lentement le chemin du retour.

— Nous devrions jeter un coup d'œil, oui ? De la nourriture chaude maintenant, ce serait génial.

Adam hocha la tête.

— Si nous sommes mal à l'aise, nous partirons.

Ils suivirent le 4x4 sur l'allée longue et sinueuse, et Parker remit la sécurité sur son pistolet. La route était pavée et l'asphalte était immaculé. Alors qu'ils tournaient au coin, une barrière en bois apparut. Elle devait mesurer au moins six mètres de hauteur, faite de rondins de bois qui se fondait dans l'environnement naturel. Une énorme grille métallique était à moitié ouverte de l'autre côté de l'allée. Une jeune femme qui se trouvait dans une guérite leur sourit et leur fit signe de la main quand ils entrèrent. Avec un bourdonnement électrique, la grille se ferma derrière eux. Le véhicule s'arrêta, et le conducteur baissa sa vitre.

— Christy, nous avons deux invités. Désolé, les garçons… je ne vous ai pas demandé vos noms. Je suis Steve, et lui, c'est Jake.

La fille sortit de la guérite, ses boucles blondes se balançant alors qu'elle enlevait le capuchon de son uniforme vert de gardien.

— Bienvenue !

— Merci. Je suis Parker, et c'est Adam.

Puis il indiqua la barrière en bois du doigt.

— Êtes-vous certains que cet endroit n'est pas une prison ? C'est quoi toute cette sécurité ?

— Anti-paparazzi, répondit Christy. C'était supposé être le nouveau refuge des riches et des célébrités, où ils pourraient venir et communier avec la nature et avoir un peu d'intimité. Nous le préparions pour la grande ouverture. C'était supposé être pour la semaine prochaine, mais apparemment, cela ne va pas arriver.

Son sourire était forcé.

— Oh, eh bien. Au moins, nous sommes vivants, n'est-ce pas ?

Parker lui retourna son sourire.

— Ouais. Merci de nous laisser entrer.

— Bien sûr ! C'est dangereux, là dehors. Je n'arrive pas à croire les choses que les gens m'ont dites. J'ai été chanceuse d'avoir été là tout ce temps.

— Quand se termine ton service ? demanda Steve.

— Pas avant midi. On se voit plus tard.

Avec un autre geste de la main, Christy retourna sur son tabouret dans la cabine, fermant énergiquement la porte.

Ils continuèrent, et prirent bientôt un autre virage. Parker haleta.

— Oh bon sang !

L'hôtel était énorme… un bâtiment de trois étages en bois et en verre qui s'étendait à travers le centre d'une grande clairière. Parker ne voyait que des montagnes partout, et il lui semblait qu'ils se trouvaient au cœur des Rocheuses. Même avec le grésil, la vue était impressionnante. Ils s'arrêtèrent sur le côté. Adam et lui hésitèrent à laisser Mariah ici.

— Je suppose que rien ne va lui arriver ici, n'est-ce pas ? demanda Parker.

Adam ne semblait pas convaincu, mais il hocha la tête.

Jake leur fit signe de suivre un chemin pavé qui conduisait à l'hôtel.

— Venez, nous allons vous installer.

Dans le grand hall au plafond cathédral, fait de briques apparentes et de poutres en bois, et des lampes brillant de mille feux, un groupe de personnes les accueillirent. Ils étaient de tout âge, des enfants aux personnes âgées. Une femme dans la cinquantaine avec des cheveux de la couleur du charbon, noués en un chignon élégant et portant d'épaisses lunettes noires s'avança vers eux. Elle portait un chemisier et un pantalon.

— Je suis Angela Yamaguchi, la Directrice générale des Pins, se présenta-t-elle en souriant d'un air tendu. Du moins, je l'étais. Mes devoirs ont changé en quelque sorte, mais je veille toujours à ce que les choses se déroulent bien et sans heurts.

Parker leva la main et l'agita vers le groupe avant de défaire son manteau humide.

— Bonjour, tout le monde. Je suis Parker.

Il attendit qu'Adam se présente, mais quand il jeta un coup d'œil par-dessus son épaule, son amant fixait quelqu'un dans le comité d'accueil.

— Euh, et lui, c'est Adam, dit-il en donnant un coup de coude à ce dernier qui hocha la tête en guise de salutation.

— Ravie de vous connaître, dit Angela en souriant. Nous ferons les présentations plus tard, puisque vous voulez sûrement vous reposer et faire votre toilette. Nous avons des centaines de chambres, alors vous pouvez chacun avoir la vôtre, ou vous pouvez partager une suite. Comme vous le voulez.

— Nous allons partager une chambre, dit Parker.

Et pour ceux à qui ça ne plaisait pas, ils pouvaient se faire voir.

Angela hocha la tête vers l'homme qui se trouvait à côté d'elle, et qui avait la trentaine, hispanique et très sexy.

— Parfait. Ramon ? Voudrais-tu aller dire au Chef que nous aurons encore deux autres personnes pour le petit-déjeuner ?

À Parker, elle ajouta :

— Nous pouvons vous le faire monter dans votre suite si vous voulez.

— Bien sûr, dit Ramon avec un sourire, disparaissant par un couloir prés du hall.

— Par ici.

Angela leur fit signe de la suivre vers le grand escalier au milieu de la réception, ses talons claquant sur le sol.

— Toutes nos chambres d'amis sont au second et au troisième étage, elles offrent un maximum d'intimité et une vue sur les montagnes.

Elle s'arrêta au sommet des marches.

— Désolée, déclara-t-elle. C'est très difficile de me défaire de mon rôle de directrice. Ça fait plus d'une année que nous préparons tout pour l'ouverture.

Elle sourit tristement avant de poursuivre.

— Parfois, j'ai du mal à accepter les nouvelles conditions dans lesquelles nous vivons. Mais je suis certaine que ce n'est que temporaire.

Seigneur, Parker aurait voulu croire ça, mais tout semblant de son ancienne vie semblait hors de portée. Il força un sourire.

— Espérons-le.

Adam ne dit rien, et Parker ne savait même pas s'il écoutait.

Angela indiqua du doigt le couloir par lequel Ramon avait disparu.

— La cuisine et la salle à manger sont au bout de ce couloir. Nous dînons au foyer du personnel dans le sous-sol puisque les fenêtres de la salle à manger n'ont pas de stores et que l'on nous a dit que les infectés étaient attirés par la lumière.

— Oui, c'est vrai, confirma Parker.

— Puisque notre établissement est centré sur l'écologie, nous avons heureusement de l'électricité solaire et notre propre serre. Une partie de l'attrait des Pins était que nous allions offrir de la nourriture biologique locale pendant toute l'année. Nous n'avions pas totalement rempli le stock pour l'ouverture, mais le Chef fait de son mieux avec ce que nous avons dans la serre et la chambre froide. Tout le monde est le bienvenu pour le petit-déjeuner et le déjeuner dans la salle à manger, ou peuvent prendre un plat dans leur chambre. Notre seule règle est de ne pas gaspiller de nourriture et de nettoyer après vous-mêmes.

Parker regarda Adam, qui semblait complètement ailleurs. L'inquiétude noua son estomac. Adam devait vraiment rattraper son sommeil. Parker retourna son attention vers Angela.

— Nous suivrons les règles, pas de problème. Combien de personnes se trouvent ici ?

— Avec vous deux, nous sommes soixante-treize. Quarante font partie du personnel de l'hôtel, et pour le reste, ce sont des familles et des amis qui se sont échappés de Denver et qui ont été assez malins pour venir ici, ainsi que des voyageurs comme vous.

Elle indiqua l'autre côté du vestibule.

— Il y a une salle de sport, une piscine intérieure, et une salle de bal dans l'aile ouest. Nous avons un puissant générateur pour appuyer l'énergie solaire, mais nous espérons que nous n'aurons pas à en abuser. Avec l'hiver qui approche, c'est une préoccupation.

— Avez-vous vu des monstres ici ?

Il n'ajouta pas *jusqu'à présent*. Toutefois, ce n'était qu'une question de temps.

Elle cilla.

— Monstres ? C'est un terme… bien descriptif. Jusqu'ici, nous n'en avons croisé aucun. Nous avons bien la politique d'extinction des feux. En ce moment, il est 18 h, tous les stores doivent être fermés, et les lumières dans les chambres ayant des fenêtres doivent être éteintes… donc cela inclut toutes les chambres d'amis. Même avec les stores en bois vénitien, qui sont spécialement destinés à une intimité absolue, la lumière de l'intérieur filtre à travers les bords. Chaque chambre est équipée de lampes de poche qui utilisent une induction électromagnétique. Nous avons un stock de bougies en cas d'urgence, mais elles pourraient être un dangereux risque d'incendie, et nous préférons les garder dans les chambres d'amis. Bref, vous devez juste secouer les lampes de poche pour les activer. Ces dernières ne sont utilisées qu'à l'intérieur uniquement, et jamais devant une fenêtre non couverte. Nous ne sommes jamais trop prudents.

Parker hocha la tête.

— D'accord. C'est logique. Si vous avez de l'électricité, pouvez-vous surfer sur le net ? Avez-vous découvert quoi que ce soit sur la cause de tout ceci ?

Elle soupira.

— Nous *avons* de l'électricité, mais notre fournisseur d'accès Internet n'en a apparemment pas, donc nous ne pouvons pas surfer sur Internet. Les lignes téléphoniques sont coupées, et nous n'avons pas de câbles ni de télévision par satellite, puisqu'une des exigences de l'hôtel était le retrait du monde. Le personnel allait avoir l'accès aux télévisions satellites, mais cela n'a pas encore été installé. C'est incroyable de voir à quel point nous sommes devenus dépendants de la technologie, n'est-ce pas ? Nous avons un radio émetteur qui est destiné aux urgences. Nous avons un effectif qui surveille les bandes de fréquence vingt-quatre heures sur vingt-quatre. Il y a des informations éparses de partout. Cela ressemble en grande partie à des rumeurs, malheureusement. Nous essayons d'élargir notre gamme.

— Avez-vous des notes sur ce que vous entendez ? demanda Parker.

— Bien sûr. Les registres sont détaillés et remplis quotidiennement. Je serais heureuse de vous les montrer. Et une fois que vous serez installés, si nous pouvons nous asseoir et écrire quelques notes sur vos expériences, ce sera grandement apprécié.

— D'accord. Savez-vous comment est la situation dans le monde ?

Elle soupira lourdement.

— J'ai bien peur que ce ne soit pas aussi positif d'après ce que nous avons entendu dire. Il y a des rumeurs qui disent qu'un groupe a revendiqué cette épidémie. Ils se font appeler les Zacharies. Dieu les a envoyés pour nettoyer la terre… vous savez, toutes ces absurdités de fin du monde et tout le reste. Mais comme je l'ai dit, cela n'a pas été confirmé.

Angela continua de marcher, les dirigeant vers un couloir décoré avec d'énormes aquarelles représentants des montagnes. Parker réfléchissait à toute allure. *Les Zacharies. Fantastique. Des fanatiques tarés avec de la biotechnologie étaient exactement ce dont le monde avait besoin.*

Angela sourit largement, changeant résolument de sujet.

— Et si vous pensiez que vous allez avoir de longues soirées ennuyeuses, nous avons des soirées film dans le foyer du personnel, qui est dans le sous-sol, comme je l'ai mentionné. Tout le monde est le bienvenu pour y assister. Nous avons une belle collection de Blu-ray.

Des soirées ennuyeuses semblaient fantastiques, justement.

— Un film serait une bonne idée, pas vrai ? dit Parker en donnant un coup de coude à Adam.

— Mmm, dit ce dernier en souriant faiblement. Je vous remercie. Nous apprécions votre hospitalité.

— Et je suis certaine que Steve vous l'a dit, nous croyons que le nombre fait la force. Nous voulons construire notre communauté ici pour pouvoir affronter les défis que le futur nous apportera. Les Pins a été fondé sur l'idée de la durabilité et du travail en équipe, déclara-t-elle, puis elle grimaça. Désolée pour le discours d'entreprise. Je veux dire, soyons honnêtes. Cet endroit a été conçu pour être le refuge des personnes pleines aux as. Mais je voulais assurer le travail d'équipe et lutter pour le même but. Ce but était de procurer à nos clients un service des plus discrets et des meilleurs qui soient. Mais à présent, c'est la survie.

— Je ne sais pas combien de temps nous allons rester, mais comptez sur nous pour vous aider pendant que nous sommes ici, dit Parker.

Angela sourit et ajusta ses lunettes.

— Excellent.

Elle les dirigea dans le couloir du second étage de l'aile ouest.

— Pour l'instant, vous êtes libres d'utiliser toute l'électricité et l'eau que vous voulez, dans la limite du raisonnable, bien entendu. Des quantités normales. J'ai une suite au troisième étage que vous allez adorer.

Elle ouvrit une porte qui conduisait à des escaliers à mi-chemin du couloir.

— Nous avons bloqué les ascenseurs puisque nous ne pouvons pas prendre le risque que quelqu'un soit coincé s'il y avait des problèmes d'électricité.

Au troisième étage, ils suivirent Angela au bout du couloir. Elle sortit une carte magnétique de sa poche et la glissa dans la porte. La lumière devint verte.

— Qu'arrivera-t-il aux portes quand il n'y aura plus d'électricité ?

— Elles ne pourront plus se verrouiller, excepté avec la chaîne de sécurité à l'intérieur des chambres. Nous espérons que ce ne sera pas un problème, répondit-elle, en ouvrant la porte. Et voilà. Quelqu'un va vous apporter votre petit-déjeuner sous peu. Ne vous attendez pas à vous faire dorloter, mais nous voulons accueillir chaleureusement nos nouveaux venus. Veuillez s'il vous plaît descendre pour le déjeuner plus tard, ou vous pouvez dormir et vous joindre à nous pour le dîner. Vous êtes libres de faire ce que vous voulez, vraiment. Chacun ici doit nettoyer sa propre chambre, et notre seule autre directive est de traiter tout le monde ici aux Pins avec respect et de vous rappeler la règle d'or. Je suppose que vous l'avez apprise pendant votre enfance.

— Absolument. Ne faites pas aux autres ce que vous ne voudriez pas que l'on vous fasse, etc. Ça m'a l'air génial. Pas vrai, Adam ?

Ce dernier hocha la tête.

— Merci, Angela.

— Oh, avez-vous un chargeur de téléphone ? demanda Parker.

— Oui. Vous pourrez passer à mon bureau plus tard et en prendre un. Mais aucun de nous n'a eu de réseau depuis des semaines.

— Je sais. Je veux juste savoir s'il marche toujours. Il a été mouillé.

— Eh bien, j'espère que vous resterez avec nous quelque temps.

Elle sourit chaleureusement et se tourna pour partir.

— Oh, il y a une autre règle : pas d'armes. Nous gardons tout sous clé dans mon bureau. Nous avons un système de sécurité complet et quatre postes de garde, en incluant l'entrée principale. S'il se passe quelque chose, nous aurons pleinement le temps de nous armer. Avec les enfants dans l'hôtel, nous nous sentons mal à l'aise que les occupants aient des armes dans leur chambre. Bien sûr, quand ou si vous partez, elles vous seront remises immédiatement.

— D'accord. J'imagine que c'est logique.

Parker regarda Adam, qui hocha la tête. Il détacha sa machette et la tendit à Angela avec le pistolet, et cette dernière les tint comme s'ils allaient la mordre.

— Merci, messieurs. J'espère vous voir plus tard.

Ils fermèrent la porte derrière elle, et Parker garda la voix basse.

— Qu'en est-il d'elle ? Elle semble gentille, mais que dit ton détecteur de mensonges ?

— Elle est honnête.

— OK, super.

Parker accrocha sa veste trempée et siffla.

— Regarde cette vue !

Les fenêtres étaient immenses, allant du sol au plafond, offrant une vue parfaite sur les sommets enneigés, et sur les kilomètres de forêts de pins aux couleurs brillantes d'orange et de rouge de l'automne.

— Et cette chambre est belle. Un lit double et un petit salon.

— Mmm.

Adam ne le regardait même pas, se contentant de fixer ses chaussures à la place.

Parker alluma les lampes de la salle de bain et tourna le robinet du lavabo encastré dans le comptoir en marbre. Il se lava les mains avec une savonnette crémeuse.

— Mec, c'est la plus grande douche que j'aie jamais vue de ma vie, plus une baignoire pour deux.

— N'as-tu pas grandi dans ce luxe ? Je pensais que ta famille était riche, dit Adam, en ne le regardant toujours pas.

— Il y a riche et il y a ça, répondit Parker en se tortillant, embarrassé. Nous avons passé la plus grande partie de nos vacances sur le voilier. Et je dois admettre qu'il était très grand et cher. Mais je peux toujours apprécier une belle chambre. Surtout compte tenu de nos hébergements, récemment. Et ce n'est pas comme si mon dortoir à Westley était luxueux. Je n'étais pas gâté *à ce point*. Je ne dis pas que je n'étais pas privilégié, mais…

Il arrêta de se justifier avant de devenir plus ridicule.

— Je n'ai rien voulu dire par là, dit Adam en se tournant vers la fenêtre.

— Très bien.

Alors, pourquoi tu l'as dit ?

Parker délaça ses baskets et les enleva.

— Tu sais, si tu veux ta propre chambre, tu aurais dû dire quelque chose.

Adam se tourna vers lui, les sourcils froncés.

— Pourquoi voudrais-je ma propre chambre ?

Sérieusement ?

— Tu m'as l'air un peu… peu importe, ce n'est rien. Tu es d'accord pour rester ici avec moi ?

Adam le regarda comme s'il était fou.

— Bien sûr, Parker.

Un léger coup à la porte empêcha Parker de répondre quoi que ce soit d'autre, ce qui était probablement une bonne chose. Il ouvrit la porte et trouva une fille et un garçon âgés de dix et peut-être douze ans. Le rouquin tenait un plateau rempli de plats, pendant que la petite brune tenait un plateau contenant une carafe de jus d'orange et deux verres glacés.

La fille sourit largement.

— Salut. Je suis Evie et c'est mon frère Jaden. J'espère que vous avez faim.

Parker leur sourit en retour.

— Salut, vous êtes mes deux nouveaux meilleurs amis. Est-ce du bacon que je sens ? Entrez, les enfants.

Gloussant, les enfants portèrent prudemment les deux plateaux sur une petite table de dîner, à côté des fenêtres.

— Allez-vous descendre plus tard ? demanda Jaden. Nous allons jouer au football dans la salle de bal à onze heures.

— Nous sommes un peu fatigués, mais nous allons essayer de venir. Merci pour le petit-déjeuner. Le type grand, sombre et menaçant là-bas, c'est Adam, et je suis Parker.

— C'est formidable d'avoir de nouvelles personnes, dit Jaden. Nous allons regarder *Avengers* ce soir, alors vous devriez vraiment venir.

— C'est si doux à entendre ! Croyez-moi quand je vous dis que je ne vais pas manquer ça, dit Parker en levant la main et claquant celles des enfants. On se voit plus tard.

— Oh, et nous sommes supposés vous dire de ramener votre linge, et vous pourrez utiliser les machines à laver.

— Je n'ai jamais dit ces mots de ma vie, mais faire ma lessive serait le paradis. Nous le ferons.

Les enfants agitèrent la main en direction d'Adam et Parker ferma la porte derrière eux.

— Des vêtements propres. Je parie qu'ils ont même de l'adoucissant. Et un film ! Ce sera amusant. C'est génial de faire quelque chose de normal pour une fois, pas vrai ?

— Mmm. Euh… oui, dit Adam en enlevant sa veste en cuir et en l'accrochant à une chaise.

Parker ravala une vague d'irritation et essaya de garder un ton léger.

— Qu'est-ce qui ne va pas avec toi ? Tout ça est génial, n'est-ce pas ? *Ne pouvons-nous pas profiter d'un peu de confort, maintenant ?*

Adam ne croisa pas son regard.

— Désolé. Je suis fatigué. Je vais faire ma toilette. Vas-y, toi, et mange.

— Tu es sûr ? Ça va refroidir.

— Ouais, ne m'attends pas.

Adam disparut dans la salle de bain et ferma la porte.

Parker entendit la douche. *Il est fatigué et stressé. Tout va bien. Nous allons bien.*

Le bacon était parfaitement cuisiné – juste assez croquant, mais toujours tendre – et les œufs brouillés et toasts beurrés fondirent dans sa bouche. Parker dévora le premier repas chaud qu'il n'avait pas mangé depuis des semaines et essaya de profiter de la vue. À la place, il s'inquiéta à propos d'Adam, disséquant chaque mot et chaque regard, se demandant ce qu'il avait fait de mal.

Chapitre 15

— *CECI EST le dernier rappel. Extinction des feux dans deux minutes, s'il vous plaît. Le dîner sera servi sous peu dans le foyer du personnel, suivi par un film. N'oubliez pas d'éteindre toutes les lampes qui se trouvent près des fenêtres.*

Quand la déclaration d'Angela fut terminée, Parker pressa le bouton des stores, des lattes en bois horizontales descendirent avec un murmure du haut des grandes fenêtres. Lorsqu'ils furent en place et fermés, ils bloquèrent les dernières lueurs du coucher de soleil. Il alluma sa lampe, balayant la pièce de son faisceau.

— Nous allons devoir prendre une de ces lampes quand nous partirons.

— Hmm.

Adam était étendu sur le lit, complètement habillé à part ses bottes et sa veste, ses chevilles croisées alors qu'il fixait le plafond. Il avait rasé sa barbe, ne laissant qu'un chaume léger. C'était délicieusement vaniteux qu'il ait fait l'effort de reprendre le look qu'il avait à Stanford. Parker voulait le taquiner à propos de ça, mais se mordit la langue. Parker avait rasé ses bouts de barbe, et c'était agréable d'avoir à nouveau un visage complètement doux.

Adam fronça les sourcils et se protégea les yeux avec sa main.

— C'est trop lumineux.

— Merde, désolé, dit Parker en s'asseyant à la table et en dirigeant le faisceau sur le sol. C'est un peu bizarre, pas vrai ? Cet endroit ? Je veux dire, c'est agréable… plus qu'agréable. Mais après ce que nous avons vu dehors, c'est comme… c'est bizarre. Des règles et des soirées films. Je suppose que ce n'est pas mal. Mais tu comprends ce que je veux dire ?

— Ouais.

Après un long moment, Adam ajouta :

— C'est surréel. Je pense que je me suis habitué à la manière dont nous vivions dehors, et tout ceci me donne l'impression… que nous jouons à la poupée.

— Exactement ! Mais le bacon est super, je dois le dire. Allons voir ce qu'il y a pour le dîner. Nous pouvons tout aussi bien avoir quelque chose de chaud. Nous allons partir demain, pas vrai ? Ou après demain ? Nous serons détendus et reposés.

— Mmm.

— Alors, prêt pour dîner ? Et *Avengers* ?

— Vas-y, toi.

La déception le traversa.

— Tu ne veux pas venir avec moi ?

— Je te rejoins plus tard. J'ai besoin d'un peu d'air frais.

— Oh, d'accord.

— Je ne veux pas que tu manques le début du film. Tu as attendu ça. Vas-y.

— D'accord.

Adam était clairement distrait et distant, mais Parker ne voulait pas être collant. Peut-être qu'Adam voulait juste un peu de temps pour lui-même. C'était raisonnable. Parker ne devrait pas être bouleversé à cause de ça.

— Je suppose que tu peux voir sans une lampe. Mais elles se trouvent dans le tiroir du bureau au cas où.

Il ouvrit la porte.

— À plus tard. Essaye d'être à temps pour la bataille de Bruce Hulk et la Veuve Noire. C'est la meilleure partie.

— Je le ferai.

Balançant la lampe torche, Parker se dirigea vers les escaliers qui menaient au sous-sol. C'était la première fois qu'il était séparé volontairement d'Adam depuis des semaines, ce qui était un sentiment étrange.

Une partie de lui voulait revenir sur ses pas et forcer son compagnon à parler. *Non. Donne-lui un peu d'espace.*

En bas, Parker pouvait entendre le bourdonnement des voix, et sentir quelque chose qui fit gronder son estomac. *Ne t'y habitue pas.*

— Non, mais je peux en profiter, marmonna-t-il dans sa barbe.

Le couloir du sous-sol était illuminé d'ampoules fluorescentes qui semblaient anormalement brillantes. La porte du foyer du personnel était ouverte prés des escaliers, et Parker y entra la tête timidement. Des douzaines de paires d'yeux se tournèrent vers lui, et il se déplaça d'un pied sur l'autre et leva la main.

— Salut.

— Parker ! cria Evie.

Elle recula sa chaise de l'une des nombreuses petites tables qui rappelaient à Parker des espaces de restauration. La pièce s'étendait au-delà du coin salle à manger, incluant des jeux vidéo, un ping-pong, des tables de jeu et un salon avec des canapés et une télévision grand écran. Après avoir dépassé quelques tables, Evie attrapa sa main.

— Viens rencontrer tout le monde !

Elle l'amena vers chaque table, récitant les noms et les relations dont Parker ne pourrait jamais s'en souvenir, même si Adam et lui ne partaient pas demain. Parker serra des mains et sourit sans cesse avant qu'Evie ne le dirige vers la porte battante de la cuisine. Un chef trapu dans la quarantaine se tenait prés d'un comptoir rempli de plats.

— Un nouveau ! Bienvenue aux Pins, dit-il. Je suis Mario Moretti.

— Parker Osborne. Ravi de vous connaître, se présenta Parker en tendant sa main.

L'homme hocha la tête brièvement.

— Je ne serre jamais les mains. Même avant toute cette histoire. Je ne veux transmettre aucune maladie à mes convives. Vous ne croirez jamais à quel point, c'est facile pour un simple rhume de faire des ravages.

Parker enfonça sa main dans sa poche.

— D'accord. C'est logique.

Il inspira profondément.

— Ça sent merveilleusement bon ici.

D'un geste théâtral, Mario enleva le couvercle des plats.

— De la viande de chevreuil grillée avec du risotto aux champignons sauvages et des courgettes grillées.

— Waouh. Evie, qu'allez-vous manger avec tes amis ? Parce que je suis certain de pouvoir manger tooooooouuuuuuut ça tout seul !

Elle gloussa.

— Laisse de la place pour le popcorn.

— Oh, mon Dieu, sérieusement ?

Il avait l'eau à la bouche.

— Oui, mon popcorn est très bon, dit Mario avec un sourire satisfait. Alors, un steak ou deux ?

Quand le plat de Parker fut rempli de nourriture fumante, il s'assit à une table avec Angela et un homme plus âgé et mince qui portait étrangement une blouse. Des mèches grises parsemaient ses cheveux noirs et des cernes violets ombraient ses yeux. Parker voulait juste dévorer son repas, mais il se força à être poli et serra des mains.

— Parker Osborne.

L'homme serra sa main d'une main ferme.

— Docteur Andrew Yamaguchi.

— Oh, êtes-vous apparentés ? demanda Parker en agitant sa fourchette entre Angela et le docteur avant de prendre une bouchée de risotto, gémissant bruyamment. Seigneur, c'est bon.

Angela sourit.

— Nous n'avons que le meilleur ici aux Pins. Et oui, Andrew est mon grand frère. Il est chercheur à l'Université de Denver au Centre de Conservation Génétique et Systématique à Rocky Mountain. Son assistant et lui ont eu la chance de s'échapper avec une grande partie de leurs équipements et matériels.

Andrew eut un petit rire vide.

— Et dire que j'étais inquiet concernant ma recherche sur le Lynx du Canada et sur la continuité de mon projet. Maintenant, c'est de la préservation de l'humanité dont nous devons nous inquiéter.

Ses lèvres s'étirèrent à moitié.

— Les lynx doivent se débrouiller seuls.

Parker coupa sa tendre viande de chevreuil.

— Les zombies ont mis les choses en perspective, ça, c'est sûr.

— Zombies ? répéta Andrew, sa voix s'élevant brusquement, attirant l'attention et le silence de toutes les personnes présentes dans la salle. Les sujets que j'ai vus étaient encore vivants, mais consumés par un virus inconnu qui se propage dans le sang par une morsure. Avez-vous croisé un infecté sans signes vitaux ?

— Euh…, fit Parker en regardant autour de lui, puis rougissant. Non. C'était juste… je ne voulais pas dire au sens littéral.

Angela posa une main sur le bras de son frère.

— C'était une façon de parler.

Andrew desserra son emprise de fer sur sa fourchette et la posa sur la table prés de son plat aux courgettes non consommées.

— Bien sûr. Mes excuses, Parker. C'est que je menais mes recherches sur le principe que les infectés étaient toujours vivants, et si ce n'est pas le cas, cela changerait en tout point.

— Je comprends. Alors, vous faites des recherches ? Ici ? Je me posais des questions sur la blouse que vous portez.

— Parfois, je pense qu'il y dort, remarqua Angela, ironiquement.

Andrew se mit à rire.

— Oui. Ce n'est pas… quel est le terme déjà ? À la mode. Nous avons installé un laboratoire de l'autre côté du sous-sol. Je peux au moins mettre mes connaissances à bon escient. Nous n'avons pu contacter personne au Centre de Contrôle des Maladies, ou aucun autre organisme réglementaire. La communication est devenue un énorme problème, maintenant. J'aurais aimé contacter mes collègues en Europe, mais cela s'avère difficile. Je sens que ma recherche pourrait être vitale.

— Waouh. Que faites-vous exactement ? Non que j'y comprenne grand-chose, je ne le pense pas.

Et que savez-vous sur la physiologie du loup-garou ?

Ses yeux fatigués s'illuminèrent et il s'expliqua en agitant les mains.

— J'utilise des méthodes génétiques moléculaires pour traiter les questions liées à la conservation. J'analyse l'ADN et étudie la Dynamique Démographique et la Viabilité, le Flux Génétique et la Diversité Génétique. Alors, maintenant, j'applique mes connaissances au plus grand problème de conservation auquel nous avons eu affaire. J'ai complété un stage en épidémiologie, et j'utilise ces principes pour…

— Le film commence dans dix minutes, annonça un homme bruyamment. Pouvez-vous lever la main pour ceux qui y participent afin de préparer assez de chaises ?

Parker leva consciencieusement la main.

Andrew essuya sa bouche avec une serviette en papier et la plia soigneusement.

— Je devrais retourner au travail.

— Pourquoi ne pas te détendre ? Je suis certaine que Neil a tout sous contrôle dans le laboratoire. Tu as besoin d'une pause, Drew, dit Angela, ses sourcils froncés.

Laissez l'homme faire son travail ! Pas de repos pour les braves.

Parker garda judicieusement la bouche fermée pour une fois.

— Ça va. Je suis venu dîner, n'est-ce pas ? Je vous verrai plus tard, dit le Dr Yamaguchi en souriant nerveusement et en hochant la tête en direction de Parker avant de partir.

Parker coupa un autre morceau de viande.

— Alors, vous avez tout un laboratoire en bas ? C'est génial.

— Il est strictement interdit ! aboya-t-elle presque.

Parker cilla.

— Bien entendu. Je n'étais pas… je ne voulais pas dire…

Son visage se détendit et elle afficha un sourire placide.

— Mes excuses. Comme vous pouvez l'imaginer, la recherche est très délicate et les équipements peuvent être dangereux dans de mauvaises mains. Avec les enfants que nous avons ici, nous devons nous assurer que personne ne se rende au laboratoire. Mais vous êtes un adulte et vous comprenez sûrement pourquoi.

C'était étrange d'être appelé un *adulte* par une personne de l'âge de ses parents. Il s'était senti en tout cas comme un enfant quand il était entré à l'université, mais ce Parker-là était parti maintenant. Il pensa rapidement à Jessica et Jason et repoussa son chagrin.

— Évidemment. Je ne m'en approcherais pas.

Le sourire d'Angela resta en place.

— Je vous remercie. Je dois vérifier les postes de garde. Profitez du film, Parker. Adam a-t-il faim ?

— Il sera là bientôt, j'en suis certain. La nourriture est incroyable. Merci encore pour votre hospitalité.

— Cela nous fait plaisir de vous avoir parmi nous. J'espère que vous resterez quelque temps.

— Je ne sais pas. Nous devons aller sur la Côte Est. Ma famille…

— Oui, je comprends. J'ai eu de la chance que mon frère soit venu ici. Nos parents sont morts il y a quelques années, et aucun de nous ne s'est marié. Mariés à notre travail, comme ils disent.

Elle se leva gracieusement et prit son assiette.

— Il y a des poubelles pour le nettoyage des assiettes et un panier à couvert près de l'évier dans la cuisine. À demain matin, Parker.

Une fois qu'il eut fini de déposer son assiette au-dessus des autres dans la cuisine, il se dirigea vers les canapés et s'assit entre Evie et Jaden sur l'épais tapis devant la télévision. Mario posa des canettes de soda sur une longue table près du mur et remplit des petits sachets avec du popcorn. La télévision faisait au moins cent soixante-dix centimètres, et son système audio était encastré dans les murs.

Alors que le Blu-ray commençait et qu'on baissait la lumière, Parker croisa les jambes et ouvrit le couvercle du soda avec un sourire. Il était temps de se couper de la réalité, du moins pendant deux heures.

ADAM N'ARRIVA PAS à temps pour la bataille entre Hulk et La Veuve Noire. Ni la bataille de New York. Il n'arriva même pas pour la fameuse scène du Shawarma à la fin du générique.

Alors que le groupe se dispersait, Parker resta dans le salon après le film pour débattre des mérites relatifs quant au Captain America contre Iron Man avec Evie et Jaden.

— Écoutez, Iron Man est super. Nous l'aimons tous. Mais le Captain est sous-estimé. Chris Evan est sexy.

Evie gloussa.

— C'est vrai ! As-tu vu *Sex List* ?

— Et *toi* ? demanda-t-il en frappant des mains. Il était presque nu dans ce film ! Tes parents savent-ils à propos de ça ?

Le sourire d'Evie disparut, et Jaden parla :

— Il n'y a que notre papa, maintenant, dit-il, calmement, hochant la tête vers l'homme pensif qui était assis dans un coin, le regard lointain.

Parker ne put se rappeler le nom de leur père, ce qui le fit culpabiliser encore plus.

— Oh. Je suis vraiment désolé pour votre mère.

Jaden serra l'épaule d'Evie.

— Ce n'est rien. Elle va essayer de venir ici aussi rapidement qu'elle le peut. Nous savons qu'elle va venir. Nous avons laissé un itinéraire. Notre oncle Paul travaille ici.

— Oh, cool. Ouais, je suis certain qu'elle sera là bientôt, dit Parker en essayant d'avoir l'air d'y croire vraiment.

Evie le regarda attentivement.

— Comment c'est dehors ? Nous n'avons pas vu grand-chose. Notre papa nous a dit de garder la tête baissée dans la voiture.

— C'est...

Parker essaya de penser à quelque chose qu'il pourrait dire, et qui ne serait pas un mensonge. Regardant leurs visages sérieux, il n'en fut pas capable.

— C'est effrayant. Comme le genre de films que vous n'êtes probablement pas autorisés à voir.

— Alors, t'avais peur quand tu es venu ici ? demanda Evie.

— Oh ouais. J'ai eu très peur.

— Pourquoi tu n'as pas trouvé un endroit où te cacher jusqu'à ce que les choses se règlent ? demanda Jaden.

Parce que j'ai bien peur que les choses ne se règlent jamais.

— J'ai pensé à ça. Mais je voulais vraiment trouver mes parents si je le peux, sinon je vais toujours me demander. C'est bizarre… mais tu t'y habitues. Très vite, en fait. C'est comme si… tu étais obligé. Tu n'as pas le choix. Tu dois faire avec et continuer ton chemin. Après un moment, la vie comme elle l'était semble bien lointaine.

Evie semblait réfléchir à ça. Puis elle demanda :

— Où est ton petit ami ? Il est cool.

— Il était fatigué.

Ah, et ce n'est pas mon petit ami. Pas vrai ? Nous couchions ensemble, mais maintenant, nous nous parlons à peine, et c'est stupide et bizarre et gênant et je déteste ça.

Il garda un ton neutre.

— Ouais, il est cool.

— Il a une moto géniale, dit Jaden. Tu penses qu'il voudra bien m'emmener faire un tour dans le parking ?

— Qui te dit que ce n'est pas la mienne ?

Evie lui lança le regard.

— Sérieusement ? Il a tout à fait le look d'un motard. Mais tu es cool aussi.

Parker prétendit être blessé.

— Tu penses que je suis Steve Rogers avant sa transformation, n'est-ce pas ?

— Nan. Tu es aussi bon que Bucky.

— Hé, Bucky devient un vrai dur à cuir, donc je vais m'en contenter.

— Je suppose que je serais Nick Fury. Je suis le seul gars noir ici, après tout.

Ils se tournèrent tous vers le jeune homme mince qui se tenait prés de la table des apéritifs. Il avait une blouse blanche posée sur son bras et son tee-shirt bleu usé portait le symbole des Transformers. Ses cheveux étaient rasés de prés.

Le visage d'Evie s'illumina.

— Salut, Neil ! Tu as manqué le film.

Neil prit un des sachets de popcorn laissés et engouffra une poignée.

— Ce n'est rien, mon cœur. Je vais me rattraper la prochaine fois.

Parker se mit debout et tendit la main.

— Je suis Parker. Tu es l'assistant du Dr Yamaguchi ?

— Désolé, je suis plein de beurre, s'excusa Neil en essuyant sa main sur sa blouse et en serrant la main de Parker. Et oui, c'est moi. Je travaille sur mon doctorat. Eh bien, je le faisais du moins. Maintenant, j'essaye de sauver l'humanité, apparemment.

— Aucune pression, hein ?

— Nan, pas du tout.

— Comment ça se passe en bas ? demanda Parker.

— Ça va, je pense. As-tu des connaissances scientifiques ?

— Pas même un peu. Je vais devenir un avocat. Je voulais dire, j'allais devenir. Peut-être que c'est toujours le cas ?

Il était conscient que les enfants écoutaient, le regardant lui et Neil attentivement. Il se demanda ce que leur père leur avait dit, et supposa que ce n'était pas grand-chose.

— Mais je suis sûr que tout va s'arranger.

Neil les regarda et sourit.

— Bien sûr. Alors, un avocat ? Pourquoi as-tu choisi cette vocation ?

— Je…

Parker essaya de penser à une réponse qui n'était pas *parce que je voulais que mon père soit fier de moi ou parce que c'était ce que j'étais supposé faire.*

— J'ai toujours voulu en devenir un. Depuis mon enfance.

C'était la vérité, bien qu'à présent, il ne savait pas vraiment pourquoi. Aurait-il été heureux de représenter de grandes entreprises comme son père et d'examiner des contrats pendant toute la journée ? Le monde aurait-il à nouveau besoin d'avocats ? La société sera-t-elle la même ? Il supposa qu'ils le découvriraient bien assez tôt. Mais de toute manière, Parker fut frappé par la conviction qu'il ne serait jamais avocat.

Neil prit un autre sachet de popcorn et l'enfouit sous son bras.

— Je vais voir si je peux me dégoter quelques restes. Ravi de t'avoir rencontré, Parker. Et vous, les canailles, soyez gentils, d'accord ?

— D'accord, répondirent Jaden et Evie à l'unisson.

— Les enfants. Il est temps d'aller au lit.

Leur père s'arrêta près du canapé avec un sourire tremblant alors que Neil disparaissait dans la cuisine.

— Parker, qu'allons-nous voir demain soir ? demanda Jaden. Que dis-tu de Spider-man ?

— Andrew Garfield ou Tobey Maguire ?

— Andrew Garfield, bien sûr, répondit Jaden.

— C'est parce qu'il a le béguin pour Emma Stone, murmura Evie.

— Hé, et qui ne l'aurait pas ? dit Parker. Elle est géniale.

— Alors, tu le regardes avec nous demain ? demanda Jaden.

— Je n'y manquerai pas.

Merde. Il se laissait emporter par la fantaisie des Pins, il devait se concentrer.

— Mais nous pourrions partir ensuite. Nous verrons.

Les sourcils du père des enfants se froncèrent.

— Partir ? Où ça ?

— Nous nous dirigeons vers Cape Cod. Ma famille est là-bas. Ma mère m'a laissé un message quand tout est parti en vrille. Nous avons une maison à Chatham, et ce sera peut-être calme là-bas.

Ça doit l'être.

— Je n'y compterais pas là-dessus, dit l'homme en regardant ses enfants avant de s'éclaircir la gorge. Prenez vos lampes. Et vous allez tous les deux utiliser du fil dentaire et vous brosser aussi les dents parce que vous avez mangé du popcorn. Pas de discussion.

Les enfants marmonnèrent quelque chose et suivirent leur père hors du salon. Parker prit une canette de coca pour Adam. Elle était à peine froide, mais il y avait probablement un seau à glace dans leur chambre. Il se demanda si Adam dormait. Il semblait y avoir beaucoup de choses dont ils devaient parler, et bien que Parker veuille tout régler entre eux, il avait peur aussi. *Et s'il est lassé de moi ?*

Dans le rez-de-chaussée, il éteignit sa lampe et se traça un chemin vers la salle à manger, gardant une main sur le mur pour se guider dans l'obscurité. Le clair de lune filtrant par les grandes fenêtres de la salle à manger lui montra bientôt la voie. Il parlerait à Adam… dans un petit moment.

Parker contourna quelques tables pour se diriger vers la baie vitrée et posa son front contre la surface douce et froide. La température avait baissé, et il enveloppa ses bras autour de sa taille. Angela avait dit qu'ils ne réchauffaient pas toutes les pièces puisque ce serait du gaspillage.

Un mouvement attira son attention et il se tendit immédiatement, tendant la main vers sa machette qui n'était pas là. Il plissa les yeux alors que deux hommes apparaissaient. Son estomac se serra.

Adam portait sa veste en cuir habituelle, et… quel était le nom de ce gars déjà ? Ramon ?

Ils s'étaient arrêtés sur un sentier et parlaient attentivement. Parker aurait voulu savoir lire sur les lèvres, bien qu'ils soient trop loin pour ça, et le clair de lune n'était pas assez fort pour combattre les ombres sur leur visage. Puis Ramon plaça sa main sur le bras d'Adam.

C'est Quoi Ce Bordel ?

Parker serra les poings alors que la jalousie le brûlait. Il savait que c'était stupide, parce qu'Adam ne serait jamais infidèle. Premièrement, parce qu'Adam ne le ferait jamais et deuxièmement, à cause de ce truc de Mary Typhoïde. Cependant, il voulait frapper la mâchoire carrée de Ramon pour oser toucher son petit ami.

Au lieu de cela, il monta les marches qui menaient à l'étage et tenta avec un grand effort de conserver une once de dignité. La canette de soda ballottait dans la poche de sa veste, et il résista à l'envie de la jeter à travers la pièce quand il retourna à la suite. Il chercha le maudit seau à glaces, parce que peut-être, il allait boire lui-même le soda. *Voilà. Ça lui apprendra.*

Pas de seau à glace.

Il prit un verre dans la salle de bain et secoua violemment la lampe de poche. Quand la lumière s'alluma, il chercha la machine à glaces dans le couloir ou un signe qui pourrait l'aider à en trouver une.

Pas de machine à glaces.

Alors que Parker retournait dans sa suite, sa lampe éclaira une paire de tongs et des orteils manucurés. Il glapit, le verre tombant de sa main et atterrissant avec un solide *thud* sur l'épaisse moquette.

— Que faites-vous ici ? demanda Angela.

Elle portait un peignoir en éponge d'un vert foncé avec le nom *Les Pins* brodé délicatement au niveau de la poitrine.

— Je cherche la machine à glaces. J'ai presque eu une crise cardiaque, pour info, répondit-il en se penchant pour ramasser le verre sur le sol, qui ne s'était remarquablement pas brisé. Ai-je loupé la machine ?

— Elle est dans la cuisine. Aux Pins, les invités appellent les cuisines pour demander des glaçons et nous leur amenons.

C'était perturbant quand elle parlait des services de l'hôtel au présent.

— Oh. Désolé, je n'y avais pas pensé. Je suppose qu'Adam peut juste avoir un soda chaud.

— Nous nous verrons pour le petit-déjeuner, Parker.

— Bonne nuit.

Il se précipita vers sa suite et tint la lampe de poche dans sa bouche pour pouvoir glisser la carte magnétique. À l'intérieur, il posa le soda et le verre sur la table. Le rayon lumineux passa sur un rectangle noir brillant sur la surface polie du bois, et le cœur de Parker rata un battement. Il avait presque oublié.

Avec des mains tremblantes, il alluma son téléphone. *Il s'est probablement court-circuité dans la piscine, il y a des semaines de toute manière.* Mais quelques instants plus tard, la pomme blanche apparut. Parker retint son souffle tandis qu'il attendait que l'écran se déverrouille. Alors que les eaux bleues et étonnantes de Cape Cod apparaissaient, des larmes brûlèrent ses yeux. Il n'y avait aucune notification, mais il tapa son code quand même.

Bien entendu, la compagnie du téléphone devait être opérationnelle et avoir de l'électricité pour pouvoir entendre ses messages vocaux ou taper des textos. Il savait qu'il n'y aurait rien qui l'attendrait, mais la déception le fit trembler quand même, sa gorge se serrant douloureusement. *Ne pleure pas. Ne le fais pas.* L'écran clignota, sûrement une séquelle de sa plongée dans la piscine, mais le téléphone semblait toujours assez bien marcher.

C'était réconfortant de voir ses icônes à nouveau, et de parcourir ses photos. Il regarda les dernières qu'il avait prises de Jason et de Jessica… tous les trois riant, la bouche ouverte, et prenant des selfies ridicules en tirant la langue sur le pont du bateau de ses parents. C'était juste avant le début des cours et avant qu'ils prennent des chemins différents. Cela faisait-il seulement quelques mois ?

Parker éteignit son téléphone. Ce n'était pas bon pour lui. Il était tenté de prendre une autre douche, mais il se contenta de se brosser les dents et de se déshabiller, ne laissant que son boxer avant de grimper sur le côté gauche du grand lit. Il se demandait quel côté Adam aimait prendre habituellement. Ils avaient souvent dormi enlacés avec Parker sur le côté gauche, et c'était devenu une habitude.

Bien sûr, maintenant, c'était juste Parker seul dans le grand lit.

— Je devrais dormir en plein milieu du lit pour l'embêter.

Sa poitrine se serra quand il imagina Adam avec Ramon sous le clair de lune, leurs têtes penchées l'une vers l'autre. De quoi discutait-il avec Ramon ? Parker savait qu'il n'y aurait aucune réponse jusqu'à ce qu'il parle à Adam, mais cela n'empêcha pas la question de tourbillonner sans fin dans sa tête.

LA DOUCE LUEUR verte de l'horloge numérique indiquait qu'il était minuit passé quand Parker ouvrit péniblement les yeux. Il ne savait pas à quelle heure exactement il avait sombré dans le sommeil. Il tendit la main vers l'autre côté du lit… mais son instinct lui dit qu'il y avait quelqu'un d'autre dans la pièce, respirant lourdement. Son cœur rata un battement alors qu'il plissait les yeux dans l'obscurité qui entourait le lit.

— C'est moi, dit Adam calmement.

Il avait l'impression qu'il était peut-être assis dans l'une des chaises prés des fenêtres couvertes. Peut-être qu'il faisait ce truc de méditation.

Il y avait un million de questions que Parker voulait poser, mais à la place, il tendit juste la main.

— Viens te coucher ?

— Bientôt.

Parker roula sur lui-même et ferma les yeux en se mettant en boule. Le duvet de plumes était merveilleusement chaud, mais il frissonna quand même. Il était presque endormi quand il sentit Adam lui caresser les cheveux. Le contact était à peine un effleurement, mais il était là.

Chapitre 16

— NOM D'UN chien !

— Quoi ? lança Adam de la salle de bain ouverte, la voix tendue.

Parker cligna des yeux puis les frotta alors que les stores en bois remontaient, se repliant au plafond. Non. Elle était toujours là.

— De la neige.

Il portait uniquement son boxer, et il frissonna même s'il faisait chaud à l'intérieur.

Adam fut à ses côtés, nettoyant la mousse à raser sur une partie de son visage. Il portait déjà sa chemise bordeaux sans col quand Parker s'était réveillé, et celui-ci n'était même pas sûr que son compagnon ait dormi ou pas.

Adam regarda aussi.

— De la neige, répéta-t-il.

Et beaucoup de neige. Elle couvrait le sol d'au moins trente centimètres, et des flocons continuaient à tomber. Le monde était devenu complètement blanc, les sommets des montagnes brumeux au loin.

— Je suppose que nous devrons attendre jusqu'à ce que ça s'arrête avant de partir.

— Parker, nous devons attendre jusqu'à ce qu'elle fonde.

Son cœur bondit.

— Et si ça dure jusqu'au printemps ? Je sais que nous ne sommes qu'en octobre, mais nous sommes aussi dans les montagnes. Peut-être même que c'est le début de l'hiver. Non, je suis certain que nous pourrons y aller quand…

— Les routes ne vont pas être dégagées ni salées.

— Merde, dit Parker en tapant son front contre la vitre. Merde, merde, merde.

— Ça va aller. Je suis sûr que ça va fondre bientôt. Il est encore tôt pour l'hiver. Même ici. Nous trouverons une solution, dit-il en regardant la pelouse enneigée.

Parker suivit son regard et il eut l'impression que du plomb était tombé sur son estomac. Il y avait Ramon qui jouait à une bataille de boules de neige. Les enfants semblaient crier de joie et rire, mais la fenêtre était complètement insonorisée. Cet idiot de Ramon avec sa mâchoire carrée et ses larges épaules bondit derrière un igloo à moitié construit, l'un des enfants se jetant sur lui tandis qu'Adam regardait attentivement.

Sois mature. Ne panique pas. Tu es un adulte, maintenant, rappelle-toi ? Alors Adam était apparemment intéressé par Ramon. C'était naturel, n'est-ce pas ? Après tout, Parker et lui avaient fini ensemble à cause des circonstances. *Ce n'est pas comme s'il avait eu d'autres options. J'étais le seul gars disponible. Maintenant, j'ai de la compétition.*

Parker ne savait pas s'il devait cogner quelque chose ou retourner dormir. Il s'éclaircit la gorge.

— Je suppose que nous verrons bien comment ça va se passer demain.

Le regard d'Adam était toujours rivé sur Ramon.

— Ouais. Exactement, répondit-il.

— Et ensuite, j'ai pensé que nous pourrions assassiner l'un des enfants et le manger pour le déjeuner. Cette chair tendre devrait bien griller. Ça va être succulent avec le risotto d'hier.

— Hmm. Oui, bien sûr.

— Oh, pour l'amour du ciel ! explosa enfin Parker, se détournant de son compagnon. Pourquoi ne vas-tu pas partager ta chambre avec ton nouveau pote ?

Les sourcils froncés, Adam se détourna de la fenêtre.

— Quoi ?

— Ramon est apparemment sexy. Tu me regardes à peine, mais lui, tu le reluques. J'ai compris. Message reçu.

— Parker, tu es ridicule, dit Adam en secouant la tête d'un air fatigué.

— Non, je ne le suis pas ! Tu ne me touches même pas, et je suis… je suis…

Il voulait crier sa frustration.

— Écoute, je sais que tu es excité, mais…

— Excité ? *Excité ?* C'est une blague ou quoi ?

Adam leva les mains en signe de reddition.

— Es-tu en train de me dire que tu n'es pas excité ?

— Bien sûr que je le suis ! Mais ce n'est pas le foutu problème ! Mais très bien, bien sûr. Je suis excité. Eh bien, je suppose que je vais me masturber, et que ça va tout résoudre.

Il se précipita vers la salle de bain et prit le tube de vaseline dans la corbeille où se trouvaient toutes sortes de lotions et autres joyeusetés qu'un invité voudrait avoir. Quand il ressortit, Adam faisait face à la fenêtre à nouveau, ce qui fit bouillir de rage Parker alors qu'il enlevait son boxer et le jetait à travers la pièce.

— Écoute, je…, commença Adam avant de s'interrompre.

Il se raidit, son souffle semblant être bloqué dans sa gorge.

Le regard fixé sur celui d'Adam, Parker s'étendit sur le lit au-dessus de la couette. Écartant les jambes largement, il plia les genoux, les pieds à plat sur le matelas.

— Parker…, souffla Adam, la voix rauque.

Il ouvrit le tube et pressa une bonne dose dans sa paume avant d'en badigeonner son membre en de longues caresses. Alors que tout son sang se dirigeait vers son sexe, il se taquina les tétons avec ses autres doigts, les pinçant et les caressant.

Il ne s'était jamais exposé ainsi devant quelqu'un qui le regardait seulement, et *bon sang*, cela le rendait si dur. Son cœur battait la chamade, et son excitation bourdonnait à travers lui, se mélangeant à sa colère. Il cligna à peine des yeux, ces derniers toujours fixés sur ceux d'Adam alors que celui-ci le regardait, les lèvres entrouvertes, son torse s'élevant et s'abaissant rapidement.

Parker prit à nouveau le lubrifiant et en pressa un peu plus sur sa paume. Alors qu'il caressait son membre avec sa main droite, il écarta ses jambes plus largement et releva les hanches afin qu'il puisse pénétrer son entrée avec son doigt. Au début, il taquina juste le bord, ne faisant que le tour.

— Parker, grinça Adam.

Gémissant sans honte, Parker pénétra son entrée durement, celle-ci se serrant sur son doigt.

Les yeux scintillants, Adam *grogna* et s'avança vers le lit, relevant les manches de sa chemise. Il s'agenouilla entre les jambes de Parker dans le grand lit et repoussa les mains de son amant, les remplaçant avec les siennes. Parker haleta pendant qu'Adam le pénétrait de ses doigts à un rythme saccadé, tout d'abord avec un seul, puis deux doigts, semblant trouver son point sensible, comme un aimant attiré par le métal.

— Oui, grogna Parker.

Il était étalé sur le matelas sans vergogne, allongé complètement nu. Tout son corps vibrait, et il pleurnichait presque. Utilisant plus de lubrifiant, Adam enfonça un troisième doigt, étirant Parker impitoyablement.

— Tu aimes ça ?

Il gémit.

— Tu sais que oui.

— Tu adores ça, dit Adam, ses yeux flamboyants. Tu en veux plus ?

Parker hocha la tête frénétiquement.

— J'aurais voulu que ce soit ta queue.

Cela brûla beaucoup quand Adam ajouta un quatrième doigt, et Parker attira ses genoux à sa poitrine, haletant.

— Ne t'arrête pas.

Il suppliait pour le soulagement quand il jouit avec quatre doigts dans son cul et l'autre main d'Adam autour de sa queue, le caressant pendant son apogée. Il éjacula sur son ventre, et son torse et eut à peine le temps de reprendre son souffle avant qu'Adam ne lèche sa jouissance, ses doigts toujours enfoncés à l'intérieur de Parker.

Le souffle d'Adam était chaud sur le ventre de Parker alors qu'il léchait presque désespérément, balayant sa langue pour capturer chaque goutte. Il posa ensuite la tête sur son estomac et y pressa de petits baisers, et Parker laissa tomber ses jambes sur le lit. Quand Adam enleva ses doigts, il se sentit insupportablement vide à nouveau. Il agrippa l'épaule de son amant.

— Ne t'enfuis pas, dit Parker en déglutissant difficilement. Ne me laisse pas. S'il te plaît.

Ils respiraient tous les deux difficilement, et Adam s'affaissa, sa tête posée sur le ventre de Parker et ses jambes pendant à l'extrémité du lit.

— Parker…

— C'est plus que du sexe. Tu le sais, n'est-ce pas ? C'est ce que tu me fais ressentir quand tu me touches. Quand tu me regardes comme si j'avais de l'importance. Quand tu me fais rire. Quand je me réveille en pleine nuit et je sais que je suis en sécurité parce que je suis dans tes bras. Quand nous avons une stupide dispute, mais ensuite ça n'a plus d'importance parce que tu m'embrasses comme si tu pouvais le faire pendant toute la journée.

Il inspira un bon coup.

— Adam, je meurs d'envie de t'embrasser à nouveau, murmura-t-il.

Adam agrippa la taille de Parker, frottant son visage contre son ventre.

— Tu penses que je ne le veux pas ?

— Je ne sais plus ce que tu penses. Tu ne me regardes plus. Tu es là, mais tu te caches. Je me sens seul.

Adam posa des baisers sur la peau de Parker.

— Je suis désolé. Je suis désolé, murmura-t-il.

— Me désires-tu toujours ? souffla Parker.

Se relevant, Adam s'assit sur ses talons et croisa le regard de son amant.

— Toujours.

— Alors, si je ne peux pas te toucher, laisse-moi te voir. Arrête de te cacher.

Avec un souffle tremblant, Adam baissa son jean pour sortir son membre. Il était déjà fuyant et d'un rouge sombre. Il se caressa, haletant doucement, les yeux posés sur Parker. C'était douloureusement intime dans le silence de la pièce, et le reste du monde disparut. Il n'y avait qu'eux deux maintenant, dans l'instant présent alors qu'Adam se donnait du plaisir, vulnérable et ouvert.

Quand il jouit sur sa main, rejetant la tête en arrière avec un petit cri, il était *magnifique*.

Parker repoussa ses larmes en clignant des yeux et avant qu'Adam ne se referme sur lui-même, il s'assit et l'attira dans ses bras, rapprochant la tête d'Adam contre son torse et l'enveloppant de ses jambes.

— Merci, murmura-t-il, caressant les cheveux épais d'Adam.

— Parker, je te veux tellement que je ne peux pas… j'ai peur de ne pas pouvoir arrêter. Si je me laisse toucher et être proche de toi, je vais perdre le contrôle. Je voulais te mettre sur le dos et m'enfoncer en toi, mais je ne peux pas. Nous ne pouvons pas. Pas si cela voulait dire te transmettre le virus.

Parker grogna.

— D'accord, alors premièrement ? C'est un sacré visuel que tu me donnes là. Deuxièmement, nous devons vraiment comprendre l'origine de cette infection parce que je voulais que ça arrive. Hier, déjà.

Avec un vrai sourire éclairant tout son visage, Adam se releva et s'appuya sur son coude, son autre paume chaude et solide sur la poitrine de Parker.

— Tu me fais toujours rire. Même à propos de ça.

— C'est mon super pouvoir, je pense. Hé, peut-être que nous pouvons demander au frère scientifique d'Angela pour savoir comment l'infection marche. Il a déjà un laboratoire dans le sous-sol et tout l'équipement nécessaire, et il s'y connaît en épidémiologie.

Il traça le nez puis la bouche de son doigt.

— Ou son assistant Neil, continua Parker. Il semble sympa. Je pourrais lui poser quelques questions. Essayer d'être décontracté.

— Ramon pourrait aider aussi.

Parker redevint tendu comme un arc.

— Comment diable *Ramon* pourrait-il nous aider ?

Il prononça le nom de l'homme comme si c'était une souche d'une diarrhée particulièrement virulente.

Avec un soupir, Adam se frotta le visage.

— Parker, ce n'est pas ce que tu penses.

— Alors, qu'est-ce que c'est ? Parce que je vous ai vus ensemble dehors pendant votre petite discussion privée, et…

— Ramon est un loup-garou, déclara calmement Adam.

— En plus, je…

Parker cilla et s'interrompit.

— Attends, quoi ?

Adam haussa les sourcils.

— Ramon Est Un Loup-garou.

Parker ouvrit la bouche et la ferma.

— Tu te moques de moi ?

— Oui, Parker. Je me moque de toi. C'est précisément ce que je suis en train de faire.

Il se redressa et baissa son regard incrédule sur Adam.

— Pourquoi tu ne me l'as pas dit ?

Adam s'assit aussi.

— J'allais le faire. Aujourd'hui. J'avais juste besoin de temps pour digérer ça. C'est beaucoup à encaisser.

Il prit une profonde inspiration, et Parker attendit qu'il en dise plus.

— Je n'ai jamais rencontré quelqu'un comme moi, auparavant. Je suppose que je voulais lui parler d'abord et m'assurer que j'avais raison. M'assurer qu'il n'était pas dangereux. Je ne savais pas quoi penser.

— Es-tu sûr que c'est un loup-garou ? Comment le sais-tu ?

— J'ai pu le sentir immédiatement. Il y a cette odeur. Un sentiment. Je ne peux pas l'expliquer. Mais il le savait aussi.

— Et tu lui as parlé, alors il te l'a confirmé ? Est-il le seul ici ?

Adam hocha la tête.

— Il a une sœur en Floride et des parents à San Diego. Il est venu ici pour diriger les programmes extérieurs. L'escalade et ce genre de choses. Il a reçu un texto de sa sœur quand l'infection a commencé, disant qu'elle allait bientôt le rejoindre ici.

— Lui as-tu dit que tu avais été mordu par un monstre ? Que vous êtes immunisés ?

— Pas encore, répondit Adam. Mais peut-être que ça peut aider. Il sait plus de choses que moi sur le fait d'être un loup.

— C'est cool, pas vrai ? Hé, sait-il comment se transformer en un vrai loup ? demanda Parker.

— Apparemment, dit Adam en haussant les épaules, mais les lignes de sa bouche révélèrent sa tension. Il dit qu'il peut me montrer, mais pas avant que le bon moment se présente. Peu importe ce que cela veut dire. Je pense qu'il est méfiant. C'est compréhensible… il ne me connaît même pas.

— Oui. Eh bien, tu peux apprendre à le connaître, de toute évidence. Du moins, un peu.

Une pensée horrible traversa l'esprit de Parker, et il se sentit soudain malade.

— Parker ? demanda Adam en fronçant les sourcils.

— Je viens juste de me rendre compte que Ramon et toi n'avez pas à vous inquiéter d'infecter l'autre. Donc, tu pourrais… si tu le voulais.

Adam haussa un sourcil.

— Nous pouvons quoi ? Coucher ensemble ? Hmm. Tu sais, c'est une bonne idée. Je vais faire ça. Pas sûr qu'il soit gay, mais je parie que je peux le convaincre. Peux-tu me prendre un petit pain au petit-déjeuner ? J'aurais sûrement faim après.

L'oreiller que lui lança Parker fit un bruit agréable en frappant Adam.

— D'accord, d'accord, dit-il en riant. Mais le gars est sexy et tu es coincé avec moi et tu as ce lien mystique avec lui.

Adam remit les cheveux de son amant en ordre. Il sourit.

— Nous sommes coincés avec l'autre, rappelle-toi ? Parker, tu es le seul que je veux.

— Même si…

— Même si *tout*. D'accord ? déclara Adam en le regardant sérieusement. Tu es le seul que je veux.

C'était agréable à entendre.

— OK, répondit Parker en s'appuyant sur ses propres coudes. Ça doit être bizarre, le fait de le rencontrer. Mais agréable ? Surtout s'il peut te dire des choses.

— Ouais. J'ai une tonne de questions, et il dit qu'il est heureux de m'aider.

— J'en suis sûr. Arrête juste de le reluquer, d'accord ? Ou peu importe comment tu appelles ce truc de regard intense.

Adam rit, et il sembla un peu plus détendu.

— Marché conclu.

En un mouvement gracieux, il roula hors du lit et se remit sur ses pieds. Il enleva son jean et son sous-vêtement et se dirigea vers la salle de bain. Le robinet s'alluma.

— Que veux-tu faire aujourd'hui ? Juste toi et moi.

Parker étira ses membres et bailla.

— Que penses-tu d'une sieste ?

— Et que dirais-tu si j'allais nous chercher le petit-déjeuner ?

— Mmm, petit-déjeuner au lit ? Oui, s'il te plaît. Entre-temps, je reste allongé ici. Nu. En pensant à toi.

— Je vais voir s'il y a des raisins que je peux éplucher pour toi.

— J'aime la manière dont tu réfléchis, dit Parker en souriant alors qu'Adam s'habillait et sortait de la pièce.

Il ferma les yeux et s'étira sur les draps doux, se sentant bien mieux depuis que tout s'était écroulé au Desert Motel.

Il entendit la porte se fermer quelque temps plus tard, mais n'ouvrit pas les yeux. Il écouta le tintement des assiettes et couverts et inspira la délicieuse odeur de…

— Est-ce des saucisses que je sens ? Et quelque chose de plus doux. Des Pancakes ? Non… du pain grillé. Je me trompe ?

— Mmm-hmm.

Parker ouvrit ses yeux, découvrant Adam qui le filmait avec une petite caméra argentée.

— Que fais-tu ?

Il se mit à rire, mais ne tenta pas de cacher sa nudité.

— Où as-tu trouvé ça ?

— Angela. Elle a une boîte remplie de caméras, alors j'en ai pris quelques-unes. Des batteries supplémentaires aussi. C'est la nouvelle caméra HD de Samsung. Plus petite qu'un Smartphone avec plusieurs téraoctets de mémoire et une batterie qui dure une année. Elle n'est même pas sur le marché. Elle a eu des échantillons pour ses clients riches et célèbres.

Adam était positivement rayonnant, et Parker en aimait chaque seconde.

— Quel était le sujet de ta thèse ? Un documentaire à quel sujet ?

— Fonder des familles. Les relations que les gens peuvent créer avec les liens du sang, répondit Adam en éteignant la caméra et en riant timidement. Je sais. Pas besoin d'être Freud pour disséquer ça. Viens. Ça va refroidir.

Parker voulait dire quelque chose de profond ou de réconfortant. Au lieu de ça, il déclara :

— Nous pouvons manger à table. Je ne veux pas de sirop sur les draps. Je préfère les rendre collants avec d'autres substances.

Il sortit du lit et remit son boxer et un tee-shirt avant de s'asseoir à la table prés des fenêtres.

— As-tu déjà fait des recherches ? Pour ton film ?

— Un peu. Principalement sur des techniques de confession… plus les angles de prise de vue et ce genre de choses. Ce n'est pas intéressant.

— Raconte-moi.

Alors Adam le fit, et Parker versa plus de sirop d'érable sur les pancakes dans son assiette et écouta, laissant un bien-être total l'envahir tandis que la neige tombait dehors.

Chapitre 17

— PARKER ! lança Evie en approchant de la table dans la salle à manger principale, portant un anorak un peu trop grand pour elle et des cache-oreilles. Tu viens avec nous ? Il y a une chouette colline derrière le parking Ouest. La neige commence à tomber. J'aurais voulu demander à Neil aussi, mais je sais qu'il dira non.

Neil haussa les épaules.

— Désolé, petite demoiselle. Le devoir m'appelle. Je me suis absenté vingt minutes déjà.

— Le Dr Yamaguchi te tue au travail, hein ? demanda Parker.

— Nan. Je veux le faire. De ce qu'on sait, ce sera peut-être inutile, mais nous devons essayer.

Parker adressa à Evie un sourire.

— Je ne suis pas un fan de luge, mais amusez-vous.

Un mensonge complet… il *adorait* faire de la luge, mais il devait parler à Neil en privé.

— La neige est en train de fondre, hein ? demanda-t-il à Evie.

Cela faisait deux jours depuis le blizzard, et aussi luxueux que soit Les Pins, il devenait impatient.

— Ouep, répondit Evie. Ramon dit que nous devons en profiter tant que nous le pouvons.

Quand on parlait du loup, l'homme lui-même apparut et se dirigea vers eux.

Avec un effort, Parker sourit. *Ne sois pas un connard. Ce n'est pas la faute de Ramon s'il a un lien avec Adam.*

— Salut. J'ai entendu dire que vous alliez dévaler les pentes.

— En effet. Tu es le bienvenu pour te joindre à nous, dit Ramon.

Il portait un blouson de ski rouge et un serre-tête qui aurait dû le rendre ridicule, mais au contraire, il le transformait en sportif élégant.

— Adam va nous accompagner.

— Oh, cool.

Ce que je veux dire, c'est que ce n'est pas cool du tout, parce que je suis toujours irrationnellement jaloux même si tu peux l'aider.

— Ça ira. Amusez-vous !

Parker s'assura d'avoir l'air enthousiaste pour eux. Il agita la main en direction d'Evie alors qu'elle s'éloignait avec Ramon.

— Alors, qu'est-ce qui vient juste de se passer ? demanda Neil.

Parker joua avec un tortellini avec sa fourchette.

— Quoi ?

Neil ricana.

— C'était convainquant.

— D'accord, d'accord. Ce type m'agace. Je n'ai pas de raison.

— D'accord. Plein de gens m'agacent aussi.

— Alors, tu disais ? À propos du virus ? Tu ne penses pas que ce soit possible pour quelqu'un de le porter et d'être asymptomatique ?

Parker avait essayé de parler à Neil en privé depuis deux jours, mais c'était la première fois qu'il le voyait. Il avait essayé d'approcher nonchalamment le laboratoire après s'être éclipsé d'une soirée film, la nuit dernière, mais Angela l'avait aperçu et l'avait vivement renvoyé.

— C'est peu probable, répondit Neil en avalant un morceau de pain à l'ail. Ce truc est un monstre. Tu devrais voir la manière dont il attaque les cellules. C'est un rouleau compresseur.

— Comment le sais-tu ? Avez-vous des virus actifs dans le laboratoire ? Comme des échantillons ?

Neil se concentra sur son assiette et prit une autre bouchée.

— Oui. Nous avons des échantillons.

— Hum. Je pensais que les monstres n'étaient jamais parvenus jusqu'ici ? Comment avez-vous eu les cellules ou le sang ou n'importe quoi d'eux ?

— Je ne sais pas. Ce n'est pas mon département. Mec, le Chef est incroyable, hein ? Attends de goûter à son gâteau au chocolat. Il appelle le chocolat par un nom français chic… Ganache, je crois. Mais c'est pratiquement un gâteau. Trop bon.

Parker sourit.

— Je suis impatient d'y goûter.

Visiblement, Neil mentait… Parker n'avait pas besoin d'entendre ses battements de cœur pour comprendre ça. Mais ce n'était pas comme s'il avait l'habitude de se lier d'amitié avec des scientifiques. Il s'éclaircit la gorge.

— Hé, peux-tu prendre le sang de quelqu'un et le tester pour voir s'il est infecté ? Pour voir s'il est porteur du virus ?

Neil avala ses macaronis.

— Bien sûr. Cela ne prendrait pas longtemps. Es-tu inquiet à propos de toi ?

— Non, c'est Adam. Il a été griffé il y a quelques semaines. Ce n'était rien, mais il est vraiment devenu paranoïaque depuis, car il a peur à cause de Mary Typhoïde ou quelque chose comme ça. Il a peur de me le transmettre si nous nous embrassons. Et honnêtement, j'ai vraiment besoin de baiser. C'est assez stressant de nos jours sans ajouter les boules bleues.

C'était en partie la vérité.

Neil se mit à rire.

— Je comprends, mec, je comprends. Pas de problème. Je passerai par votre chambre avant l'extinction des feux pour prendre un échantillon. Je n'ai besoin que d'une goutte.

Il se pencha vers Parker.

— Ne le dis à personne. Surtout pas au Dr Yamaguchi. Il devient vraiment obsédé, ces jours-ci. Il dort pratiquement dans le laboratoire et à chaque fois que je pars, il me fait culpabiliser. Je veux dire, nous ne sommes pas de taille. Mais il est convaincu qu'il peut vaincre cette chose.

— Hé, peut-être que tu te sous-estimes. Merci de m'aider. Ce serait génial de nous rassurer.

Neil but le reste de son verre d'eau.

— Pas de problème. Je dois y aller.

Parker finissait juste son déjeuner quand Ramon apparut à sa table, son blouson rouge ouvert et son serre-tête enroulé autour de son poignet.

Parker déglutit.

— Euh, salut. Je pensais que vous faisiez de la luge ?

— L'un des enfants est tombé. Juste une bosse sur la tête, mais j'ai préféré le ramener, répondit Ramon en tirant la chaise qui faisait face à Parker et en s'y laissant tomber.

Génial.

— Désolé d'entendre ça.

Ramon sourit d'un air détendu, ses dents blanches très droites apparaissant entre ses lèvres pulpeuses.

— Pas de souci. Mieux vaut prévenir que guérir. Bref, je voulais juste te saluer. Nous n'avons pas vraiment eu l'occasion de parler.

— Oh. Ouais.

Parker essaya de penser à quelque chose à dire. Il fit un geste envers la salle à manger et déclara :

— Cet endroit est génial, hein ? Cela aurait été un complexe magnifique.

— Et maintenant, c'est une grande maison pour nous tous.

— Ouais. J'espère que les monstres ne s'aventureront pas dans les montagnes et que vous resterez sains et saufs.

— Tu peux être sain et sauf aussi. Tu fais déjà partie de la communauté. Evie et Jaden ne disent que du bien de toi.

Parker se mit à rire.

— Ils sont adorables. Mais nous devons y aller maintenant que la neige a fondu. Probablement demain.

— Pourquoi ? demanda Ramon en levant les mains. Désolé si je me montre indiscret. Je suppose que je ne comprends pas pourquoi vous prendriez le risque. Surtout qu'Adam veut rester.

Euh, excuse-moi ?

— Je dois trouver ma famille. Ou essayer du moins, répondit Parker.

— Mec, je comprends totalement. Je suis très inquiet à propos de ma famille et de mes amis. Mais me faire tuer là dehors ne va pas les aider.

Il baissa la voix et se pencha vers lui.

— Parker, je peux compter sur les doigts de mains le nombre de fois où j'ai croisé des personnes de mon espèce. Adam m'a dit que sa famille était morte quand il était enfant. La plus grande partie de sa vie, il a vécu sans meute. Tu ne peux pas imaginer ce que ça fait. La douleur et la solitude… c'est viscéral. Ça l'est pour les humains aussi, mais pour nous, c'est pire. J'ai obtenu du travail pour ma sœur et mes cousins ici afin que nous puissions rester ensemble. Ils étaient supposés commencer cette semaine, et j'ai la certitude qu'ils vont y parvenir. Le nombre fait la force. Dans une communauté. Dans une *meute*. Adam peut en faire partie. Toi aussi.

Regardant le visage ouvert et rayonnant de Ramon, Parker admit que l'homme avait de bons points.

— Ça vaut le coup d'y réfléchir. Je vois ce que tu veux dire.

Ramon s'adossa contre sa chaise et sourit tristement.

— Désolé. Je ne veux pas te mettre la pression. Je comprends que tu sois déchiré, crois-moi. Ne pas savoir est le pire, n'est-ce pas ?

— Oui, c'est vrai. C'est comme…

Il hésita, mais Ramon le regardait d'un air si compréhensif qu'il continua.

— J'ai l'impression que je vais toujours me poser des questions. Je me détesterais si je n'essayais pas.

— Je saisis, mec. C'est difficile de croire que cela arrive vraiment. C'est comme, un mois plus tôt, j'avais programmé des activités extérieures. C'était le boulot de mes rêves, et maintenant…

Ses narines s'évasèrent.

— Je n'aime pas penser à ça. Tout cela a peut-être été causé par des fanatiques religieux.

— Les Zacharies ? Angela me l'a dit.

— De détruire tellement de vies innocentes. Je n'arrive pas à me faire à cette idée. De prendre quelque chose écrit dans la Bible et de le transformer en *ça* ?

Ses épaules s'affaissèrent.

— C'est stupéfiant.

— Ouais. Je n'étais pas un régulier de l'école du dimanche, mais je me rappelais beaucoup les discussions sur le fait d'aimer son prochain et de ne pas se jeter la pierre.

Ramon eut un rire sans humour.

— J'ai cherché le passage que quelqu'un a mentionné sur la radio d'Oklahoma. Zacharie 14:12 : « *Voici la plaie dont l'Éternel frappera tous les peuples qui auront combattu contre Jérusalem : Leur chair tombera en pourriture tandis qu'ils seront sur leurs pieds, Leurs yeux tomberont en pourriture dans leurs orbites, Et leur langue tombera en pourriture dans leur bouche* ». C'est joyeux comme truc, hein ? Je n'arrête pas de le lire et de relire comme si j'allais y trouver une réponse. Une quelconque raison.

Parker se sentit malade.

— Si c'est leur but, je dois dire qu'ils ont bien réussi.

Ramon pressa le bras de Parker.

— Ne pars pas sans avoir vraiment pesé le pour et le contre. D'accord ?

Il se leva et ferma son blouson de ski.

— Je ferais mieux d'y retourner et de m'assurer que personne ne se brise le cou. À tout à l'heure.

Il allait partir quand il se retourna, hésitant.

— Adam et toi semblez être proches de l'autre. Je ne devrais pas me mêler de ce qui ne me regarde pas, mais comme je l'ai dit… il n'y en a pas beaucoup de notre espèce, tu sais ? J'aimerais avoir l'occasion de le connaître un peu plus. De vous connaître un peu plus.

Il agita la main et partit.

La tête tourbillonnante, Parker le regarda partir. Adam avait parlé de lui à Ramon ? Adam voulait-il rester aux Pins ? Il pensait qu'ils étaient sur la même longueur d'onde pour partir quand la neige aurait fondu. Se montrait-il égoïste de vouloir y aller ? Il pensa à ce qu'Adam avait dit à propos de fonder une famille. Peut-être que son amant voulait vraiment rester.

Parker regarda autour de lui. Il y avait certainement des endroits bien pires que celui-ci. Et si ses parents n'étaient pas là-bas ? Et s'ils risquaient leur vie pour rien ?

La voix de sa mère retentit dans son esprit. *Nous t'aimons.* L'estomac de Parker se noua, et quand l'un des assistants du Chef lui offrit un dessert, il secoua la tête.

IL TROUVA ADAM au sommet de la piste de luge avec un traîneau luge à ses pieds.

— Salut. J'ai croisé les gamins qui m'ont dit que tu étais toujours là.

Parker contempla la vue des cimes des arbres et des sommets au loin. Le soleil rayonna parmi les nuages.

— Je peux voir pourquoi.

— C'est paisible.

Parker s'était remis en question pendant tout le chemin dans ses bottes trop grandes qu'il avait emprunté, et maintenant, il hésita. *Peut-être que je ne devrais rien dire. Je vais tout gâcher. Non. Je me conduis en adulte. Nous pouvons discuter de ce genre de choses.*

— Es-tu… si tu veux être seul, je peux partir.

Il leva le pouce par-dessus son épaule, espérant déjà un sursis temporaire. *Très adulte, Parker.*

— Pourquoi voudrais-je que tu t'en ailles ? dit Adam en fronçant les sourcils. Tes battements de cœur sont forts. Es-tu malade ?

Il tendit la main vers le front de Parker.

— Non ! dit Parker en repoussant sa main. Je suis juste…

Il prit une profonde inspiration et l'expira.

— Veux-tu rester ici ? Je ne t'en voudrais pas. C'est un bel endroit avec de bonnes personnes, et c'est sécurisé et très confortable. Et tu pourrais être en mesure de te lier avec Ramon, ou quelque chose comme ça.

Adam le regarda pendant un long moment, l'expression vide.

— De quoi parles-tu ?

— Ramon te comprend d'une manière que je ne peux pas faire. Je sais que ça signifie beaucoup pour toi, après toutes ces années sans ta famille. Sans un autre…

Il agita la main et pensa au mot que Ramon avait utilisé.

— Sans un autre de ton *espèce*. Je ne t'en veux pas et je ne te mets pas la pression.

— Pression à propos de quoi ? demanda Adam, les sourcils froncés.

— Je ne veux pas que tu viennes avec moi parce que tu penses que tu le dois. Parce que tu es honorable ou quelque chose comme ça. Si tu veux rester ici et avoir… une meute ou ce genre de choses, je ne veux pas être un obstacle.

— Une meute ?

— Ramon dit que c'est vraiment important.

— Est-ce ce que tu veux ? demanda Adam prudemment. Je pensais que nous nous étions mis d'accord, l'autre jour.

— C'est le cas.

Parker prit la main de son amant. Ils portaient tous les deux des gants, et le cuir couina.

— Je veux que tu sois heureux. Je veux que tu aies un choix. Cet endroit serait tellement bien pour toi. Pour moi aussi. Je ne sais pas quoi faire.

— Tu sais quelle est la meilleure décision que j'aie prise dans ma vie ? demanda Adam.

Retenant son souffle, Parker secoua la tête.

— Donner à un étudiant de première année qui n'a pas fait assez d'effort un C-moins.

Parker se sentit soudain léger, et il agrippa la main de son compagnon.

— Il y a des millions des « et si » et de « peut-être » dans nos vies. Et si l'épidémie n'était jamais arrivée ? Peut-être que tu aurais laissé tomber le module comme tu me l'avais dit, et je ne t'aurais jamais revu. Peut-être que je serais retourné dans mon studio après t'avoir croisé dans le campus, et aurais passé une autre nuit seul en regardant la télévision et en mangeant des restes. Peut-être que j'aurais continué à filmer la vie de différentes personnes. Voir la vie poursuivre son cours à travers un objectif. Mais je ne l'ai pas fait, parce que je t'ai donné une mauvaise note et parce que j'étais assez chanceux de t'avoir croisé. Parce que nous avions besoin l'un de l'autre. Peut-être que si le monde était resté le même, je ne t'aurais pas connu. Mais je ne peux imaginer ma vie sans toi, à présent.

Tout ce que Parker put faire fut de haleter avant de se jeter dans les bras d'Adam et de l'étreindre violemment, mourant d'envie de l'embrasser, mais sachant qu'il ne le pouvait pas, pas avant que Neil fasse ses tests.

— Moi non plus, Adam.

Celui-ci l'entoura de ses bras et enfouit son visage dans son cou.

— Quoi que nous fassions, nous le ferons ensemble.

— OK. Ouais. Très bien.

Il inspira profondément et se détendit contre Adam.

— Je t'aime, dit-il.

Cela prit une autre seconde à Parker pour réaliser ce qu'il avait dit, et il se pencha en arrière et croisa le regard d'Adam, la bouche complètement sèche.

— Je ne voulais pas dire… tu n'es pas obligé de… est-ce fou ?

Il força ses poumons à se dilater.

— Peut-être que ça l'est, mais c'est ce que je ressens, continua-t-il.

Prenant le visage de Parker dans ses mains, Adam frotta leurs nez l'un contre l'autre.

— Qu'y a-t-il de sensé maintenant ? Nous ne savons pas ce qui arrivera demain. Tomber amoureux de toi est la seule chose magnifique qui ressort de toute cette folie. La seule chose qui en vaille la peine.

Son cœur rata un battement.

— Vraiment ?

— Bah.

Parker se mit à rire, ayant l'impression de pouvoir s'envoler par-dessus les montagnes.

— Je suppose que tu es mon petit ami, maintenant, hein ?

— Petit ami. Partenaire. Ton autre moitié. C'est comme tu veux.

— Donc, nous formons un couple maintenant. Officiellement.

Adam rit, son souffle chaud effleurant les joues froides de Parker.

— Oui, Gwyneth, répondit-il en appuyant son front contre le sien. Quoi que nous fassions, nous le faisons ensemble.

Il m'aime. Je l'aime. Nous pourrions mourir demain, alors pourquoi ne nous aimerions-nous pas ?

Après une minute à se câliner, Parker se pencha en arrière.

— Je ne veux pas mourir pour une quête insensée, mais je pense que cela me rendrait fou avec le temps, me demandant toujours si mes parents ont survécu ou non. Ensuite, je pense que peut-être que je suis fou de vouloir partir de cet endroit. Nous avons tout ce que nous voulons, et pas un monstre en vue.

— Mais ? demanda Adam.

— C'est moi, ou ai-je l'impression que c'est le calme avant la tempête ? Pour le moment, nous avons de l'électricité, de la chaleur et de la bonne nourriture. Des soirées films et des cours de salsa dans la Vista Lounge. Sérieusement, ils vont danser cet après-midi. Tout le monde est gentil et ils parlent de constituer une communauté, et ça m'a l'air d'être une bonne idée.

— Mais ça va partir en vrille dès que les monstres auront franchi le portail.

— Exactement ! Ils essayent tous tellement fort d'être normal. Comme si c'était une retraite et que nous étions des invités de l'hôtel. Mais l'hiver arrive bientôt. Et s'ils n'ont plus de nourriture ? Et si une centaine de personnes apparaissaient au portail et voulaient entrer ? J'ai le sentiment que tout va exploser tôt ou tard. C'est un fantasme. Ça ne dure pas.

Adam hocha la tête.

— Je pense que nous devrions y aller. Peu importe ce qui se passe ici, tu dois essayer de trouver ta famille. Je sais que je le ferais si j'étais à ta place.

Parker soupira.

— Bon sang, j'ai envie de t'embrasser là, maintenant.

— Le sentiment est totalement réciproque.

— Mais je pense que j'ai de bonnes nouvelles de ce côté-là. Neil va prendre un échantillon de ton sang afin qu'il puisse vérifier si tu portes le virus ou pas.

Adam fut silencieux pendant un moment.

— Tu penses que nous pouvons lui faire confiance ?

— Oui ? Tu crois qu'il pourrait découvrir un truc de… loup-garou là-dedans ?

— Je ne le pense pas. Au lycée, nous avions fait des tests sanguins, et le mien était normal. Je pense que la quantité de mes globules blancs était élevée ? Mais c'est tout. Quoi qu'il en soit, je ne pense pas que Neil sache à propos des loups-garous.

— Alors, tu vas le faire ? Le choix t'appartient, bien entendu. Il me semble juste que c'est une opportunité qu'il ne faut pas rater. Je ne pense pas que nous allons croiser beaucoup d'épidémiologistes.

Les lèvres d'Adam tressaillirent.

— Ça me paraît improbable. Ouais, faisons-le. Si je suis paranoïaque pour rien, je veux le savoir, dit-il en caressant la lèvre inférieure de Parker de son pouce. Je veux t'embrasser depuis des jours.

— Le sentiment est entièrement réciproque, murmura Parker en pressant ses lèvres contre la joue d'Adam. Je crois que nous devrions rentrer.

— Veux-tu faire un tour d'abord ? proposa Adam en indiquant la luge.

Parker sourit largement.

— Oh que oui.

Ils s'installèrent sur le rectangle en bois, Parker positionné entre les jambes de son amant. Avec une grande poussée, ils dévalèrent la colline, le rire de Parker retentissant à travers les arbres. En bas, ils trébuchèrent en un amas détrempé dans la neige.

Parker grogna.

— Ugh ! Les jeans mouillés sont les pires.

— Alors, nous ferions mieux de les enlever. Peut-être que nous devrions même prendre une douche, suggéra Adam en haussant les sourcils. J'ai entendu dire que c'était assez grand pour deux.

— Qu'attendons-nous alors ? dit Parker en se remettant sur pied. Oh, c'est vrai. Nous devons remonter cette colline. Tu veux bien me porter ?

Adam enveloppa la corde de la luge autour de sa poignée.

— Grimpe.

— Sérieusement ? Mec, avoir un petit ami/partenaire/AM super fort, ça a ses avantages.

Parker bondit sur le dos d'Adam, et celui-ci recourba les bras sous les genoux de son compagnon.

— Si je te dis « Ya », vas-tu me laisser tomber quand nous atteindrons le sommet ?

Les épaules d'Adam tremblèrent.

— Certainement.

— Je vais le penser alors.

Adam remonta la colline avec une vitesse et une grâce dont Parker ne pouvait que rêver d'avoir, et il entoura la nuque de son amant de ses bras pour s'accrocher.

LE CŒUR DE Parker bondit quand il aperçut Neil dans la salle à manger, le lendemain.

De l'autre côté de la table, Adam mangeait son omelette western et il fronça les sourcils.

— Quoi ? demanda-t-il, la bouche pleine.

— Neil ! appela Parker en agitant la main.

À Adam, il murmura :

— Peut-être qu'il a les résultats.

Il était encore tôt, le soleil se levant dans un ciel bleu étincelant sur une mosaïque d'orange, de feuilles rouges et des pins encore plus verts. La baie vitrée de la salle à manger offrait une vue incroyable. Parker pouvait comprendre pourquoi les gens pourraient se sentir à l'aise ici. Mais seulement quelques parcelles de neige demeuraient, et Adam et lui devaient y aller avant que les choses n'empirent.

Il n'y avait qu'une douzaine de personnes éparpillées dans la grande salle, parlant calmement entre eux. Neil prit une chaise à côté de Parker et d'Adam à leur table de quatre personnes. Il portait un vieux tee-shirt qui avait l'air d'être dans son placard depuis des années.

— Voulez-vous la bonne nouvelle, ou la mauvaise ? demanda Neil sans préambule.

Adam et Parker se regardèrent, et les paumes de ce dernier devinrent moites.

— La mauvaise, répondit Adam.

— Nan, je vous taquine. Il n'y a que de bonnes nouvelles. Tu n'as aucune trace de virus dans le sang. Tes anticorps sont hors normes. Au fait, je n'ai jamais vu des globules blancs comme les tiens, auparavant. Quels sont tes antécédents génétiques ?

Parker exhala le souffle qu'il retenait.

— Tu es positif ? Il va bien ?

— Oui. Libre et claire. Alors, Adam, d'où venaient tes parents ? demanda Neil en sortant un bloc-notes et un stylo de sa poche.

— Euh, ils étaient du Minnesota. Mes grands-parents étaient origi-naires d'Allemagne et d'Angleterre. Rien d'excitant, j'en ai bien peur, déclara nonchalamment Adam en regardant Parker intensément.

Il savait qu'il souriait comme un idiot, mais Parker s'en fichait.

— Neil, pouvons-nous discuter à un autre moment ? Nous avons besoin de faire quelque chose. J'ai oublié à propos… de cette chose. Que nous devions faire. Maintenant.

Neil releva les yeux des notes qu'il écrivait.

— Bien sûr. Juste quelques questions de plus. Adam, quel est ton régime alimentaire ?

Pendant qu'Adam répondait aux questions infinies de Neil, Parker balança son pied et joua avec la fermeture éclair de sa veste, le soulagement, l'excitation et un désir brûlant ravageant son corps. Finalement, Neil posa son stylo.

— Je te remercie. J'aurais peut-être d'autres questions plus tard. Vous serez toujours là, les gars, pas vrai ?

— Euh oui, répondit Parker, repoussant déjà sa chaise. Merci encore, Neil.

Il tapota son épaule en passant devant lui.

Adam et lui attendirent jusqu'à ce qu'ils arrivent aux escaliers pour courir. Bien sûr, Adam le devança d'un mètre au troisième étage et était déjà nu quand Parker trébucha par la porte de leur chambre. Le soleil s'infiltrait par les fenêtres, découvrant chaque centimètre de la peau d'Adam, ses muscles puissants ainsi que les poils noirs qui parsemaient son corps.

— Seigneur, tu es superbe.

Parker jeta la carte magnétique par-dessus son épaule avant d'enlever sa veste et son tee-shirt et de faire voler ses baskets. Il se débattit avec sa fermeture éclair, et ensuite, ne put attendre un instant de plus pour embrasser Adam, réduisant la distance entre eux et se jetant sur sa bouche.

Ils gémirent tous les deux alors que leurs langues se rencontraient. Parker ne savait pas combien de temps ils restèrent debout là, ne se contentant que de s'embrasser et de se frotter l'un contre l'autre. Le goût d'Adam était si addictif et Parker voulait le lécher partout. Quand il rompit le baiser, Adam le poursuivit de sa bouche, mais son amant se laissa tomber sur les genoux.

— Tu me veux ?

Adam grogna dans sa gorge. Ses yeux devinrent lumineux tandis qu'ils croisaient ceux de Parker, et celui-ci avala le bout de son sexe, taquinant son prépuce de sa langue. Puis il commença à sucer avidement, et alors qu'il le regardait à travers ses cils, les yeux d'Adam devinrent dorés et ses griffes ainsi ses crocs sortirent, un duvet épais s'étendant sur son corps. Il pulsa dans la bouche de Parker.

— Parker, haleta Adam. Je suis… merde, je suis désolé. Nous ne devrions pas. Pas comme ça.

Il libéra sa queue de la bouche de son amant.

— Donne-moi une minute, dit-il.

— Non, protesta Parker en agrippant les cuisses velues d'Adam. Je veux te voir comme ça. C'est ce que tu es.

Le désir le faisait trembler et il caressa son membre à travers son jean.

— Je ne veux plus jamais que tu te caches de moi. Baise-moi comme ça.

En un mouvement rapide, Adam souleva Parker et le jeta sur le lit. Le cœur battant, ce dernier enleva rapidement son jean et son boxer, et prit le lubrifiant où il l'avait laissé sur la table de nuit. S'agenouillant entre les jambes de son amant, Adam l'observa, les yeux étincelants tandis que Parker étirait son entrée avec ses doigts. La poitrine velue d'Adam s'éleva et s'abaissa rapidement, et il se masturba lentement, ses griffes effleurant à peine son érection. Sous sa forme de loup-garou, son membre semblait être devenu plus épais et la gorge de Parker s'assécha avec un mélange de crainte et de convoitise.

Il badigeonna le membre d'Adam de lubrifiant et releva les jambes. Il plia les genoux, les remontant jusqu'à ses épaules et s'ouvrit, le cœur battant contre ses côtes. Adam grognait à présent, et il releva le cul de Parker et se pencha sur lui alors qu'il s'enfonçait dans son entrée. Cela brûla douloureusement, mais Parker cria et arqua le dos.

— Oui ! Comme ça !

C'était dur, et le lit cogna contre le mur tandis qu'Adam le pilonnait. Tout ce que Parker fut en mesure de faire était de s'accrocher, ses chevilles remontées jusqu'à ses oreilles, plié en deux sous ses coups de reins. Parker avait l'impression d'être brisé en mille morceaux, mais en même temps, chaque recoin de son être était empli, consumé complètement alors qu'Adam le baisait avec des grognements et des grondements bas à travers ses crocs.

Peut-être qu'il aurait dû se sentir mal, la queue de Parker pulsait, ses boules lourdes et frémissantes alors qu'il était étiré et empli. La toison supplémentaire sur le corps d'Adam frottait contre ses testicules et son cul, et il fit courir ses mains par-dessus le torse et les épaules d'Adam.

— Tu es si sexy. Je vais jouir tellement fort.

Il lécha le cou d'Adam et le sel de sa sueur.

— Je t'aime, marmonna-t-il.

Avec un halètement, le rythme d'Adam devint désordonné. Quand il parla par-dessus ses crocs, c'était rauque et tendu.

— Même comme ça ?

— Chaque partie de toi.

Parker se resserra autour du membre énorme qui écartait son cul. La douleur et le plaisir se confondirent, et il gémit.

— Je te baiserais même si tu étais un vrai loup avec quatre pattes. Je me mettrais sur mes mains et mes genoux et te laisserais me lécher pour me détendre. Je te laisserais me monter et me pilonner avec ton énorme queue. Je sentirais ta fourrure contre ma peau et tes griffes enfoncées dans mes épaules, et…

Adam jouit avec un vrai hurlement, comme celui du loup qu'il pourrait être, la tête rejetée en arrière et ses crocs étincelants alors qu'il remplissait le cul de Parker, éjaculant en de longs jets chauds et humides. Il trembla à chaque pulsion jusqu'à ce que son sperme s'écoule de son entrée. Avant que Parker ne puisse formuler une pensée, Adam sortit son membre et laissa tomber les jambes de Parker sur le matelas. Sur ses genoux, il se releva pour chevaucher les hanches de Parker et guider son membre en lui pour s'empaler d'un mouvement rapide.

— Merde !

Parker donna un coup de reins dans le cul serré d'Adam. La chaleur et la pression étaient incroyables, et même s'il n'y avait aucun lubrifiant, Adam semblait ne ressentir aucune douleur pendant qu'il chevauchait Parker avec intensité, appuyant ses paumes sur le torse de Parker. Ses griffes effleurèrent la peau de son amant juste assez pour envoyer des frissons le traverser. Alors que Parker agrippait les cuisses velues de son amant, il gémit et cria en étant bien trop bruyant d'ailleurs, mais il s'en fichait, ne se souciant que de la sensation d'être à l'*intérieur* d'Adam… d'avoir tout ce qu'il y avait entre eux rejeté pour de bon.

Il cria le nom d'Adam quand l'orgasme le balaya. Il éjacula en lui et Adam se resserra autour de son sexe, soutirant chaque goutte que Parker avait. Alors qu'ils reprenaient leur souffle, Parker regarda Adam redevenir lui-même, la transformation était quelque chose qu'il ne se lasserait jamais de voir.

Ils étaient tous les deux humides et collants, mais ils s'étendirent sur le lit et s'embrassèrent, roulant l'un contre l'autre. Adam murmura contre la peau de Parker, qu'il l'aimait, encore et encore jusqu'à ce qu'ils refassent l'amour.

Chapitre 18

— PARTIR ? répéta Angela.

Celle-ci fut bouche bée pendant un long moment avant d'arborer une expression calme et pensive et de se lever de son bureau.

— Je suis désolée de l'entendre, Parker. Puis-je vous demander la raison ? N'êtes-vous pas bien installés ici avec Adam ? S'il y a quelque chose que je puisse faire pour vous aider, dites-le-moi, s'il vous plaît.

Elle indiqua l'une des deux chaises qui faisaient face à son grand bureau en bois.

— Non, non. C'est agréable ici.

Parker ne voulait pas être grossier, alors il s'assit. Le grand bureau d'Angela était impeccablement équipé de mobilier poli avec des touches d'argent, l'on se croirait presque au milieu de Restoration Hardware[3], jusqu'au couvre-lit en chenille du sofa. À travers la fenêtre, le soleil se couchait derrière la ligne d'arbres.

Elle croisa les mains sur le bureau.

— Parce que s'il y a quelque chose dont vous avez besoin, vous n'avez qu'à demander. Nous voulons nous assurer que tout le monde se sente chez soi ici.

— Ce n'est pas ça. Cet endroit est génial, et vous avez tous été accueillants. Mais je dois vraiment aller à Cape Cod et trouver ma famille.

— Parker…

Son visage s'adoucit et son ton devint apaisant.

---

[3] RH est une entreprise américaine de meubles de maison dont le siège est à Corte Madera, en Californie. L'entreprise vend ses produits dans ses magasins de détail, son catalogue et ses sites en ligne.

— Nous n'avons entendu que des horreurs de Boston. Un nouveau groupe est arrivé hier. Ils s'en sont à peine sortis vivants. Bien que je comprenne votre désir de trouver votre famille, je vous supplie de réfléchir. Vous êtes en sécurité ici. Nous sommes en sécurité ensemble. Comme un groupe, nous pouvons améliorer nos défenses.

— Et vous faites un travail génial, c'est vrai. Mais mes parents allaient au Cape, et il y a une chance qu'ils aient survécu. Je dois essayer. Je… je le dois.

Angela soupira.

— Je comprends. Vraiment. Je vais demander au Chef de vous préparer quelques provisions. Quand partez-vous ?

— Tôt demain matin. Nous avons pensé profiter d'une dernière nuit de luxe et je veux dire au revoir à Evie, Jaden, et Neil.

— Neil ? Je ne savais pas que vous étiez devenus amis.

— Ouais, c'est un type super. Je suis certain que votre frère et lui font du bon travail.

Elle sourit, mais elle avait l'air tendu.

— Andrew a toujours voulu élargir son travail. Avoir un impact. À présent, il en a la chance.

Elle se leva et tendit sa main.

— Cela a été un plaisir, Parker. Adam et vous êtes toujours les bienvenus ici. Je vous souhaite un bon voyage.

— Merci, dit Parker en lui serrant la main. Oh, pourrais-je reprendre mes armes ?

— Bien entendu. Je vais les sortir de la chambre forte avant l'extinction des feux, cette nuit, dit-elle en souriant largement. Nous aurons des entrecôtes ce soir, donc j'espère que vous avez faim. Congelés, mais le Chef fait des merveilles.

— C'est vrai. J'ai vraiment hâte.

Parker lui retourna son sourire et quitta le bureau en agitant la main.

Sur son chemin vers la chambre, il admira les hauts plafonds de l'entrée et l'art complexe des rampes en bois sculpté sur le grand escalier. Les Pins était vraiment beau. Peut-être qu'il continuera de fonctionner, caché ainsi dans les montagnes, autonome et protégé du chaos de l'extérieur.

— Parker !

Les quelques personnes qui se trouvaient dans le foyer se tournèrent pour regarder Adam dévaler les marches à toute vitesse.

— Que se passe-t-il ? dit Parker en s'arrêtant brusquement.

— Nous devons y aller. Maintenant.

Il cilla.

— Hein ? Pourquoi ?

— J'ai un mauvais pressentiment.

Adam reprenait déjà sa course, tirant Parker avec lui.

— À propos de quoi ? Je n'ai pas dit au revoir aux enfants, et je dois reprendre mes armes chez Angela. Nous n'avons aucune de nos affaires.

— Nous aurons plus d'armes ailleurs. Nous ne pouvons pas attendre.

Parker voulait enfoncer ses talons et insister pour qu'Adam lui dise ce qu'il se passe, puisque quelque chose était clairement arrivé, mais il avait confiance en son jugement. Dans la lumière du jour qui déclinait à l'extérieur, Parker plissa les yeux en regardant la veste d'Adam.

— Est-ce des griffes sur ta manche ?

La rage envahit sa poitrine.

— C'est Ramon qui a fait ça ?

Alors qu'ils atteignaient le parking, Adam hocha la tête et sortit la clé de la moto de sa poche.

— Je n'aurais pas dû lui faire confiance.

Quelque chose siffla étrangement dans l'air, et Adam grogna et s'arrêta. Il éloigna sa main de sa nuque. Il y avait une fléchette dont le bout était taché de sang entre ses doigts. Ils se regardèrent horrifiés, le moment semblant se prolonger indéfiniment. Au même moment, cela arriva si vite, et Adam tomba sur le sol avant même que Parker ne puisse cligner des yeux.

—Adam ! cria-t-il en se laissant tomber sur les genoux et en le secouant violemment.

Des pas se firent entendre sur le béton… Ramon se dirigeait vers eux en courant avec un fusil dans les mains. Quelque chose de pointu s'enfonça dans la cheville de Parker, et ses doigts se refermèrent sur la clé de Mariah. Il l'enfouit dans sa poche alors que Ramon se précipitait vers eux avec le Dr Yamaguchi sur les talons.

— C'est quoi ce bordel ? explosa Parker en se remettant sur pied et en poussant Ramon.

D'une main, celui-ci le frappa et Parker retomba sur les fesses.

— Nous ne voulons pas te faire du mal. Alors, calme-toi et écoute.

Adam était terriblement immobile à côté de lui, sa bouche béante. Parker posa ses doigts sur le cou d'Adam et soupira quand il sentit son pouls battre régulièrement.

— Vous lui avez tiré dessous avec quoi ?

— Il ira bien, dit Ramon en agrippant toujours son fusil.

— C'était quoi ? Et que diable se passe-t-il ? Répondez-moi !

— Nous devons le ramener au labo, siffla le Dr Yamaguchi. Vite.

Comme s'il soulevait un sac de patates, Ramon hissa facilement Adam sur son épaule, comme un pompier.

— Nous vous expliquerons au laboratoire. Tout va bien se passer.

Il tourna les talons, le docteur se précipitant pour ouvrir une porte latérale.

Parker n'eut d'autre choix que de suivre.

L'odeur du dîner embaumait le sous-sol, mais ils n'allèrent pas dans le hall principal, prenant à la place un labyrinthe de corridors. Quand ils entrèrent dans ce qui semblait être le laboratoire, Parker cligna des yeux en regardant les néons au-dessus de lui. Des étagères de stockage étaient mises de côté le long d'un mur de huit mètres de la pièce carrée, contenant des pots, des bouteilles et des équipements scientifiques. Des tubes et des boîtes de Pétri étaient alignés sur les rayons d'un réfrigérateur de taille industrielle avec des portes en verre, et les murs étaient insonorisés.

Neil était assis avec ses notes devant un microscope posé sur une longue table qui avait l'air d'appartenir à la salle à manger. Il cligna des yeux d'un air hébété.

— Que se passe-t-il ?

Ramon laissa tomber Adam sur un lit de camp, dans le coin, prés d'un placard.

— Tout va bien.

— Tout ne va pas bien ! cria Parker. Tu viens juste de droguer Adam avec Dieu seul sait quoi !

— Avec un sédatif pour ours, répondit Ramon. Il sera comme neuf.

Neil bondit sur ses pieds, faisant tomber sa chaise.

— Ça va le tuer ! Es-tu fou ? Docteur, que se passe-t-il ?

— C'est un loup-garou, répondit Yamaguchi. Le sédatif va s'estomper bientôt. Maintenant, prends-lui un peu plus de sang. Nous avons besoin d'échantillons tissulaires aussi.

Neil regarda Adam, puis le docteur, puis Parker.

— Loup-garou ?

— Il est immunisé contre le virus, expliqua Ramon. Donc, cela veut dire qu'il est la clé pour créer le vaccin.

Il se tourna vers Parker.

— Je suis désolé. Nous ne pouvions pas vous laisser partir sans en apprendre plus.

— Tu es désolé ? répéta Parker en serrant les poings. Premièrement, *va te faire foutre*. Deuxièmement, tu es un loup-garou aussi, alors ils peuvent tout autant faire des tests sur toi !

— Et ils vont le faire ! Mais je n'ai jamais été mordu par un infecté. Je ne sais pas si je suis immunisé ou non.

Le fusil glissa de l'épaule de Ramon et il le redressa.

— Nous sommes comme n'importe quelle espèce. Il y a des variations. Il ne reste plus beaucoup de loups-garous, et nous ne pouvons nous permettre d'en laisser un partir. J'ai essayé de parler à Adam, mais il s'est enfui. Le Dr Yamaguchi ne va pas lui faire du mal. Dès qu'il aura pris quelques échantillons et fait quelques tests, vous serez tous les deux libres de partir.

— C'est très gentil à vous, ironisa Parker en faisant courir ses mains dans ses cheveux.

Merde, merde, merde.

Neil secoua la tête, incrédule.

— Des loups-garous. C'est réel ? Les loups-garous existent ?

— Oui ! dit Parker d'un ton sec. Et maintenant, l'un d'eux a été kidnappé pour être utilisé comme un rat de laboratoire.

Neil leva les mains, sur la défensive.

— Je n'avais aucune idée de cela. Je ne le savais vraiment pas, Parker.

Son visage s'illumina soudain.

— Mais s'il est immunisé contre le virus, nous pourrions vraiment créer un vaccin !

Parker regarda Ramon. Bien qu'il ne puisse pas nier le besoin désespéré d'un vaccin, quelque chose clochait. Il aurait voulu qu'Adam se réveille et fasse son truc de détecteur de mensonges. Il aurait voulu qu'Adam se réveille tout court. Il se dirigea vers le camp de lit et s'agenouilla, prenant la main inerte d'Adam.

— Je ne vous laisserai pas lui faire du mal.

— Nous n'avons aucun désir de le blesser, insista Yamaguchi.

Il prit une seringue hypodermique d'un plateau d'instruments.

— Il est temps de commencer.

Parker se leva et écarta les bras.

— Vous ne vous approcherez pas de lui. Pas question.

Yamaguchi adressa un regard intense à Ramon, et ce dernier l'écarta si violemment que Parker pensa que son épaule allait se disloquer.

— Waouh ! s'exclama Neil en levant les mains. Inutile de recourir à la violence. Nous voulons tous la même chose, ici, pas vrai ? Nous sommes du même côté. Nous sommes amis.

Ramon sourit.

— Bien sûr. Je suis désolé, Parker. Viens avec moi, pourquoi ne pas dîner et laisser ces messieurs travailler ?

— Je ne vais pas le laisser seul, dit Parker, les narines évasées alors qu'il essayait de contenir sa rage. Hors de question !

— Ceci est un laboratoire. Vous ne pouvez pas être ici, dit Yamaguchi en relevant la manche d'Adam et tapotant une veine.

— Éloignez-vous de lui ! cria Parker en bondissant en avant, mais Ramon le retint facilement. Bon sang ! C'est *une réserve dans un sous-sol.* Ce n'est pas un laboratoire ! Savez-vous même ce que vous êtes en train de faire ?

— Je ne vois personne d'autre qui travaille jour et nuit pour essayer de trouver un moyen d'arrêter l'infection, dit Ramon alors qu'il resserrait son emprise sur les épaules de Parker. Nous faisons de notre mieux avec ce que nous avons. Allez. Plus vite ils auront leurs échantillons, plus vite Adam et toi serez libres de partir.

— Que se passe-t-il ?

Ils se tournèrent tous vers Angela qui se trouvait sur le seuil de la porte, tenant un jeu de clés. Elle regarda par-dessus son épaule et ferma précipitamment la porte.

— Andrew ? Ramon ?

Elle essaya de regarder autour d'eux, repoussant ses lunettes noires sur son nez.

— Qu'est-il arrivé à Adam ?

— Ce bon vieux Ramon lui a administré un sédatif afin que votre frère puisse faire des expériences sur lui. Vous n'étiez pas au courant ? Allons, vous avez insonorisé tout cet endroit. Où vous êtes-vous procuré tout ça, d'ailleurs ?

Elle ouvrit sa bouche et la ferma, clignant des yeux à plusieurs reprises.

— Andrew, de quelles expériences parle Parker ? Mon Dieu, tu ne peux rien faire contre la volonté d'Adam.

— Ramon va t'expliquer. Neil, donne-moi ces boîtes de Pétri. Nous devons commencer. Je vous informerai quand nous aurons fini.

Le regard d'Angela alla vers la porte fermée qui se trouvait dans le coin, et la bouche de Parker devint sèche.

— Qu'y a-t-il là-dedans ? coassa-t-il.

Il avait le mauvais pressentiment de connaître déjà la réponse.

— Il est temps d'aller dîner, déclara Ramon en tirant sur les épaules douloureuses de Parker.

Ce dernier enfonça ses talons dans le sol, mais il glissa sur les dalles ternes.

— Je ne le laisserai pas !

Les yeux de Ramon devinrent jaunes, mais son ton était conciliant.

— Je sais que c'est difficile. Nous allons juste aller manger un morceau. Nous pouvons parler ensuite. Angela, après toi.

Elle hésita, mais ouvrit la porte.

— Très bien, mais j'attends que tu m'expliques immédiatement ce qui se passe.

Ses talons claquèrent dans le couloir.

Avant que Parker ne s'en rende compte, il se trouvait dans le hall, les doigts de Ramon enfoncés douloureusement dans son bras, et la porte se fermant derrière eux, gardant Adam hors de sa portée.

— J'AI TRANSPORTE une pastèque, dit Jennifer Grey à Patrick Swayse.

— Ils vont tomber amoureux maintenant, marmonna Parker. Alerte Spoiler.

Il ne savait même pas pourquoi il parlait. Cela lui donnait l'impression qu'il faisait quelque chose, supposa-t-il.

De l'autre côté de la petite table, Ramon l'ignora. Parker, Ramon et Angela étaient les seuls qui se trouvaient encore dans la salle à manger, assis ensemble à une table dans un coin ; à l'autre bout du foyer du personnel, au-delà des tables de jeu, la lumière bleue de la grande télévision vacilla, et une chanson qui le fit penser immédiatement à sa mère retentit des haut-parleurs. Une douzaine de résidents et quelques membres du personnel étaient assis sur les canapés et les chaises, regardant attentivement le film. Evie et Jaden avaient voulu que Parker les rejoigne, mais il avait réussi à s'esquiver.

Une fois le dîner fini et le film commencé, il avait fait les cent pas, sachant que Ramon pouvait facilement l'attraper s'il s'enfuyait par le couloir. Il avait essayé de toute façon, mais le loup-garou l'avait plaqué contre la chaise si vite qu'il n'avait même pas eu le temps de couiner, et personne d'autre n'avait remarqué.

Angela secoua la tête.

— Je ne peux pas croire que c'est en train d'arriver. Des loups-garous. Et vous êtes nés comme ça ?

Ramon soupira.

— Oui. Combien de fois dois-je te l'expliquer ?

— Il y a un temps d'adaptation pour la plupart d'entre nous, connard ! dit sèchement Parker.

Il fit rebondir son genou de haut en bas et tapota ses doigts sur la table, prêt à exploser.

— Laisse-la tranquille. Bref, cela fait une heure maintenant, et j'en ai assez d'attendre. Je veux voir Adam. Maintenant.

— Il est toujours évanoui. Ça ne sert à rien.

Parker grinça des dents.

— Peut-être pas à toi, mais je dois le voir. Je reste avec lui, cette nuit. Il m'a toujours protégé, et maintenant, c'est à mon tour.

Il aurait voulu avoir son pistolet ou sa machette, mais ils étaient toujours dans la chambre forte d'Angela. Il n'avait jamais autant voulu utiliser ses armes sur une autre personne que maintenant. Quand il releva les yeux, Ramon le regardait d'un air froid. Avec la rapidité et la force de celui-ci, Parker savait qu'il ne servait à rien d'essayer de l'attaquer. Il devait être plus malin dans cette situation.

— Peut-être que vous devriez prendre une bonne nuit de sommeil, suggéra faiblement Angela.

— Je ne peux pas dormir en sachant qu'on fait des expériences sur Adam.

— Je ne vous blâme pas. Mais Andrew ne lui fera pas de mal. Je sais qu'il ne le fera pas, insista Angela. Vous êtes certain que vous ne voulez pas manger quelque chose ?

Parker allait répondre que non, il avait même perdu son putain d'appétit, mais il s'arrêta.

— Peut-être. Au moins, je ferai quelque chose. Puis-je aller prendre des restes ?

Ramon ouvrait sa bouche pour répondre, mais Angela lui lança un regard noir.

— Bien sûr. Prenez ce que vous voulez, Parker.

— Tu ne peux pas entrer dans le laboratoire par la cuisine, donc, n'essaye même pas, dit doucement Ramon.

Parker hocha la tête, faisant de son mieux pour garder ses battements de cœur réguliers alors qu'il dépassait les tables et se dirigeait vers la cuisine. Il pensa à la manière dont Adam respirait pour se calmer et Parker compta ses inspirations et expirations afin qu'ils soient synchrones. *Un, deux, trois, quatre. Un, deux, trois, quatre.*

La cuisine était vide, avec seulement un petit plafonnier allumé dans le coin. Parker alla au réfrigérateur et fouilla bruyamment, respirant toujours aussi régulièrement que possible tandis que son regard balayait la pièce. *Allez, allez. Il doit y avoir…*

Le couteau à découper que le Chef avait utilisé pour les entrecôtes était enfoncé dans une pièce en bois. Celui qui avait fait la vaisselle avait oublié de le ranger dans son étui, et la partie épaisse de la lame étincelait. En une seconde, Parker le prit et le cacha dans son jean. Il enfonça la poignée douce à l'intérieur de sa chaussette épaisse, puis releva la laine sur la lame. La chaussette lui arrivait jusqu'au niveau de la cheville, et avait un élastique serré.

Priant le ciel pour que ça tienne – et qu'il n'ait pas à l'utiliser – Parker déballa quelques restes du dîner du réfrigérateur et les versa sur une assiette. De retour dans la salle à manger, il se força à prendre quelques bouchées, clairement conscient de la lame froide contre sa peau.

Après quelques minutes, il parla aussi calmement qu'il le put. Sa gorge était irritée.

— Je veux retourner en bas et vérifier qu'Adam va bien.

Ramon secoua la tête.

— Le Dr Yamaguchi nous rejoindra quand il sera temps.

Angela se leva et ajusta sa jupe droite.

— Adam et Parker ne sont pas à ton service, Ramon, dit-elle, la voix froide. Nous ne gardons pas de prisonniers aux Pins. Andrew peut faire ses tests, et ensuite, ils pourront partir. Et Parker est libre de rester près d'Adam entre-temps. Je suis la responsable ici et ne l'oublie pas. Parker, allez-y. Je veux parler à Ramon pendant une minute.

Le silence se prolongea, la musique des années soixante du film étant le seul bruit. Puis Ramon sourit.

— Comme tu veux.

Parker les quitta rapidement avant que Ramon ne change d'avis. Il devait sortir Adam de ce maudit endroit. La porte du laboratoire était bien entendu fermée, et il frappa impatiemment, sachant qu'ils pouvaient l'entendre de l'intérieur.

Quand Neil ouvrit la porte, il regarda anxieusement par-dessus son épaule.

— Je pense que tu devrais attendre à l'extérieur. Nous allons juste…

Repoussant Neil, Parker se précipita vers le lit de camp.

— Que faites-vo… Stop !

Yamaguchi se tenait au-dessus d'un Adam pâle, inconscient, et à demi nu avec une jarre dans une main et un poignard sanglant dans l'autre.

— Il guérit si vite. C'est absolument remarquable. Les implications pratiques sont nombreuses, et…

Parker l'attrapa par la blouse et le bouscula brusquement, le faisant tomber sur le sol. La jarre s'envola, suivant dans une pagaille de sang, de verre, et de morceaux de chair d'Adam. Il y avait déjà trois autres jarres sur la table, étiquetées *Bras*, *Jambe*, et *Dos*. L'estomac de Parker se tordit.

— Vous le découpez ? Seigneur Dieu !

— Mais il guérit si vite ! protesta Yamaguchi en se relevant sur une main. Comme s'il n'y avait plus de blessure du tout.

— Il sent la douleur, espèce de taré !

Yamaguchi eut un rire de dérision.

— Il est sous sédatif. Quand les animaux sont testés dans les laboratoires…

— Il n'est pas un *animal* ! s'exclama Parker en tremblant de rage.

Il prit un morceau de verre au sol. Il ne voulait pas prendre le couteau maintenant… Ramon pourrait le désarmer facilement quand il reviendrait.

— Vous avez eu votre ration de chair. Si vous essayez de le découper à nouveau, c'est moi qui vous découperais cette fois-ci.

— OK, tout le monde a besoin de se calmer, dit Neil, se tenant toujours sur le seuil de la porte fermée. Dr Yamaguchi, je pense que Parker a raison. Nous avons sûrement assez d'échantillons, non ?

Yamaguchi grogna et se releva du sol. Il retourna à son microscope, et ouvrit l'une des jarres sans commenter.

Adam ne portait pas de tee-shirt, sa chemise et sa veste en cuir étaient jetées sur le sol. Son jean avait été descendu jusqu'aux genoux et du sang couvrait sa peau là où les blessures avaient guéri. Des gouttes de sang étaient tombées sur son boxer de la dernière blessure sur son ventre, rouge sur le coton blanc. Parker essaya de ravaler sa fureur.

Joue le jeu. Sors Adam de là.

— Neil, peux-tu m'aider ?

Avec l'assistance de ce dernier, il releva le corps lourd d'Adam, Parker finissait juste de redresser son amant et de fermer sa veste en cuir quand Ramon et Angela entrèrent dans le labo. Cette dernière écarquilla les yeux en regardant le gâchis sanglant sur le sol.

— Seigneur, qu'avez-vous fait ? exigea-t-elle. Andrew, tu as dépassé les limites. Ce sont nos *invités*.

— Oh, pour l'amour du ciel ! cracha Yamaguchi. Cesse de te voiler la face ! C'est un Nouveau Monde. Tu as entendu ce que les gens disent sur leurs radios. Le chaos est mondial, et ça empire. Les gouvernements et leurs infrastructures se sont tous écroulés. Le virus se propage démesurément chaque jour. Chaque heure ! C'est l'Armageddon… les anciennes règles ne s'appliquent plus. Nous devons faire tout ce qu'il faut. Ne comprends-tu pas à quel point ce travail est important ?

Le visage d'Angela se plissa.

— Bien sûr, mais tu n'as pas à faire du mal à quelqu'un pour y arriver ! répliqua-t-elle.

— Hum, je pense qu'il se réveille, dit Neil, en reculant, les yeux toujours rivés sur le lit de camp.

Parker se détourna d'eux tous et serra la main d'Adam.

— C'est moi. Ça va aller. Tu vas bien.

Adam cligna des yeux, le regard troublé, et Parker soupira de soulagement de voir à nouveau ces yeux dorés. Il essaya de parler, mais ne put que grogner doucement.

— Je sais, dit Parker en dégageant les cheveux d'Adam de son front. Je sais.

— Il n'aurait pas dû se réveiller déjà, dit Ramon en fronçant les sourcils.

Alors qu'Adam luttait pour se redresser, ses yeux commencèrent à s'éclairer et il tourna la tête pour regarder autour de lui.

Parker s'efforça de garder une voix douce et calme.

— Nous nous trouvons dans le laboratoire du sous-sol. Le Dr Yamaguchi avait juste besoin de ton sang. Nous partirons bientôt. Tu dois coopérer, d'accord ?

Il essaya de dire à Adam tout ce qu'il ne pouvait pas dire avec ses yeux. *Je ne les laisserai pas te refaire du mal. Ne lutte pas ou je pense qu'ils pourraient t'enchaîner. Joue le jeu.*

— Tu me comprends ?

Adam hocha la tête, juste un petit mouvement, mais c'était assez. Parker pria le ciel pour que son compagnon ait compris. Il l'embrassa doucement.

— Ça va aller.

Quelqu'un émit un bruit indéniable de dégoût.

Quand Parker tourna la tête, il trouva Ramon en train de faire la grimace. La colère le traversa comme un éclair et les mots s'envolèrent de sa bouche.

— Oh, va te faire foutre !

La douleur explosa dans la mâchoire de Parker et il tomba au sol. Le poing était venu si vite qu'il n'avait même pas vu Ramon lever la main. Il goûta son sang sur ses lèvres. Rien n'était brisé au moins. Sur le lit de camp, Adam grogna, les yeux étincelants, les griffes et ses crocs sortis. Mais il était clairement trop faible pour bouger à cause du tranquillisant.

— Ramon ! Que t'arrive-t-il ? s'exclama Angela en le regardant d'un air hagard.

— Sérieusement, ce n'est pas du tout cool, ajouta Neil. Ça ne me plaît pas. Du tout.

Yamaguchi ne dit rien, penché sur son microscope comme s'ils n'étaient même pas là.

Adam grogna à nouveau, et Parker prit sa main, sans se soucier des griffes.

— Je vais bien, le rassura-t-il en crachant du sang sur le sol et en essuyant sa bouche. Je vais bien, répéta-t-il.

Lentement, Adam se retransforma et ferma les yeux. Son torse s'élevait et s'abaissait.

— Waouh, souffla Neil. Je n'aurais… je n'aurais jamais cru voir ça.

Parker se concentra sur Adam, caressant ses cheveux et le touchant légèrement. Il ignora Ramon, qui les surplombait tout près.

— Il ne devrait pas se polluer avec toi, grinça Ramon.

Parker garda son regard sur Adam.

— OK, tu es homophobe. J'ai saisi. Merci.

— Je m'en fous de ça. Il s'agit de *toi*. Il devrait être avec sa propre espèce.

— Mes excuses… tu es juste raciste, dit-il en adressant à Ramon un sourire sarcastique. Désolé.

Les narines de Ramon s'évasèrent.

— Il s'agit de *survie*. Notre nombre diminuait déjà, notre espèce s'éteignait à cause des accouplements avec les humains.

Son ton s'adoucit.

— Tu es un enfant. Tu ne comprends pas. Nous devons rester soudés. Adam doit être avec son espèce. Ma famille va venir ici bientôt, et nous formerons une nouvelle meute. Nous trouverons d'autres survivants, et nous ne serons plus obligés de nous cacher. Adam sera notre chef. Il nous aidera à créer une nouvelle génération.

— Une nouvelle génération ? Comme un loup-garou reproducteur ? Ce n'est qu'un tas de conneries !

— Nous avons besoin d'une nouvelle lignée. Je ne pouvais pas le croire quand il est arrivé ici. Ne le vois-tu pas ? C'était prédestiné.

— Ramon, dit Angela, son ton glacial. Tu ne peux pas le forcer à rester. Ce n'est pas ainsi que ça se passe ici.

Ramon lui fit face.

— Peut-être que le temps est venu pour un changement de gestion. Parfois, vous devez privilégier le bien de tous au-dessus de quelques-uns. Adam a besoin de penser au futur de notre espèce.

Il indiqua Yamaguchi.

— Et si ce charlatan peut vraiment créer un vaccin qui protégera les humains de cette infection, cela ne vaut-il pas le coup ?

— Vaut quoi, exactement ? demanda Angela en haussant un sourcil. Vous avez le sang d'Adam. Vous avez ses cellules. De quoi d'autre avez-vous besoin ?

Yamaguchi parla à ce moment-là.

— Ramon, j'ai besoin de vos échantillons pour comparer.

— Bien sûr, dit-il en relevant sa manche. Je joins l'acte à la parole. Nous pourrions vous sauver tous. Nous aurons le pouvoir. Nous construirons une nouvelle société.

— Alors, nous devons infecter le sujet et prendre plus d'échantillons, ajouta Yamaguchi.

— Infecter ? Infecter Adam ? répéta Parker en bondissant sur ses pieds. Comment allez-vous faire ça ?

Il suivit leurs regards vers la mystérieuse porte.

— Je le savais ! Vous détenez des monstres là-dedans, n'est-ce pas ?

Il secoua la tête.

— Avec l'insonorisation installée là aussi pour ne pas les entendre, je parie.

Neil frissonna.

— Le bruit qu'ils émettent est le pire, murmura-t-il.

— Et si vous avez tort ? Et si c'était un coup de chance qu'Adam n'ait pas été infecté quand il a été mordu ? Je ne vous laisserai pas faire ça. Pas question, trancha Parker en carrant les épaules, ses mains mourant d'envie de prendre le couteau qui se trouvait dans la jambe de son jean.

Pas encore.

— Hors de question !

— Nous ne sommes pas en train de voter. C'est pour le bien de tous, déclara Ramon en tendant son bras à Yamaguchi, qui enfonça l'aiguille et prit un échantillon de sang. Vous devriez tous attendre dehors. Je vais m'occuper de lui.

— Rappelez-vous, laissez-les le mordre, et ensuite, vous sortez, instruisit Yamaguchi en tirant un jeu de clés de sa poche. Sans les équipements pour entretenir le virus proprement à l'extérieur du corps de l'hôte, nous aurons besoin d'eux vivants.

— Andrew, je ne pense pas que ça soit une bonne idée, dit Angela durement. J'ai envoyé les résidents dans leurs chambres et leur ai dit qu'il y avait un problème de plomberie au sous-sol. Prenons tous une profonde inspiration, asseyons-nous et discutons-en. Nous devons nous mettre d'accord.

Parker regarda Adam, qui luttait pour s'asseoir, tremblant à cause de l'effort. Il s'éclaircit la gorge. Il devait gagner du temps.

— C'est une putain de mauvaise idée. Et si Adam est infecté ? Alors, vous aurez des monstres avec la force et la rapidité d'un loup-garou, et croyez-moi quand je vous dis que ça finira mal. Nous voulons tous un remède ou un vaccin, mais ça devient hors de contrôle.

— Je suis d'accord, dit Neil. Je pense que nous devrions garder la tête froide. Nous sommes tous fatigués et stressés, et…

Avant qu'aucun d'entre eux ne puisse réagir, Ramon avait soulevé Adam et se tenait devant la porte, l'agrippant par l'arrière de sa veste.

— Je fais ce qui doit être fait, dit-il en prenant les clés de Yamaguchi.

Alors que la porte s'ouvrait, une cacophonie de râles se répercuta dans l'espace fermé, envoyant un frisson courir le long de la colonne vertébrale de Parker. À l'intérieur de la pièce, une cage de stockage cadenassée retenant une femelle et un mâle infectés, leurs yeux écarquillés alors qu'ils criaient et ébranlaient les barreaux.

Oh, Seigneur. Là maintenant ! Fais-le !

Parker s'accroupit pour prendre le couteau, le tirant de sa chaussette tandis qu'il bondissait sur le dos de Ramon. Au même moment, Adam frappa les jambes de ce dernier, le faisant tomber brusquement sur le sol.

Avec un cri perçant, les monstres arrachèrent la porte de la cage et se jetèrent en avant, enfonçant leurs dents en Ramon tandis que la pièce plongeait dans le chaos.

Chapitre 19

ALORS QUE RAMON rugissait et se transformait en loup-garou, Parker agrippa Adam et attrapa sa main. Son amant trébucha, luttant pour rester sur pieds. Il tomba brusquement quand le monstre femelle s'accrocha à sa botte et rongea la semelle en caoutchouc.

Parker lacéra le visage du monstre avec sa lame, frappant l'os avec un choc écœurant. Elle remuait toujours et donnait des coups de griffes, et le pied d'Adam se connecta avec son nez qui la renvoya dans sa cage, où Ramon qui déchiquetait l'autre monstre avec un grondement sauvage se trouvait.

Parker releva Adam, soutenant autant de poids que possible. Ils dépassèrent Yamaguchi en titubant, celui-ci appuyé contre le mur, figé et horrifié. Neil bloquait la porte, ses bras minces écartés.

— Attendez ! Nous devons contenir…

— Bouge de là !

— Laissez-les partir ! ordonna Angela, reculant de l'endroit où Ramon se battait contre les monstres, arrachant la tête de la femelle, le couteau toujours enfoncé dans son orbite. Nous ne laisserons pas l'infection se propager.

Elle grimaça tandis que le monstre laissait échapper un sifflement strident.

— Je ne pense pas qu'ils vont être un problème, continua-t-elle. Je vais essayer de l'empêcher de vous pourchasser.

— Merci ! cria Parker alors qu'ils s'échappaient et que Neil fermait la porte derrière eux.

Dans le silence soudain, ils vacillèrent le long du corridor, dérivant vers la porte menant aux escaliers. Parker la poussa et commença à monter les marches, son épaule douloureuse alors qu'il essayait d'avoir une meilleure emprise sur Adam.

— Laisse-moi, marmonna Adam, en trébuchant.

— Oh bordel, ferme-la et cours !

Parker coinça son épaule sous le bras d'Adam et le souleva pour monter les marches, chancelant sous le poids d'Adam, la crainte alimentant chaque pas.

Dans la réception, Christy avec ses boucles blondes et son sourire éclatant releva les yeux de son bureau d'accueil.

— Salut, les gars. Vous étiez en bas ? Il y a une fuite ou quelque chose comme ça, dit-elle, puis son sourire s'évanouit. Oh, mon Dieu, vous allez bien ?

Titubant vers la porte d'entrée, Parker ne s'arrêta pas.

— Que s'est-il passé ? lança-t-elle derrière eux.

Ils continuèrent dans la nuit froide, et Parker chercha dans sa poche la clé de Mariah. Le parking semblait être à des millions d'années-lumière de là où ils se trouvaient. Ses muscles le brûlaient sous l'effort, mais il agrippa Adam et ne s'arrêta pas.

— Allez, allez.

— Il vient. C'est moi qu'il veut, grinça Adam.

Avec un grognement, Parker accéléra sa marche sur le bitume. *Presque là, presque là, presque là…* Il s'arrêta et traîna Adam vers la moto.

— Ferme-la et pose ton cul sur cette moto.

Parker enfonça la clé et fit marche arrière pendant qu'Adam entourait sa taille de ses bras, vacillant dangereusement. Du coin de l'œil, il vit un mouvement, mais il accéléra et ne regarda pas en arrière.

— Accroche-toi !

L'allée sinueuse ne lui avait pas semblé si longue quand ils étaient arrivés, et le cœur de Parker battait à chaque seconde qui passait, la sueur humidifiant sa nuque et l'adrénaline le faisant vibrer. Il avait besoin des phares pour voir. De toute manière, Ramon pourrait les apercevoir dans l'obscurité, alors cela n'avait pas d'importance. La lumière éclaira le portail fermé tandis qu'ils prenaient le dernier tournant, et un homme sortit du poste de garde. C'était Jake, le jeune homme qu'ils avaient rencontré lors de leur premier jour ici.

Parker pesa leur chance de foncer à travers le portail, mais c'était solidement construit alors il freina.

— Ouvre les portes !

— Que se passe-t-il ? demanda Jake en levant la main pour se protéger des phares.

Il y a un taré de loup-garou qui nous pourchasse.

— Il est malade ! cria Parker. Regarde-le !

Jake se rejeta en arrière, les yeux écarquillés.

— Que voulez-vous dire ? Il est infecté ?

— Oui ! mentit Parker. Il est infecté donc ouvre ce putain de portail !

Il n'entendait aucun autre véhicule, mais il réalisa ensuite que les battements dans ses oreilles n'appartenaient pas seulement à son pouls, mais à Ramon qui réduisait la distance entre eux à pied. Peut-être même avec ses pattes.

Trébuchant sur ses pieds, Jake se retourna et tendit la main pour appuyer sur le bouton. Alors que le portail s'ouvrait lentement, Jake indiqua le chemin par lequel ils étaient venus.

— C'est quoi ça ?

Parker ne jeta qu'un bref coup d'œil au mouvement flou qui accourrait dans leur direction avant de franchir le portail, laissant Jake dans la poussière.

— À quelle vitesse il peut aller ? cria-t-il.

La voix d'Adam était rauque.

— Vite. Mais il va ralentir. Il ne peut… pas suivre, souffla Adam en vacillant puis en se redressant à nouveau.

Agrippant fermement le guidon, Parker s'efforça de les garder en équilibre alors qu'ils quittaient l'allée privée du complexe et accéléra sur la route à deux sens en bas des montagnes. Bien qu'une bonne partie de la neige d'octobre ait fondu, la route était humide et lisse. Il pria le ciel pour qu'elle ne soit pas verglacée.

— Est-il toujours derrière nous ?

— Oui.

Merde, merde, merde.

— Concentre-toi, marmonna-t-il, suivant la ligne jaune qui tournait et restant au centre de la route afin qu'il puisse prendre de grands virages.

Malgré cela, ils frôlèrent dangereusement la glissière de sécurité, et Parker eut l'impression que son cœur allait exploser. Le vent fouetta ses cheveux et ses bras tremblèrent tandis qu'il prenait un autre virage, s'inclinant sur la route et priant pour qu'ils ne dérapent pas.

Un rugissement se fit entendre dans la nuit et provoquèrent des frissons le long de la nuque de Parker. Après un autre virage, il risqua de jeter un coup d'œil derrière lui et aperçut un Ramon sauvage dans le clair de lune, grognant à travers ses énormes crocs, les yeux brûlants tandis qu'il les pourchassait. Il courait tellement près du sol qu'on aurait presque dit qu'il courait à quatre pattes.

Adam gronda en réponse, mais il était trop faible et Parker savait que leur seule chance était Mariah semant Ramon. Il se courba sur le guidon, la tête penchée pendant qu'il accélérait et survolait presque le prochain tournant. Un autre grondement ébranla ses tympans, mais il ne regarda pas. Bloquant tout ce qui se passait autour de lui, sauf la ligne jaune et le vide qui lui faisait face, Parker accéléra à chaque virage jusqu'à ce qu'Adam parle à nouveau.

— Je ne peux plus l'entendre, remarqua-t-il en s'appuyant lourdement contre le dos de Parker, mais sa voix était plus forte.

— Je ne m'arrêterai pas jusqu'à ce que nous soyons hors de cette putain de montagne.

Il ralentit légèrement et éteignit les lumières.

— Waouh, fit-il en les rallumant.

— Espérons que les monstres ne sont pas arrivés jusqu'ici, parce que je ne peux absolument rien voir. Mais je vais prendre le risque avec eux pour le moment. Reste à l'écoute. Peux-tu rester éveillé ?

— Ouais, continue.

Adam enlaça la taille de Parker plus fort, et même si ce dernier était le seul en contrôle, il sentit une vague de chaleur et de réconfort. *Tout va bien se passer. Nous sommes ensemble.* Il tendit la main derrière lui et pressa le genou d'Adam avant de retourner sa concentration sur la route.

QUAND LE CIEL commença à s'éclaircir à l'Est, ils étaient arrivés dans les collines, Denver s'étendant au loin. Ils avaient perdu leur carte, ainsi que leur sac à dos et leurs armes, mais Parker réussit à trouver son chemin une fois dans la ville, hors de portée des infectés qui avaient envahi la région.

Ils étaient toujours à la périphérie de Denver, zigzagant à travers les voitures délaissées qui jonchaient les routes quand l'un des voyants de la moto clignota. L'estomac de Parker se noua.

— Merde. Nous avons besoin d'essence, dit-il en regardant autour de lui. Et très vite.

Un panneau jaune apparut à un kilomètre au bord de la route, et Parker entra dans la station essence déserte. Il laissa le moteur en marche.

— Nous avons de la compagnie ?

Adam ferma les yeux. Après un moment, il secoua la tête.

Parker coupa le moteur de Mariah, grognant alors qu'il se redressait et étirait ses muscles raides. Il tendit une main stable quand Adam passa son pied par-dessus la moto.

— Attention.

— Je vais bien, dit Adam en vacillant sur ses pieds.

— Oh non.

Parker enveloppa son bras autour de l'épaule d'Adam et l'aida à descendre de la moto pour s'appuyer contre une Toyota éclaboussée de sang et abandonnée qui était garée à côté de l'une des pompes. Parker s'agenouilla devant lui et indiqua la route.

— Fais le guet.

— D'accord, mais je vais bien.

— Mec, on t'a tiré dessus avec un tranquillisant qui aurait assommé un *ours* pendant des jours. Et ce n'est même pas la chose la plus folle qui s'est passé la nuit dernière. Tu es aussi blanc qu'un linge et tu peux à peine te lever, alors assieds-toi et ferme-la.

Les lèvres d'Adam tressaillirent.

— T'ai-je déjà dit que tu étais autoritaire ?

— Oh, tu aimes ça. Tu ne m'auras pas, dit-il en se dirigeant vers les pompes à essence.

Adam attrapa la main de son compagnon. Il était plus pâle que Parker ne l'avait jamais vu, et du sang tachetait sa joue.

— C'est vrai, tu sais.

Parker serra ses doigts et réussit à sourire en dépit de la grosse boule dans sa gorge.

— Je sais.

Alors qu'Adam prenait un souffle tremblant, ses lèvres frémirent et il cligna des yeux pour repousser les larmes. Parker se laissa tomber sur les genoux.

— Hé, hé, ça va aller, le rassura-t-il en prenant le visage pâle d'Adam dans ses mains et en l'embrassant doucement.

— Quand je me suis réveillé, j'avais si peur. Je me sentais impuissant. Puis j'ai entendu ta voix, dit-il en esquissant un sourire ému. Je savais que tu ne renoncerais pas. Je savais que tu me sauverais.

— J'ai pensé que c'était à mon tour maintenant, dit Parker en essayant de sourire.

Il voulait garder Adam dans ses bras et en sécurité.

— Je suis désolé de ne pas avoir pu..., dit-il en exhalant difficilement. Ils t'ont découpé. C'est guéri maintenant, mais je n'ai pas pu les arrêter. J'ai essayé, mais...

— Tu m'as sauvé, Parker. Tu aurais pu me laisser derrière.

— Pas question, dit-il en prenant la main d'Adam dans la sienne et entrelaçant leurs doigts. Jamais.

Hochant la tête, Adam renifla bruyamment et s'essuya les yeux.

— Désolé. Je ne sais pas pourquoi je me montre si émotionnel.

— Je pense que c'est normal que nous soyons sujets à une ou deux dépressions nerveuses. Ou trois ou quatre.

Riant, Adam hocha la tête.

— Je suppose que c'est vrai.

Son sourire larmoyant disparut alors qu'il effleurait la mâchoire gonflée de Parker de ses doigts.

— Ça te fait mal ?

Honnêtement, Parker n'y avait pas pensé. Il avait mal partout.

— Ouais, mais ça va.

— Je ne vais laisser personne te faire du mal à nouveau, dit Adam en le regardant intensément. Jamais.

Le souffle coupé, Parker sentit son cœur fondre.

— Je sais, murmura-t-il.

— Ça fait longtemps depuis que je n'ai plus voulu me cacher. Depuis que je n'ai plus honte de ce que je suis. Je ne sais pas ce que je ferais sans toi.

— Moi non plus. Sans toi, je veux dire. Dans le cas où ça ne serait pas clair. Je radote. Je le fais parfois, bafouilla Parker.

Adam l'embrassa tendrement, et Parker fondit contre lui avant de se forcer à se lever et à se concentrer sur la tâche à accomplir.

Il n'y avait évidemment pas d'électricité et les pompes étaient vides, mais il fouilla dans le garage et trouva un bout de tube en plastique transparent qu'il pouvait utiliser pour siphonner l'essence. Un sac à dos Broncos défraîchi était posé prés d'une table de travail, et il le prit également ainsi qu'un jerricane rouge. Il se précipita à l'extérieur et s'agenouilla près du réservoir d'essence.

— Ça va être super amusant, hein ?

— Je peux le faire.

— Tu l'as fait à chaque fois. C'est mon tour maintenant.

— Évite d'en avaler une goutte.

— Merci. Ça aide vraiment. Tu as d'autres astuces pros ?

Adam leva les yeux au ciel.

— Je te le dis seulement. As-tu déjà fait ça auparavant ?

— Non, je n'ai jamais aspiré d'essence à travers un tube. Mais je ferais mieux de m'y habituer.

Il enfonça le tube dans le réservoir, espérant que le propriétaire de la Toyota ait réussi à le remplir avant d'être mangé par un infecté. Il attrapa le plastique et prit une profonde inspiration.

— Voilà, rien.

— Dis bonjour à nos téléspectateurs.

— Quoi ? demanda Parker en regardant par-dessus son épaule et en apercevant Adam qui le filmait avec la petite caméra qu'Angela lui avait donnée. Comment peux-tu encore l'avoir ?

— Elle était dans la poche de ma veste avec une batterie supplémentaire.

— Eh bien, il n'y a rien ici, Monsieur Scorsese. Bien qu'il n'ait pas fait de documentaires, je pense. Monsieur Moore ? Je ne vois pas d'autre documentariste célèbre.

— C'est pour cette raison que tu aurais dû suivre les études cinématographiques.

Parker se mit à rire.

— Touché.

— Maintenant, aspire, dit Adam.

Parker haussa un sourcil.

— Oh, je vois. Tu le veux façon perverse, hein ? dit-il en léchant le bord du tube. Tu aimes ça ?

Les épaules d'Adam tremblèrent.

— Tu vas y arriver, bébé.

Après l'incroyable stress de la nuit dernière, il était bon de rire et de respirer. Parker sourit.

— OK, prêt ou pas, je me lance !

Au final, aspirer de l'essence était aussi amusant que ça en avait l'air, et Parker évita soigneusement d'en avaler, réussissant à s'éloigner juste à temps alors que le liquide sortait du tube. Il remplit vivement le jerricane et transféra ensuite l'essence dans le réservoir de Mariah, répétant l'opération jusqu'à ce qu'il soit plein. Après avoir attaché le jerricane sur le sac à dos, il s'assit près d'Adam avec un soupir, leurs épaules et cuisses pressées ensemble. Il s'adossa contre la Toyota et releva les yeux vers les nuages gris avant de regarder Adam.

— Pourquoi me filmes-tu toujours ?

Adam garda la petite caméra fixée sur lui.

— Parce que tu es magnifique.

— Oh. Euh, merci, bredouilla Parker en baissant la tête, le rouge lui montant aux joues. OK, économise ta batterie.

Quand la caméra fut bien à l'abri dans la veste d'Adam, ils restèrent un instant immobiles, leurs têtes appuyées l'une contre l'autre, leurs mains entrelacées, et il aurait voulu trouver un endroit où ils pourraient se blottir l'un contre l'autre. Il soupira.

— Nous devons continuer. Mettre autant de kilomètres que possible entre nous et Ramon. Juste au cas où.

Adam hocha la tête.

— Juste au cas où.

— J'espère que tout se passera bien pour eux, là-haut.

— Et si le Dr Yamaguchi était en mesure de créer un vaccin ? Au moins, toutes ces conneries auraient servi à quelque chose.

— Je l'espère. Peut-être qu'un jour, nous le découvririons. Peut-être que Ramon a raison et que dans le Nouveau Monde, les loups-garous ne seront plus obligés de cacher ce qu'ils sont, dit Adam en secouant la tête. Des « peut-être » et des « si ». Qui sait ce qui arrivera.

Parker savait qu'il n'y avait aucune réponse, mais il demanda quand même :

— Après notre arrivée au Cape, si ma famille est là ou pas... qu'allons-nous faire ensuite ?

Adam lui serra la main.

— Nous le découvrirons.

C'était tout ce qu'ils pouvaient faire, et Parker se dit que c'était suffisant pour l'instant.

Chapitre 20

BOSTON AVAIT BRULE.

La fumée âcre flottait encore dans la ville, au crépuscule, comme un brouillard matinal qui montait de l'Atlantique, et des flammes orange léchaient de hauts bâtiments à l'horizon. Les rues adjacentes grouillaient de monstres, leurs claquements de dents constants audibles même au loin.

Parker imagina leur maison à Cambridge, et son ancienne chambre avec les posters des Red Sox qu'il avait collés sur le mur quand il avait treize ans pour reluquer les joueurs et leur pantalon serré tandis qu'il prétendait se soucier du baseball.

— Tout est parti en fumée.

Sa voix avait l'air étrange à ses propres oreilles. Il était assis derrière Adam sur Mariah, caché dans les bois, assez proche pour regarder la destruction de sa maison, mais assez loin pour rester en sécurité. Ils étaient tous les deux fatigués et affamés, leurs vêtements crasseux. Le sac à dos sale de la station à Denver était accroché aux épaules de Parker, le jerricane d'essence se balançant contre sa hanche.

— Je suis désolé, déclara Adam.

— J'aurais dû conduire les cygnes à nouveau.

Adam frotta la cuisse de Parker.

— Je ne sais pas ce que tu veux dire.

— Les bateaux cygnes. Dans le Jardin Public ? Prés du parc Boston Common. Ils ont ces bateaux historiques en bois, comme les péniches avec un banc et un cygne à l'arrière. Tu t'assois sur le banc et un gars pédale le bateau autour du pont. Pas de moteur ou quelque chose de ce genre. Ils peuvent mettre une vingtaine de personnes sur le bateau, alors ça faisait un bon entraînement pour le personnel. Mais plus maintenant, je suppose.

Il cligna des yeux pour repousser les larmes.

— Désolé, je radote. Je ne pense pas… c'était plus facile quand il s'agissait d'endroits que je ne connaissais pas.

Adam fit mine de descendre de la moto pour le réconforter, mais Parker secoua la tête.

— Non. Je vais bien. Je peux le faire. Je vais bien.

Adam se rassit et posa à nouveau sa main sur la cuisse de Parker. Il tourna la tête et frotta la joue de Parker avec sa mâchoire, la caresse de sa barbe était rugueuse, mais réconfortante.

Depuis des semaines, ils ne voyaient que désolation et destruction alors qu'ils traçaient leur route à travers l'Amérique profonde. Les morts et les infectés étaient partout, avec de moins en moins de survivants. De petits groupes ici et là. Des convois prenant la direction de l'Ouest, leur disant de faire demi-tour. Maintenant que Parker le voyait vraiment, une partie de lui aurait voulu qu'ils aient écouté ces gens. Il carra les épaules.

— D'accord. Nous devrions continuer, dit Parker.

— Tu es certain ? Nous pouvons trouver un endroit pour la nuit. Attendre jusqu'à demain.

Parker renifla bruyamment et essuya son nez.

— Non, nous sommes assez proches. Nous pouvons nous diriger vers Chatham cette nuit si nous continuons. Je dois le faire, dit-il en regardant la ruine qu'était Boston. J'ai pensé que la ville ne serait pas trop ravagée. Je sais que ça n'a pas de sens. Mais Boston a survécu à tellement de choses. Je ne l'ai jamais imaginé comme ça. Même après tout ça. C'est stupide, hein ?

— Non, murmura Adam, en lui serrant de nouveau la main. L'espoir n'est jamais stupide.

Parker expira un long souffle et enveloppa ses bras autour de la taille d'Adam.

— Finissons-en.

Les phares éteints, Adam les dirigea à travers les bois, prenant le long chemin autour de la ville de Boston et allant vers la côte, loin des monstres qui couraient vers le feu qui illuminait le ciel nocturne.

Quand ils conduisirent sur l'autoroute six qui les mènerait au Cape aux petites lueurs du matin, Parker pouvait presque fermer les yeux et imaginer que c'était un jour commémoratif ou la fête nationale, les voitures créant un embouteillage sur la route. *Presque.*

C'était presque le mois de novembre maintenant, et la nuit était froide, mais Parker pouvait encore sentir l'air salin familier. Ils conduisaient sur le mauvais côté de la route, car il y avait moins de voitures vides qui la bloquaient. Les gens avaient en effet essayé de s'échapper vers le Cape, et à présent, ils erraient ici avec les yeux écarquillés et les bouches rouges de sang.

Mais Mariah était bien trop rapide pour les mains tendues et les ongles qui devenaient rapidement des sortes de griffes. Adam et Parker se tracèrent leur chemin sur la Six dans une brume fraîche et fine qui menaçait de devenir de la pluie. Parker avait voyagé sur cette route tellement de fois qu'il ne comptait plus, et évita tous les points de repère, un par un tandis qu'il dirigeait Adam hors de l'autoroute et le faisait tourner vers l'Est à Chatham.

C'était la mi-août la dernière fois qu'il était venu ici, Jason et Jessica étaient en visite. Ils avaient marché le long de Main Street jusqu'au Théâtre Orpheum restauré pour voir *Jaws*, sur le grand écran et apercevoir les emplacements de tournage local. Naturellement, ils s'étaient arrêtés à la confiserie et s'étaient rendus malades de sucreries et d'amandes au chocolat et de bonbons acidulés à la fin du film, et de ce qui lui avait semblé être, des litres de soda.

Les baies vitrées brillantes de l'Orpheum étaient brisées maintenant, et sous le clair de lune, Parker pouvait lire l'affiche intacte alors qu'ils le dépassaient, les lettres majuscules annonçant le titre du dernier film de Tim Burton.

— Quelle direction ?

Parker cligna des yeux et réalisa qu'ils étaient arrivés au bout de

Main Street.

— Gauche. Non, attends. Droite.

Adam s'immobilisa.

— Je peux les entendre par là.

— Pouvons-nous aller jeter un coup d'œil ?

Adam prit le virage et ils zigzaguèrent autour des voitures abandonnées qui jonchaient Shore Road. Ils remontèrent la pente jusqu'au poste de garde de l'endroit où Parker avait passé des millions d'étés, soit sur une serviette avec le sable collé à sa peau, ou sur le voilier naviguant dans le port, ou à se promener sur la péninsule de Nauset Beach.

Adam freina et ils s'arrêtèrent dans un sursaut.

Sur la droite, le phare de Chatham montait la garde comme il l'avait fait pendant deux cents ans, la station du garde-côte près de ses fondations. À présent, la balise était éteinte. Parker pouvait imaginer comment il était quand il fonctionnait toujours au début de l'épidémie, les monstres écrasant la pelouse de la station, tournant autour des fondations du phare, le rongeant et le griffant, se tordant et écrasant l'autre dans leur désespoir de s'en approcher, plus, encore plus.

Quelques infectés vagabondaient dans la rue et étaient à l'affût, à l'endroit où en été, une centaine de personnes venaient pique-niquer et regarder l'étendue de l'atlantique. Il remarqua que les monstres devenaient de plus en plus maigres, et il se demanda ce qu'il arriverait quand il n'y aurait plus personne à manger. Ils le découvriraient tôt ou tard de toute manière, mais pas pendant un moment.

— Je suis allé au sommet du phare une fois. Je suis monté sur l'échelle pour voir la lumière, murmura Parker en déglutissant difficilement. Nous pouvons aller dans l'autre sens maintenant.

Descendant vers Shore Road, des monstres solitaires erraient sur la pelouse du vieux bar Chatham Bars Inn, dépassant les chaises Adirondack et les tables basses renversées. Le parking à côté de la mer était vide, et Parker se rappela le buffet présenté en juillet, deux ans plus tôt, quand son père avait insisté pour conduire sa nouvelle Aston Martin DB9 jusque-là, même si la marche ne durait que dix minutes seulement. Sa mère avait juste ri comme elle le faisait pour tous ses nouveaux jouets de son mari. Après le dîner, ils avaient baissé le toit ouvrant et seraient sortis à Pleasant Bay, juste eux quatre pour la première fois depuis toujours, avec Éric venu de Londres pour leur rendre visite.

Après la prochaine côte, Parker pointa du doigt un endroit.

— Ici.

Ils dépassèrent des maisons d'été situées au bord de la mer, se tenant là sombres et complètement vides. La plupart de leurs voisins avaient fermé leurs maisons après la fête du Travail, certains d'entre eux ne venant au Cape qu'une fois ou deux en été. Quand ils approchèrent de la maison numéro 32, Parker déclara :

— C'est celle-là, avec la porte verte.

L'allée était vide, les volets des baies vitrées ouvertes qui avaient un ensemble correspondant de l'autre côté de la maison, offraient une vue sur la mer et illuminant la maison durant la journée.

— Veux-tu bien fermer ces maudits volets quand tu sors ?! dit son père.

Il se tenait dans le vestibule, son porte-documents à la main, et une valise roulante derrière lui.

— Tout le monde peut voir à l'intérieur, poursuivit-il. Je ne sais pas pourquoi nous avons payé une fortune pour des volets sur mesure quand vous ne les utilisez jamais.

— Cette maison est faite pour que la lumière y entre, dit la mère de Parker en posant un baiser sur la joue de son père et en essuyant ensuite avec son pouce la marque rouge laissée par son rouge à lèvres.

Secouant la tête, le père de Parker sourit.

— Je ne sais pas d'où tu tiens ces idées. N'accroche aucune maudite boule de Crystal pendant mon absence, dit-il à sa femme.

Puis il releva les yeux vers Parker qui se tenait sur les escaliers.

— Une centaine de bonnes écoles à Boston, et tu insistes pour aller en Californie. Amuse-toi bien avec les hippies, fiston.

Il fit mine de partir, mais s'arrêta sur le seuil.

— Appelle-moi si tu as besoin de quoi que ce soit. N'importe quand.

Parker ouvrait la bouche pour dire merci, mais la porte s'était déjà fermée.

Parker descendit de la moto, et réussit à faire bouger ses pieds. Il sut alors qu'il cherchait les doubles des clés accrochés à la jardinière que la maison était vide… qu'Adam saurait si quelqu'un se trouvait là, que ses parents auraient entendu la moto et seraient déjà sortis par la porte. Mais tandis qu'il tournait la clé dans la serrure et entrait, il ne put éteindre l'étincelle d'espoir qui s'alluma en lui.

Il y avait dans l'air une odeur de renfermé et il pouvait sentir qu'une couche de poussière recouvrait tout, même s'il ne pouvait rien voir dans le clair de lune qui déclinait. Il laissa tomber le sac à dos sur le sol et Adam entra après lui et ferma la porte, attendant Parker alors que celui-ci traversait le long couloir pour aller dans la cuisine ouverte.

Le tic-tac de l'horloge ancienne qui se trouvait au-dessous de la cheminée dans le salon était bruyant dans le silence, bien qu'elle ait tendance à passer au ralenti, peu importe à quelle fréquence on la réglait.

Dans la cuisine, un comptoir avec une planche de travail se trouvait au milieu du sol dallé noir et blanc. La surface du plan de travail était vide, excepté le seau de lavage retourné au bord de l'évier, laissé là sans aucun doute par la femme de ménage qui venait toutes les semaines.

Il n'y avait aucun bout de papier sur le comptoir… l'endroit où sa famille avait l'habitude de laisser des messages entre eux depuis aussi longtemps que Parker s'en souvienne. Il n'y avait aucun message ni instruction. Pas d'écriture soignée de sa mère ni de gribouillis désordonné de son père. Juste le bout de bois poli que sa mère n'utilisait jamais comme planche à découper. Le bloc-notes accroché à côté du téléphone mural lui faisant face était vide.

Depuis ce jour-là en septembre, il ne s'était pas permis de penser à eux plus que quelques instants, repoussant les souvenirs et la crainte pour continuer à avancer. Pour continuer à espérer. À présent, se tenant dans la cuisine où il avait mangé un pot de crème glacée et s'était disputé avec son frère pour le dernier esquimau, il prit une inspiration tremblante.

— Ils n'ont pas réussi à s'en sortir.

Il fit courir ses doigts sur le comptoir lisse, et entendit les pas silencieux qui s'approchaient. Parker força une autre inspiration à travers ses poumons.

— Peut-être qu'ils n'ont même pas pu sortir de Boston. J'aurais dû appeler ma mère tout de suite après. J'aurais dû…

Un sanglot l'étouffa.

— Je ne vais plus jamais les revoir. Même s'ils sont vivants quelque part, je ne les retrouverai jamais.

Cette vérité s'accrocha dans l'air moisi, et alors qu'Adam l'étreignait, Parker pleura pour sa famille et ses amis, pour les glaces et les esquimaux, et pour tout ce qui ne serait jamais.

LA LUMIERE DU soleil franchit les nuages et emplit sa chambre, réchauffant la peau de Parker alors qu'il se réveillait. Pendant un instant, il n'ouvrit pas les yeux, préférant rester avachi sur le torse d'Adam, leurs jambes entremêlées dans le lit double.

Adam fit courir sa main sur le dos de son amant.

— Salut.

— Salut, dit-il en clignant des yeux. Quelle heure est-il ?

— Presque midi.

Il frotta ses yeux gonflés. Pendant toute une journée et une nuit, et maintenant, une matinée, il avait sangloté. Parker s'était réfugié dans son ancienne chambre, qui n'avait plus les posters des Red Sox depuis que sa mère avait insisté pour mettre des aquarelles joliment rustiques de Cape Cod dans chaque chambre. Il s'était roulé en boule dans son lit et Adam était resté avec lui pendant des heures avant d'aller vérifier le périmètre et d'amener à Parker de la nourriture qu'il ne mangerait pas et de l'eau qu'il avait à peine avalée.

Et il avait pleuré.

Mais maintenant, il devait arrêter. Il le fallait.

— Alors, dit Parker.

— Alors, répéta Adam en dégageant la mèche du front de Parker. Veux-tu rester ici ?

Il n'y réfléchit même pas.

— Non, répondit Parker.

Il se sentait nauséeux rien que de penser à rester inactif encore plus longtemps dans un endroit où sa famille avait naguère rempli cette maison. Ils devaient continuer à avancer. C'était le seul moyen.

— Que devrions-nous faire ? demanda Adam.

— Je ne sais pas. Mais aujourd'hui, je pense que je voudrais voir le coucher du soleil des Dunes de Provincetown. Tu vas adorer.

Adam pressa leurs mains les unes contre les autres.

— D'accord.

Parker dessina des cercles sur le torse d'Adam.

— Hé, Ramon t'a-t-il dit comment te transformer complètement ? En un vrai loup ?

— Un peu. Je pense qu'il essayait de ne m'en révéler que des parties pour que je veuille rester et en apprendre plus.

— Ugh. Ce gars-là était un vrai connard. Qu'il aille se faire voir. Je suis sûr que tu pourras le comprendre tout seul, à la fin. Nous pouvons réfléchir et proposer de nouvelles idées à essayer.

— Vraiment ? fit Adam en lui caressant le dos.

— Ce sera notre projet. Un nouveau but. Je dois avoir des buts.

— C'est une bonne idée, acquiesça Adam en l'embrassant sur le sommet de la tête. T'es prêt ?

— Ouais. Je le pense.

Après s'être réapprovisionné dans le garde-manger, Parker arracha un bout de papier du bloc-notes sur le mur. Dessus, un dessin d'un homard joyeux lui souriait. Il ouvrit le stylo et écrivit six mots avant de placer le message au centre du comptoir. Il le glissa sous un verre de l'armoire. Juste au cas où.

J'ai été ici. Je vous aime.

PARKER ARRETA MARIAH devant le panneau de travers à Herring Cove Beach.

Pas de voitures au-delà de cette ligne.

Ils n'avaient pas été en mesure de conduire à travers les Dunes sans baisser la pression d'air des pneus, alors ils avaient dû se contenter de la plage. Parker bondit de la moto.

— Je suppose que nous devrions suivre les règles, hein ? Y'a-t-il quelqu'un ici ?

Les yeux fermés, Adam inspira profondément avant de répondre.

— Il y a quelques personnes dans les Dunes, mais ils sont loin. Pas d'infectés ici.

Parker enleva ses baskets et ses chaussettes, et il tendit la main à Adam.

— Viens.

Chaque fois qu'il avait visité Provincetown, Parker insistait toujours pour aller aux Dunes. Les Art's Dune & Excursions avaient une série de 4x4 possédant des pneus presque plats et qui avaient l'autorisation de rouler sur les collines de sable, au travers des marais de canneberge et des oyats feuillus, et des amas de pins et de pruniers.

Avec leurs pieds nus s'enfonçant dans le sable froid, ils marchèrent en fin d'après-midi… sous une brise froide faisant balancer l'herbe. Ils pouvaient voir des traces dans le sable ; un quelconque animal et quelques humains.

— J'ai toujours aimé venir à Provincetown.

C'était bon de parler, et Adam savait écouter.

— Je me rappelle la première fois, quand j'étais un enfant. J'avais huit ans peut-être. Tous les drapeaux de l'arc en ciel se trouvaient partout ici, et des couples lesbiens et gays se tenaient la main. Mon père avait son bras autour de ma mère alors que nous marchions à Commercial Street, comme si les hommes allaient le traîner dans les bosquets à tout moment et parvenir à leur fin avec lui. Ma mère disait toujours que si elle voulait un peu d'affection, P-town était le meilleur endroit pour ça.

— Je parie que ça ne te dérangeait même pas de voir tous ces hommes sexy.

— Pas du tout. Même à ce moment-là, j'avais compris.

— Qu'est-ce que c'est ? demanda Adam en pointant vers une tour étroite au loin. On dirait une tourelle des châteaux médiévaux ou quelque chose comme ça.

— C'est le Mémorial des Pèlerins au centre de la ville.

— Je pensais que les pèlerins avaient débarqué à Plymouth.

— Ah, c'est ce que Plymouth voulait que vous pensiez. Ils ont fini là-bas apparemment, mais ils se sont arrêtés ici auparavant. Toutefois, ils n'ont pas beaucoup aimé. Nous avions l'habitude de plaisanter que c'était trop gay pour eux, alors ils ont débarqué dans un autre endroit plus ennuyeux.

Adam se mit à rire, plissant les yeux en apercevant une petite cabane en bois perchée sur une colline dans les dunes qui apparut tandis qu'ils grimpaient une montée.

— Et ça, c'est quoi ?

— C'est une cabane des Dunes. Il y en a quelques-unes. Dix, peut-être ? Vingt ? Je ne sais pas. De vraies petites choses. Certaines d'entre elles appartiennent à des artistes, ils se retirent ici pour travailler, mais d'autres appartiennent à des familles appelées les Descendants. Leurs ancêtres vivaient sur ces terres avant qu'elles ne deviennent un parc national. Leurs familles sont toujours autorisées à les utiliser, mais ils ne peuvent ajouter aucune addition aux cabanes ou installer l'électricité. Les cabanes doivent rester comme elles l'étaient. Ils peuvent utiliser des générateurs, mais c'est tout. Et si leurs descendants directs meurent, la cabane ira aux artistes.

— Combien de temps les artistes peuvent-ils l'avoir ?

— Oh, juste une semaine ou deux. Elles sont dirigées pour un but non lucratif et les gens demandent chaque année la chance de rester.

Il savait qu'il devrait probablement parler au passé, mais ne put le faire.

Adam releva les yeux vers la cabane.

— Quelle sorte d'artistes ?

— Toute sorte, je pense. Des poètes. Des peintres.

Il sourit avant de continuer.

— Des réalisateurs, je parie. Je suppose que maintenant, nous pouvons rester aussi longtemps que nous le pouvons.

— Il y a quelqu'un là-bas.

Parker s'arrêta et plissa les yeux. Puis il vit la porte de la cabane s'ouvrir. Une silhouette apparut… une femme apparemment, mais il ne savait pas vraiment. Pendant un moment, ils se regardèrent l'un l'autre, son corps découpé parmi les gros nuages au-dessus d'elle. Puis elle leva son bras en l'air. Parker et Adam lui rendirent son salut avec gravité.

Ils continuèrent, les doigts entrelacés.

Quand ils retournèrent à la plage, Parker étendit la petite couverture qu'ils avaient prise de la maison du Cape et coucha Adam sur elle. Ils s'embrassèrent et se touchèrent, leurs doigts se traçant un chemin sous leurs vêtements, leurs gémissements emportés par la brise tandis qu'ils apportaient du plaisir à l'autre avec leurs bouches et leurs mains. Peu importait combien de fois ils avaient des relations sexuelles, Parker aspirait toujours au poids d'Adam sur le sien et au goût de sa langue sur la sienne.

Le soleil semblait incroyablement grand ici au bout du monde, striant un soupçon de rouge à travers les nuages cotonneux. Parker était assis entre les jambes de son compagnon, le souffle chaud d'Adam chatouillant son oreille. Il frissonna alors que le vent se soulevait.

— L'hiver sera bientôt là.

— Oui, dit Adam en caressant le poignet de Parker d'un air absent avec ses doigts avant de se raidir. Il y a un bateau là-bas. Tu vois les voiles ?

Il indiqua le petit point à l'horizon.

— Un bateau.

Une vague d'excitation – d'espoir – envahit Parker.

— Nous pouvons trouver un bateau. Le yacht de mes parents sera sûrement au port à Chatham, mais il y en a beaucoup.

— Sauras-tu le naviguer ? Je ne sais rien sur les bateaux.

Parker s'assit et lui fit face.

— Absolument. Je naviguais autour du Cape. Parfois, tout seul. Un été, nous sommes allés jusqu'en Nouvelle-Écosse.

— Je me demande comment est la situation là-bas.

— Il y a deux îles. Prince Edward et une autre plus grande.

Parker essaya de se rappeler le nom.

— Terre-Neuve ! Il fera froid, cependant. Si nous allons là-bas et que nous la trouvons ravagée par l'infection, nous pourrions être piégés par la glace.

— Le sud, alors ?

Parker hocha la tête, l'excitation montant alors qu'un nouveau plan prenait forme. Un nouveau but.

— Le sud. Toutes ces îles aux Caraïbes. Peut-être que certaines d'entre elles seront sans risque. Peut-être que toutes les îles le seront.

— Il n'y a qu'une façon de le savoir.

Parker prit une profonde inspiration.

— Allons-nous le faire alors ?

— Tu préférerais retourner à l'Ouest à la place ? demanda Adam.

Parker frissonna.

— Non. Nous savons ce qu'il y a là-bas.

Il regarda l'eau, admirant le soleil qui disparaissait dans une symphonie de couleurs flamboyantes.

— Mais par là, ce serait un tout autre monde. Nous pourrions nous approvisionner en ville, chercher tout ce qui a été laissé. Nourriture et vêtements – des vêtements extrêmement à la mode, pourrais-je ajouter – des fournitures de navigation, des cartes.

Il se tourna vers Adam.

— Qu'en penses-tu ?

Adam prit le visage de Parker dans ses mains et l'embrassa profondément.

— Je pense que nous ferions mieux de trouver un bateau.

— ET LA marée monte.

Parker se tenait au volant d'un voilier de douze mètres. Ses voiles étaient soigneusement liées, et il se trouvait au fond d'un port détrempé, attendant que la marée monte. Il était presque neuf heures du matin d'une journée grise.

Adam sortit sa tête de la cabine.

— Tu avais raison. Il y a de la place pour Mariah.

— Je te l'ai dit. Nous ne laisserons pas notre protégée derrière nous. En plus, ce bateau a un nom parfait. C'était écrit.

Adam gloussa.

— Je t'ai dit que c'était seulement un mythe.

Il redescendit avec le dernier sac de provisions. Quand il revint, il s'appuya contre la rambarde à côté de Parker et ouvrit sa veste en cuir.

— Combien de temps encore ?

— Pas trop longtemps. Nous devons juste être patients, dit-il en clignant de l'œil. La première règle de navigation.

— Je suppose que nous allons devoir passer le temps à faire quelque chose, dit Adam en s'approchant de lui.

Parker aurait pu passer toute la journée à embrasser Adam dans l'air brumeux du matin. Finalement, il s'éloigna de lui avec un rire.

— Si nous n'arrêtons pas maintenant, la marée va venir et partir quand nous aurons terminé.

Adam regarda l'eau.

— Est-elle assez haute ?

— Presque.

— Ne dois-tu pas baisser les voiles ?

— Après avoir quitté le port. Je vais utiliser le moteur d'abord. Mais nous n'aurons pas besoin de plus une fois que nous serons lancés. Nous devons économiser de l'essence.

— C'est un bien grand bateau. Tu es sûr que tu peux le gérer ?

— Absolument. J'ai un second grand et musclé.

— Je suppose que ça fait de toi le capitaine.

— Tu peux bien miser ton beau cul ferme. Mais hé, si le job de second ne te va pas, il y a la place du moussaillon disponible.

Adam sourit.

— Ça m'a l'air tentant.

Ils flottaient librement maintenant, tanguant doucement.

— OK. Faisons-le.

Appuyant sur un bouton, le moteur ronronna.

Alors qu'ils arrivaient à l'extrémité du quai des pêcheurs, Adam se tourna pour voir les quatre énormes photographies noires et blanches de vieilles femmes installées sur le mur d'un vieux bâtiment délabré. Deux d'entre elles souriaient sur la photo, pendant que les autres étaient pensives.

— Waouh, murmura-t-il.

— Elles se nomment « *Elles ont également fait face à la mer* ». Elles étaient les femmes portugaises des pêcheurs. Ma mère en a esquissé une durant un été, assise sur la jetée.

Adam sortit sa caméra de sa poche.

— Je veux me le rappeler.

Parker regarda Provincetown et le Mémorial des Pèlerins par-dessus son épaule. Il se demanda dans quel endroit Adam et lui allaient jeter l'ancre, et s'ils reviendraient un jour à la maison. *Non. Ne pense pas à ça. Ne pense pas à eux.* Il devait avancer. C'était le seul moyen de survivre.

Déglutissant difficilement, il fit résolument face à la mer, et trouva la caméra d'Adam dirigée vers lui. Il expira un souffle, régulant sa respiration.

— Veux-tu que je dise quelque chose ? Que je dise à nos téléspectateurs ce que nous allons faire.

— Absolument.

— Eh bien, Mesdames et Messieurs…

D'un geste théâtral, Parker indiqua un vol d'oies dans le ciel, leur formation parfaite en V à travers les nuages.

— Nous suivons ces gars-là vers le sud pour l'hiver.

— Est-ce la poupe ou la proue ? demanda Adam.

Parker siffla lentement.

— Je vois que j'ai beaucoup de choses à enseigner à mon second slash moussaillon. Oui, l'arrière du bateau se nomme la poupe, le devant se nomme la proue, à notre gauche, c'est le côté bâbord, et à notre droite, le côté tribord. C'est ta première leçon. Heureusement que nous avons du temps, parce qu'il y a beaucoup de choses à apprendre.

Par-dessus la caméra, Adam croisa son regard.

— Heureusement.

Son cœur rata un battement, et Parker se trouva en train de sourire.

— Allez, à ton tour d'être devant la caméra.

Adam vint se tenir à côté de lui au volant, tendant son bras avec la caméra tournée pour les capturer tous les deux.

— Dis quelque chose, le pressa Parker.

— Euh… salut.

— *Salut ?* C'est tout ce que tu as ?

Adam haussa les épaules.

— Que suis-je supposé dire ?

— Je ne sais pas ! Tu es le réalisateur.

— C'est pour ça que je dois rester derrière la caméra.

Parker éteignit le moteur alors qu'ils quittaient le port.

— Très bien, tu peux me regarder faire tout le travail ici.

Il évalua la direction du vent et ajusta les voiles pour les diriger vers l'extrémité du Cape et vers le large, en direction du sud. Quand il finit de lier les deux demi-clefs sur le mât de la rampe, il recula.

— Voilà. Nous sommes prêts.

— Maintenant quoi ? demanda Adam.

Parker indiqua vers le haut, et Adam suivit avec la caméra. Les voiles recevaient le vent, et la *Bella Luna* dansa au gré des vagues.

FIN

À propos de l'auteur

Keira cherche le parfait mélange de personnages, d'intrigue et de fougue dans ses romances MM. Elle écrit de tout, des pirates flamboyants aux escapades bouillantes et émouvantes. Ses sujets préférés sont les ennemis qui deviennent amants, la différence d'âge, la proximité forcée, et les vierges passionnés. Bien qu'elle aime une angoisse délicieuse en cours de route, Keira garantit les fins heureuses !

**Lisez plus de romances MM torrides et émouvantes de
Keira Andrews :
KeiraAndrews.com**